괴담: 검은 뱀의 저주

괴담: 검은 뱀의 저주

옹이운

orror

Curse of The Black Mamba

뱀과 사다리 게임   7

뱀과 일기   69

뱀과 그림자 괴담   149

작가의 말   281

뱀과 사다리 게임

여진은 누울 때마다 삐거덕 소리가 나는 과실 소파에 누워 뒤척거리고 있었다. 후드를 뒤집어쓰고 베개에 얼굴을 파묻어도 귓가에 선명하게 들리는 소리 때문이었다. 아까부터 과실 컴퓨터 아래에 웅크린 무언가가 못된 년, 죽일 년, 하고 중얼거리고 있었다. 보통 저만큼 시끄럽게 굴지는 않는데 오늘은 뭔가 대단히 마음에 안 드는 일이 있었던 모양이었다. 아니면 어디서 상한 막걸리라도 주워 먹었거나.

고개를 돌리면 바로 그 텅 빈 동공과 눈이 마주칠 걸 알기에 여진은 소파 반대쪽으로 얼굴을 댔다. 그때 과실 반대편에서 한가로운 웃음소리가 들려왔다. 살아 있는 사람이 떠드는 소리가 커질수록 컴퓨터 아래 앉은 무언가는 더 빠르게, 일정한 간격으로 욕을 중얼거리기 시작했다.

이래서 과실이 싫었다. 강의실이라고 해서 이런 게 없는 건 아니었지만 이상하게 과실이나 동아리방에는 음습한 기운이 더 고이는 건지, 이런 것들이 유난히 자주 꼬였다. 그래도 한창 혈기왕성한 나이대의 인간들이 모이는 공간이라 그런지 학교 캠퍼스 안에서 그렇게까지 위험한 것은 본 적이 없었다. 눈에 뭐가 좀 걸리적거리더라도 무시하고 지나치면 그만이었다. 여진이 할 수 있는 일이 딱 거기까지이기도 했고.

그러니까 며칠 전까지만 해도 그랬다.

여진은 과실 저 안쪽에 모여 앉은 무리를 곁눈질했다. 정확히는 왁자한 웃음소리와 소란의 한가운데에 앉아 있는 동기 중 하나를.

영윤은 말이 많은 편은 아니었다. 그렇다고 있는 듯 없는 듯 조용히 지내는 건 또 아니라서 늘 관심의 중심에 있었다. 누군가가 영윤의 어깨를 치며 웃었고, 영윤은 머쓱한 듯 목 부근을 만지작거렸다. 브이넥 블라우스를 입어서 그런지 오늘따라 목이 더 도드라져 보였다.

여진은 영윤의 목을 가로지르는 검은색 뱀을 보았다. 어제까지만 해도 목에 감겨 가만히 웅크리고 있던 뱀은 이제 쉭쉭 소리를 내며 주변을 둘러보고 있었다. 그 눈과 정면으로 마주친 여진은 헉 소리를 낼 뻔한 걸 간신히 삼키고 다시 자는 척 눈을 감았다.

쟤는 뭔데, 무슨 짓을 했길래 저런 걸 달고 다녀?

어디서 튀어나온 건지, 저게 뭔지 정체를 짐작할 수도 없었다. 그건 여진이 그동안 봐왔던 귀신들과는 생긴 것부터 달랐다. 어쩌면 저 뱀이 본체가 아닐 수도 있었다. 본체가 아닌데 저 정도면 진짜는 얼마나 무시무시하냐는 건데. 지금 확신할 수 있는 건 한 가지뿐이었다. 저 뱀은 위험하다. 이런 서울 변두리에 처박혀 있는 대학교에 나타날 만한 물건이 아니라는 건 확실했다.

뱀이 금방이라도 영윤의 목을 확 조여서 비틀어버릴 것 같은 기분에 자꾸만 그쪽으로 여진의 시선이 향했다. 여진은 모른 척하자는 내면의 소리와 저걸 그냥 내버려두면 무슨 일이 일어날지도 모르는데 일단 막아야 하지 않느냐는 양심 사이에서 고뇌했다.

그 와중에도 영윤은 자기 목에 뭐가 붙었는지도 모르고 해맑게 웃어댔다.

여진은 손목을 들어 시계를 한번 본 다음 몸을 털고 일어났다. 다른 건물에서 하는 강의를 들으려면 지금쯤 출발해야 했다. 여진이 일어나자 소파에서는 또 삐거덕하는 소리가 크게 났다. 그 소리에 영윤이 속한 무리가 이쪽을 보는 게 느껴졌다. 여진은 굳이 인사하거나 돌아보지 않고 그대로 몸을 돌려 과실을 빠져나왔다.

동기라고는 해도 수십 명이나 되었다. 그중에서도 영윤과는 평소에 말이나 몇 마디 섞어봤을까 싶을 정도로 교류가 없었다. 그냥 아예 안 맞았다. 영윤은 친구들이랑 우르르 술 마시며 몰려다니고 다 같이 뭘 하는 걸 좋아하는 인간의 전형이었다.

별로 친하지도 않은 사이에 네 목에 뱀이 감겨 있다느니 뭐니 떠들면 어떤 취급을 받을지 여진은 너무 잘 알았다. 그래서 더 섣불리 나서고 싶지 않았다.

차라리 아예 모르는 사이거나 아주 잘 아는 친한 사이인 게 더 낫지.

영윤에게 이상한 소리를 잘못 떠들었다간 앞으로의 대학 생활이 어떻게 고달파질지 상상도 하기 싫었다. 귀신 보는 여자라고 소문이라도 나봐. 지금도 친구가 없는데 그때는 정말로 혼자 다녀야 할지도 몰랐다.

경영관을 나와 그 앞에 깔린 잔디밭을 가로질러 걸어가는데 누군가가 뒤에서 가방을 잡아챘다. 여진은 뒤를 돌아보지 않고도 그게 누군지 알 수 있었다. 이런 식으로 여진의 가방을 잡고 흔들어댈 사람은 딱 한 사람밖에 없었으니까.

"놔라."

"싫은데. 내가 수업 들으러 가는 길이면 같이 가자고 연락했는데 너 아직 핸드폰 확인도 안 했지?"

같이 듣는 수업인데 꼭 그렇게 혼자 가야 속이 시원하냐? 정우는 그렇게 투덜거리며 잡았던 여진의 가방을 놓았다. 여진은 흐트러진 가방을 고쳐 메며 정우에게 눈을 흘겼다. 오늘도 머리부터 발끝까지 공들여 꾸민 모습이 한 마리 공작새 같았다. 이 추운 날에 저런 습자지처럼 얇은 청재킷을 고수하고 있는 꼴이 딱 그랬다. 덜덜 떨면서도 패션은 포기하지 못하는 게 우스웠다. 여진은 정우와 저를 묶어서 둘이 사귀는 사이가 아니냐고 떠들어대는 사람들이 많은 걸 알고 있었다.

사람들은 자기들이 보기에 납득이 가지 않는 조합이면 그 이유를 사랑에서 찾는 터무니없는 오류를 저지르곤 한다. 저렇게 촌스럽고 음침한 애가 저런 미남이랑 같이 다닌다고? 둘이 사귀나 봐, 이렇게.

사람들의 생각과 달리 정우는 어릴 때부터 알고 지내던 옆집 애다. 엄마들끼리 먼저 친해지는 바람에 원치 않는 교류를 몇 번 하다가 같은 중학교, 같은 고등학교, 같은 대학교까지 와버렸고 그 물리적 거리 덕분에 얼떨결에 유지되고 있는 관계였다. 그리고 정우는 여진의 가족을 제외하고 유일하게 여진의 기벽을 알고 있는 사람이었다. 하도 어릴 때부터 만나서였다. 여진이 귀신과 사람을 잘 구분하지 못하던 때, 저기 누가 있으니 같이 놀자고 할 때마다 정우는 겁에 질린 얼굴로 뒷걸음질치곤 했다.

그리고 어느 날 여진과 정우의 가족들이 다 모인 자리에서 정우는 울면서 소리를 질렀다. 엄마, 쟤 귀신 보나 봐.

그때의 정우를 탓하지는 않는다. 여진은 자신이었어도 그랬을 거라고 이해한다.

정우와 가방을 가지고 투닥거리는 사이에 경영관에서 영윤이 나왔다. 요즘은 영윤이 주변에 나타나기만 해도 목 끝까지 소름이 좍 돋았다. 그래서 영윤이 근처에 있다는 걸 알기 싫어도 자연스럽게 알게 됐다. 여진은 영윤 쪽으로 시선을 돌리지 않으려고 최대한 노력하며 걸었다. 부자연스러워진 걸음을 눈치챈 정우가 뒤를 흘깃 돌아보고는 속삭였다.

"그냥 한번 침을 확 뱉어버리지그래?"

"넌 내가 사회생활 망하면 좋겠지?"

"양여진, 너 어차피 지금도 친구는 나밖에 없잖아."

맞는 말이라 할 말이 없었다. 여진은 한숨을 쉬고는 멀어져 가는 영윤의 등을 바라보았다. 코트 뒷자락에 여진이 붙여놓은 조그만 포스트잇이 영윤이 한 걸음씩 걸을 때마다 위태롭게 흔들렸다.

저건 그냥 임시방편에 지나지 않는다. 여진은 부적이나 퇴마에 대해서는 쥐뿔도 아는 게 없었다. 그런 걸 믿는 집안에서 자란 것도 아니었다. 여진은 종종 자신이 어느 날 갑자기 집안에 떨어진 폭탄처럼 느껴지곤 했다. 어릴 때 성당이나 교회에 안 가본 것도 아니었다. 하지만 여진은 자신의 상태에 대해 좀처럼 입을 열지 않았다. 뭐라고 말을 해야 한단 말인가? 제가 귀신을 보는데, 침을 뱉으면 귀신이 사라져요. 퇴마가 되는 건지, 아니면 그냥 정신 착란이라도 겪는 건지 모르겠어요.

어쩌면 정신과에 가라는 소리를 먼저 들을지도 모른다. 게다가 침을 뱉어서 귀신을 퇴마하는 게 사실이라면, 더 싫었다. 영화나 드라마에서는 다들 멋지게 부적을 쓰거나 기도문을 외거나 하던데, 왜 나는 이 모양 이 꼴인데?

퇴마의 방법을 알게 된 과정도 우습기 짝이 없었다. 정우랑 놀이터에서 놀던 때였다. 그네에 앉아 있던 애가 여진에게 먼저 말을 걸었다. 여진은 별생각 없이 대답했고, 또 허공을 보고 떠들어대는 여진을 보고 정우가 울음을 터뜨렸다. 여진은 정우가 우는 걸 보고 그네에 앉은 애가 귀신이라는 걸 알았다. 조금 전까지 친근하게 말을 붙이던 아이가 소름 끼치고 무섭게 느껴져 여진은 저도 모르게 꺼지라고 침을 뱉었는데, 그 애가 순식간에 그 자리에서 녹아 사라져버렸다.

여진은 그 일련의 과정이 다 코미디 같다고 생각했다. 어쩌면 모든 게 자신의 착각이나 착란에 불과할지도 모른다는 생각이 드는 한편, 어쩌면 정말일지도 모른다는 생각에 괴로웠다. 어릴 때는 어려서 침을 뱉어도 된다 치자. 다 큰 성인이 되어서도 귀신을 퇴치한답시고 그러고 다니면 그건 그냥 아무 데나 가래침을 찍찍 뱉는 진상과 별다를 게 없다.

그래서 여진이 생각해낸 대안은 간단했다. 침을 굳이 뱉을 필요는 없다. 침이 묻어 있는 물건이 있으면 되는 거였다. 주머니에 포스트잇 뭉치를 하나씩 들고 다니면서 필요할 때마다 한 장씩 뜯어 입에 물었다. 살짝만 입을 움직여서 침이 너무 많이 묻지 않게 하는 게 요령이다. 그렇게 완성된 포스트잇은 몸에 지니고 다니기만 해도 대충 부적과 비슷한 효과를 냈다.

법학관 건물 앞에 도착하자 누군가가 영윤의 어깨를 잡으며 알은척을 했다. 키가 작고 졸려 보이는 인상의 여자애였다. 영윤과 많이 닮아 얼핏 보면 둘이 자매 같기도 했다. 작은 여자애는 여진이 어렵사리 영윤의 몸 어딘가에 붙인 포스트잇을 번번이 귀신같이 찾아내서 떼어버리곤 했다.

이번에도 마찬가지였다. 여진이 인상을 찌푸리며 보고 있거나 말거나, 그 애는 영윤의 등에 붙은 포스트잇을 떼어냈다. 무슨 만지면 안 되는 더러운 걸 만지기라도 하듯 손가락 두 개로 집어서. 붙이기까지는 험난했는데 저렇게 손쉽게 떨어지는 걸 보니 지금 무슨 헛짓거리를 하는 건가 싶기도 했다. 안 그래도 포스트잇은 접착력이 좋지 않아 바람만 불어도 날아가는데.

게다가 뱀은 여진이 만든 포스트잇으로도 사라지지 않았다. 포스트잇이 붙어 있는 동안에는 눈을 감고 얌전히 목에 매달려 있기만 하는 것 같긴 했지만, 그뿐이었다. 누군가가 포스트잇을 떼면 다시 눈을 뜨고 쉭쉭 소리를 내며 주변을 노려보기 시작했다. 마치 먹잇감을 찾기라도 하는 것처럼.

여진이 법학관 입구 가까이 왔을 때쯤 영윤의 친구가
말했다.

"이 정도면 누가 너 따라다니면서 붙이는 거 아니야?"

"그러게. 어젠가 오늘 아침부터 계속 이러네."

영윤은 그렇게 말하며 목덜미를 만지작거렸다. 하필이
면 그게 또 뱀 눈깔이 있는 위치였다. 여진은 뱀과 눈을
마주치지 않으려고 애를 쓰며 영윤을 스쳐 지나갔다. 옆
에서 영윤을 보던 정우가 물었다.

"그렇게 신경이 쓰이면 아예 말을 해버리지그래?"

"너 같으면 내 말을 믿겠냐?"

나도 못 믿겠는데. 뱉지 않은 말을 입속으로 웅얼거리
며 여진은 계단을 올랐다. 정우가 말했다.

"나는 믿잖아. 너 귀신 보는 거 아무한테도 말 안 했
다? 나 근데 쟤 얼굴 어디서 본 거 같은데."

어디서 봤지? 정우가 고개를 갸웃거리는 사이에 강의
실에 도착했다. 여진은 늘 앉는 맨 뒤에서 두 번째 줄 구
석 자리에 앉았다. 그리고 아직도 고민하고 있는 정우를
향해 말했다.

"여기저기 안 끼는 자리가 없는 모양이니까 학교 행사
에서 봤겠지."

정우 역시 여진처럼 스스로 불러온 재난에 고통 받는
걸 즐기는 별종이었다. 예를 들어 학생회 같은 곳에 들거
나 해서. 사람 좋아하고 술 좋아하고, 누가 시키지도 않았

는데 일을 벌이곤 했다. 정우가 말했다.

"학교 행사? 그러고 보니 나 지난주 주말에 너희 과 애들이랑 집행부 연합 엠티 갔다 왔는데. 거기서 봤나 보다."

정우는 그제야 의문이 풀렸는지 손뼉을 한번 짝 쳤다.

"아, 속이 다 시원하네. 기억 안 나면 계속 찝찝했을 것 같았는데."

그렇게 중얼거린 정우는 가방에서 노트북과 필통을 꺼내더니 한마디 툭 던졌다.

"그러고 보니 거기서 뭐 붙어온 거 아니야?"

"뭐가?"

"아니, 왜. 엠티 가면 가끔 하는 거 있잖아. 우리 포천에 있는 펜션 갔다 왔는데. 거기 근처에 무슨 폐가가 있다고 해서 밤에 담력 테스트 했거든. 하고 싶은 사람만 갔다 오자고 해서 난 안 갔는데."

그 말을 들은 여진의 얼굴이 일그러졌다. 그딴 걸 왜해? 세상에는 돈을 줘가며 제발 해보라고 해도 안 할 짓을 무서운 줄도 모르고 해대는 인간들이 있다. 아무래도 영윤이 그런 인간들 중 하나였던 모양이었다. 궁금해서 호기심에 그랬는지, 그것도 아니면 친구들한테 떠밀려서 들어간 건지는 몰라도 좋은 선택은 아니었다.

"넌 이해 못 할 줄 알았지. 나도 너 때문에 그런 거 왠지 으스스해서 싫어졌다니까. 다들 별생각 없이 갔다 왔지만."

"갔을 때 무슨 일 없었어?"

18

정우는 어깨를 한번 으쓱여 보이고는 고개를 저었다.

"그게 이상해. 아무 일도 없었거든. 그래서 나도 괜찮았나 보다, 생각했지. 방금까지 기억도 못 하고 있었잖아."

더 자세히 물어보려던 차에 강의실 문이 열리고 교수가 들어왔다. 여진은 속으로 한숨을 내쉬며 칠판 쪽을 보았다. 이제 뱀이 어디서 붙어왔는지는 대강 알겠는데, 어떻게 해야 할지는 아직도 오리무중이었다. 더 이상 개입하지 말자는 생각이 들다가도 영윤의 목에 감겨 있는 검은 뱀과 눈이 마주치면 저걸 어떻게든 떼어버려야 한다는 생각에 사로잡히곤 했다. 차라리 아예 모르는 사람이면 신경을 끄겠는데, 같은 과다 보니 친하진 않아도 마주치는 일이 잦은 게 문제였다. 쟤한테 무슨 일이라도 생겨봐. 후회를 어떻게 감당하라고?

여진은 사람이 애매하게 물러 터져서, 물러서는 법을 몰랐다.

*

오후에 영윤과 같이 듣는 전공 강의가 있었다. 여진은 미리 준비해놓은 포스트잇 뭉치를 들고 제일 먼저 강의실에 들어섰다. 아직 아무도 오지 않은 빈 강의실임을 확인하고 대충 영윤이 앉을 법한 자리 근처 책상 밑에 포스트잇을 떼서 붙이기 시작했다.

포스트잇 낭비에 가까운 짓이었지만 영윤 몸에 직접

붙이는 게 어려우니 어쩔 수 없었다. 힘들게 붙여놔도 누가 와서 다 떼어버리니 그 방법은 영 실속이 없었다. 영 윤이 지갑이나 가방 같은 걸 흘리고 다니면 좋을 텐데. 그런 생각을 하며 뒤에서 두세 번째 줄 책상 밑에 포스트 잇을 붙이고 있는데 누군가가 뒤에서 여진의 어깨를 잡 았다.

여진이 기계처럼 드드득 고개를 돌리자 눈앞에 영윤 이 있었다. 하마터면 소리를 지를 뻔했다. 생각에 너무 깊 게 빠져 있어서 누가 들어오는 소리도 듣지 못했던 것이 었다.

"너 거기서 뭐 해?"

여진이 기억하기로는, 영윤이 자신을 향해 건넨 두 번 째 질문이었다. 첫 번째는 아마도 신입생 오티에서였을 것이다. 그때 여진은 영윤과 같은 조였다.

여진은 너무 놀라 포스트잇을 붙이던 손도 숨기지 못 한 채 얼어붙었다. 영윤은 여진이 그러거나 말거나 아랑 곳하지 않고 여진의 손에 들린 포스트잇을 가져다 들여 다보았다. 노란색 포스트잇 밑에는 '화랑도 미술학원'이라 는 글자가 새겨져 있었다. 학교 앞에서 나눠주는 포스트 잇이었다. 그 광고 문구 때문에 발뺌할 수도 없었다. 아무 무늬도 광고도 없는 평범한 포스트잇이었다면 내가 그런 게 아니라고 잡아뗄 수 있었을까? 여진은 생각했지만 이 제 와서는 부질없는 노릇이었다.

영윤은 손에 든 노란 포스트잇을 팔랑거리며 물었다.

"너야? 어제오늘 하루 종일 내 등에 포스트잇 붙이고 다닌 게?"

그리고 이게 영윤이 여진에게 건넨 세 번째 질문이 되었다.

상황을 모면할 만한 변명도, 적당히 둘러댈 만한 임기응변도 떠올리지 못한 여진은 그렇다고 대답하지도, 아니라고 잡아떼지도 못한 채로 뒷걸음질을 쳤다. 한 걸음, 그리고 두 걸음. 천천히 세 걸음까지 뒤로 뗀 다음 몸을 돌렸다. 그리고 있는 힘을 다해 강의실을 뛰쳐나와 달려가기 시작했다.

이렇게 도망가면 의심만 깊어질 뿐이며, 어차피 나중에 마주치면 해명해야 된다는 생각조차 하지 못했다. 일단 상황을 벗어나기만 한다면 된다는 일념뿐이었다.

여진은 법학관을 빠져나와 학교 운동장을 가로질러 달렸다. 운동장에서 남자들 한 무리가 축구를 하고 있던 중이었지만 상관하지 않고 뛰어들었다. 갑자기 뛰어든 여진 때문에 축구공이 갈 곳을 잃고 이리저리 방황했다. 누군가가 여진을 향해 "야! 너 뭐야!" 하고 소리를 질렀지만 여진의 귀에는 들리지 않았다. 이대로 운동장을 가로질러서, 일단 저 밑에 있는 국제관으로 가자. 그러다 대충 진정이 되면 그때 강의실로 쥐도 새도 모르게 돌아가는 거야. 정신이 없는 와중에도 여진은 일단 그렇게 결심했다.

하지만 영윤이 뒤를 쫓아온다는 전개는 여진의 시나리오에 없었다. 여진은 뒤에서 후드를 강하게 잡아채는 힘 때문에 하마터면 뒤로 벌러덩 고꾸라질 뻔했다.

"어딜 도망가?"

그 목소리에 천천히 고개를 뒤로 돌리자 영윤의 얼굴이 보였다. 반듯한 얼굴 어디에도 화가 났다는 표시는 없었으나 평소와 달리 말투가 삐딱했다. 목에 감겨 있는 뱀도 쉭쉭거리는 소리를 내며 여진을 노려보았다. 뱀 때문에 여진이 슬슬 눈치를 보며 또 뒷걸음질을 치려 하자 영윤은 아예 여진의 팔을 잡아 쥐었다.

"도망칠 생각 마. 나 육상부 출신이거든. 중학생 때까지는 선수로도 뛰었어."

어쩐지 달려오는 기세가 범상치 않았다. 여진은 한숨을 내쉬고는 가방을 고쳐 쥐었다. 포스트잇에 대해 뭐라 변명해야 할지 벌써부터 머리가 아팠다. 네 목에 감긴 뱀 새끼 때문이라고 말해봤자 믿어주지도 않을 것이다. 지금도 검은 뱀은 여진을 노려보고 있었다.

여진은 팔을 잡힌 그대로 학생회관 1층 카페로 끌려 들어갔다. 점심시간이 지나 사람들이 오후 강의에 들어갈 시간대여서 그런지 카페는 한산했다.

아이스 아메리카노 두 잔을 나란히 앞에 두고 앉은 테이블에는 정적이 흘렀다. 결국 먼저 입을 뗀 건 영윤 쪽이었다.

"양여진, 너 나한테 할 말 없어?"

무슨 대답을 듣길 원하는 건지 알 수 없었다. 네 등짝에 포스트잇을 붙이고 다녀 미안하다고 말하고 싶지는 않았다. 그런 귀찮은 짓을 남 좋은 일이랍시고 했는데 미안하기까지 해야 해? 물론 타인이 원치 않는 호의는 쉽게 폭력이 될 수 있다는 건 알았다. 영윤 역시 웬 친하지도 않은 동기가 음침한 장난을 쳤다는 게 소름이 돋아서 이러는 걸 테고. 그래도 여진은 사과하고 싶지 않았다.

여진이 입을 열지 않자 영윤은 다시 물었다.

"그럼 질문을 바꿔볼까. 그 빈 포스트잇은 왜 붙이고 다닌 거야?"

말하며 영윤은 팔짱을 끼고 물러나 앉았다. 그 바람에 여진은 또 뱀과 눈이 마주쳤다. 뱀 쪽으로 눈을 두지 않으려고 하다 보니 자연스럽게 영윤의 시선을 피하는 꼴이 되고 말았다. 얼마나 바보 같아 보일지 짐작도 하고 싶지 않았다. 여진은 입술을 잘근잘근 씹으며 겨우 커피 한 모금을 넘겼다.

끝까지 입을 다물고 버틸 계획이라는 걸 알았는지, 영윤은 곧 앞머리를 훅 쓸어 넘기며 한숨을 쉬었다.

"그래, 좋아. 포스트잇 좀 붙였다고 뭐라고 하려는 거 아니야. 잡아다놓고 이런 말 하면 안 믿기겠지만, 나도 뭐라고 말할지 모르겠단 말이야. 그러니까… 그 포스트잇, 정체가 뭐야?"

그 뒤에 이어진 영윤의 이야기는 여진의 예상을 완전히 비껴갔다.

"며칠 전부터 이상하게 몸이 무겁고 어깨가 빠질 것처럼 묵직했거든. 몸살이라도 걸린 것처럼 오한도 나고. 근데 이상하게 어제부터 컨디션이 좀 괜찮아지는 때가 있었어. 웃기는 건 소정이가 내 등에 포스트잇이 붙어 있다고 그걸 떼기만 하면 도로 아픈 상태로 돌아가버리는 거야. 누가 내 등에 붙은 부적을 떼기라도 한 것처럼. 말도 안 되는 소린 거 아는데 그렇게밖에 설명이 안 돼서 그래."

줄줄 이어지는 말은 두서가 없었다. 여진은 뜻밖의 이야기에 놀라 영윤의 얼굴을 쳐다보았다. 그 바람에 뱀과도 눈이 마주쳤지만 이번에는 그쪽에 신경이 쓰이지 않았다. 영윤이 물었다.

"어떻게 한 거야? 너 뭐가 막, 보이고 그래?"

여진은 저도 모르게 고개를 끄덕였다. 영윤이 믿어줄 것 같아서였다. 그리고 정말로 영윤은 여진의 말을 믿어주었다. 몇 번 고개를 주억거리던 영윤은 다시 물었다.

"나한테 무슨 문제 있어?"

문제가… 있긴 있지. 여진의 시선이 저절로 영윤의 목으로 향했다. 영윤 역시 여진이 어디를 보는지 슬슬 눈치 챈 것 같았다. 제 목을 슥슥 더듬어대는 영윤의 손은 뱀의 몸을 통과해서 지나갔다. 그러니 목에 뭐가 있는지 모르는 게 당연했다. 이렇게 된 이상 얘기를 해줘야 한다는 생각에 여진은 입을 열었다. 그 검은 뱀에 관한 이야기였다.

네 목에 검은 뱀이 감겨 있다, 그런데 그게 뭔지 나도 잘 모르겠다, 처음 본다. 대충 이야기를 요약하자면 그게 다였다. 다 하고 보니 별것도 아닌 이야기라 민망했지만 달리 할 말이 없는 것도 사실이었다.

"내가 아는 건 이게 다야."

여진의 말이 끝나자 영윤은 목을 더듬던 손을 테이블 위로 내리고 중얼거렸다.

"뱀이 붙었다고…?"

영윤이 뱀이란 단어를 입 밖에 내자마자 검은 뱀은 목을 쳐들고 영윤의 얼굴을 향해 쉭쉭 소리를 냈다. 금방이라도 입을 벌리고 영윤의 얼굴을 집어삼킬 듯했다. 여진은 시선을 테이블 바닥으로 내리고 영윤에게 물었다.

"너 지난주에 연합 엠티 갔었지? 거기서 담력 테스트 한답시고 폐가에 갔어, 안 갔어?"

아마 거기서 붙어온 것이리라 짐작한 여진이 한심하다는 기색을 숨기지 못하고 묻자 영윤은 인상을 찌푸렸다.

"엠티? 포천 거기?"

영윤은 그렇게 말하고는 덧붙였다.

"맞아. 밤에 무슨 폐가에 같이 가자고 그래서… 근데 난 그 앞마당까지만 들어가고 집 안에는 안 들어갔는데. 내 친구들만 들어갔다 왔어."

이건 생각지도 못한 대답이었다. 여진은 할 말을 잃고

영윤의 얼굴을 빤히 쳐다보았다. 그 연합 엠티에서 다녀온 폐가가 원인이 아니라면 뭐지? 여진은 자세를 바로 하고 다시 물었다.

"그거 말고 짐작 가는 구석은 또 없어? 엠티 다녀와서 어딜 들렀다든가, 길 가다가 남의 물건을 주웠다든가. 그것도 아니면 집에 모르는 사람을 들였다든가."

생각나는 모든 경우의 수를 다 꺼내놓자 영윤은 뭔가를 생각하는 듯 허공을 쳐다보다 아, 하는 소리를 냈다.

"폐가에 갔다 온 애들 중에 하나가… 나랑 비슷한 증상이 있다고 했어. 이상하게 몸이 무겁고 어깨가 빠질 것처럼 아프고. 몸살이라도 걸린 것처럼 오한도 나고. 근데 걔는 하루 만에 싹 나았다고 그래서 그냥 감기인 줄 알았지."

여진은 앞에 놓인 커피를 한 모금 마시고는 다시 입술을 잘근잘근 씹었다. 여전히 원인은 알 수 없지만 어쩌면 뱀이 사람을 옮겨 다니는 건지도 모른다. 여진은 질린 얼굴로 영윤의 목에 감긴 뱀을 곁눈질했다.

"그 친구가 누군데?"

"걔도 우리 과야. 박소정. 나랑 같이 학생회 하고 있어서 아마 너도 알 텐데."

"박소정? 처음 듣는데."

여진은 인상을 찌푸리며 그 이름을 곱씹었다. 기억에 없는 이름이었다. 한 학년에만 수십 명씩 있는 과였으니

모를 만도 했다. 게다가 여진은 과 생활 같은 건 하지 않아 동기 대부분의 이름을 몰랐다.

"나랑 같이 다니는 앤데, 키 요만하고 머리 짧고 좀 졸려 보이는."

그렇게 말하니까 누군지 감이 왔다. 영윤의 몸에 포스트잇을 붙일 때마다 나타나서 떼어버리던 여자애였다. 그 애 목에 뱀 같은 건 보이지 않았는데. 어쩌면 여진이 영윤의 목에서 뱀을 발견하기 전에는 그 애에게 붙어 있던 걸지도 몰랐다. 여기저기 옮겨 다니는 원귀라니. 이쯤 되면 여진의 능력 선에서 처리할 수 있는 문제가 아니었다.

여진은 한숨을 쉬고는 가방에서 포스트잇 뭉치를 꺼냈다. 일단 이걸로 저 뱀 눈깔부터 치우고 보자. 포스트잇을 하나 뜯어 입에 문 다음, 대충 갈무리해 영윤의 코트 앞쪽에 붙였다. 하나로는 아무래도 안심이 되지 않아서 연거푸 다섯 장을 그렇게 붙이고 마지막으로 한 장은 검은 뱀의 비늘 바로 위에 붙였다.

역시나 그 정도로는 뱀이 퇴치되거나 사라지거나 하지 않았다. 여진을 노려보던 검은 뱀은 곧 노란 눈을 스르륵 감더니 영윤의 목에 똬리를 틀었다.

여진을 보고 있던 영윤이 물었다.

"뭐야? 뭐 하는 거야? 그냥 입에 물고 있다 붙이는 게 다야? 부적 같은 거 쓰는 게 아니고?"

여진은 침의 'ㅊ' 자도 언급하고 싶지 않았다. 그건 영윤

앞에서뿐만 아니라 다른 사람들 앞에서도 마찬가지였다. 가능하다면 정우 역시 이 능력이라 부르기도 민망한 능력을 몰랐으면 싶었다. 여진은 최대한 대답을 얼버무렸다.

"이건 부적이 아니야. 그리고 내가 이런… 일에 전문가도 아니고. 그러니까 내 말 잘 들어. 이 문제는 내가 해결할 수 있는 일이 아니야."

"그럼 난 어떡하라고?"

그거야 네가 알아서 해야지. 여진은 그렇게 말하려던 걸 참았다.

"성당이나 교회, 절… 뭐든 좋으니까 이런 거 해결해주는 전문가를 찾아가. 이건 임시방편밖에 안 돼."

여진은 팔짱을 끼고 뒤로 물러나 앉았다. 영윤의 코트 앞자락에 덕지덕지 붙은 노란 포스트잇이 보였다. 얼핏 우스꽝스러워 보였지만 뱀이 그 노란 눈깔을 뜨고 주변을 이리저리 둘러보는 꼴을 보는 것보다는 훨씬 나았다.

"그럼 나 간다."

이제 내가 할 도리는 다했다. 여진은 그렇게 생각하며 가방을 멨다. 이번에야말로 뒤도 돌아보지 말고 도망가야지. 다짐하고는 일어서서 경보하듯이 카페를 나왔다. 시계를 보니 이미 강의는 시작된 지 오래였다. 어차피 곧 강의가 끝날 시간이라 여진은 미련 없이 등을 돌렸다. 학교 정문 앞의 버스 정류장을 향해 빠른 속도로 걷는데 저만치 앞의 횡단보도 초록불이 깜빡이는 게 보였다. 여진은 이제 아예 뛰기 시작했다. 저걸 건너서 얼른 이 학교를 빠져나가야 속이 시원할 것 같은 기분이 들어서였다.

초록불이 다 꺼지기 전에 간신히 횡단보도를 건너 한숨을 쉬는데, 뒤에서 자동차 클랙슨 소리가 연쇄적으로 들리기 시작했다. 여진이 뒤를 돌아보자 학교 앞 8차선 도로 한복판에 영윤이 있었다.

영윤은 조금도 망설이지 않고 똑바로 여진을 향해 걸어왔다. 그러는 동안 몇 대나 되는 자동차가 영윤의 방향으로 달려오다가 경로를 바꾸거나 멈춰 섰다. 영윤은 그 소리에 놀라지도 않는지 무덤덤한 낯으로 걸어와 여진의 앞에 섰다. 8차선 도로를 무단횡단해서 오면서 생채기 하나 나지 않은 영윤의 얼굴이 곧 엉망으로 일그러졌다.

"봐. 나 이상한 거."

이게 정상이야? 8차선 도로를 맨몸으로 건너오는데 멀쩡한 게? 그렇게 말하며 영윤은 여진의 팔을 붙잡았다. 아무래도 저 뱀이 영윤에게 무슨 짓을 하긴 한 모양이었다. 뱀이 작정하고 이런 일을 벌이는 거라면 여진의 힘으로도 막을 수 없었다. 포스트잇을 저렇게 많이 붙여놨는데도 이 정도라니. 여진은 한숨을 쉬고는 입을 열었다.

"난 진짜 더 이상 할 수 있는 게…."

하지만 말을 끝까지 마칠 수 없었다. 여진의 팔을 쥔 영윤의 손이 가늘게 떨리고 있었던 탓이었다. 여진은 이렇게 막막할 때의 기분을 잘 알았다. 아무도 내 이야기는 믿어주지 않고, 그런데 눈앞에는 이상한 것들이 보이고. 그럴 때면 좁디좁은 옷장 안에 앉아 밤을 새우던 때가 떠오르곤 했다. 그 안에 있으면 적어도 침대 밑에 있는 아기가 보이지는 않으니까. 불에 타 거의 형체를 알아볼 수 없는 얼굴을 한 아기가 매일 침대 밑에서 울었다. 그 상황 자체도 끔찍했지만 더 끔찍한 건 옷장에서 여진을 끌어내려 매일 울며 빌던 부모님이었다.

아무도 내 말 같은 건 믿어주지 않아.

저 애를 치우라고 울며 떼를 쓸수록 부모님의 얼굴엔 그늘이 졌다. 그래서 여진은 보이는 걸 보이지 않는 척하는 데에 익숙해졌다.

지금 영윤이 그때의 자신과 비슷했다. 심지어 쟤는 뭐가 보이는 것도 아니고, 자기 목에 뱀이 똬리를 틀고 있다는 말을 막 들은 참이다. 여진은 영윤의 불안을 이해했다. 그래서 그 손을 도저히 뿌리칠 수가 없었다.

＊

"여기가 맞아?"

다 쓰러져가는 것 같은데 여기가 진짜 기도원이라고? 잘못 찾아온 거 아니야? 뒤에서 영윤이 투덜거리는 소리가 들렸다. 여진은 겹겹이 쳐진 비닐을 걷으며 앞으로 걸어갔다. 여진 역시 십여 년 만에 처음 찾아오는 거라 길이 익숙지 않았다. 그새 뭐가 많이 바뀌긴 한 모양이었다. 원래는 이것보다 더… 번듯하고 괜찮은 건물이었던 것 같은데. 그 당시만 해도 기도원은 발 디딜 틈 하나 없이 사람들로 꽉 차 있었다. 귀신을 쫓아주기로 유명한 목사님이 있던 곳이기에 그랬다.

부모님 손에 이끌려 여기까지 온 여진도, 그때 염문영 목사를 처음 보았다.

염 목사는 여진을 보자마자 대번에 혀를 쯧 찼다. 얘는 귀신 붙은 게 아니고 그냥 영안(靈眼)이 트인 거야. 능력은 쥐뿔 없는데 보이기만 해서 인생 팍팍해진 거지. 그 말에 여진은 내내 숙이고 있던 고개를 들어 염 목사를 보았다. 처음이었다. 누가 자신을 제대로 알아봐준 것은.

염 목사가 여진에게 준 해결책은 간단했다.

"그냥 지금처럼 모르는 척하고 살아. 관여하지 말고. 그게 네 인생 더 안 꼬이는 길이야."

영윤이 붙잡지만 않았으면 그렇게 잘 살 수 있었는데. 여진은 영윤 모르게 한숨을 내쉬고는 다시 앞으로 걸어가 강당 문고리를 잡았다.

기도원 내부에서는 사람의 인기척이 느껴지지 않았다. 아마 강당 안쪽도 마찬가지일 터였다. 어쩌면 이 기도원을 그대로 둔 채로 다른 곳으로 이사했을 지도 몰랐다. 염 목사는 어딜 가서도 잘 살 거라는 묘한 믿음이 있어서인가, 그런 생각이 들자 마음이 좀 편안해졌다. 워낙 그런 사람이었다. 어딜 가도 교회 잘 개척해서, 얼마 없는 교인을 끌어모아 잘 살 사람. 한국 기독교 교단에서 여자 목사가 살아남는다는 건 그런 뜻이었다.

여진은 거미줄이 쳐진 강대상을 손으로 쓸었다. 강대상 밑의 서랍에 남은 게 없나 싶어 살피는데 몇 권의 노트가 전부였다. 어두컴컴해서 무슨 노트인지 제대로 보이지는 않았다.

뒤따라 강당에 들어온 영윤이 핸드폰으로 플래시를 켜며 말했다.

"분위기가 딱 흉가네. 없던 귀신도 여기 오면 붙어서 나갈 것 같은데."

영윤이 플래시 불빛을 비추는 곳마다 살풍경한 모습이 그대로 드러났다. 뭉쳐져 굴러다니는 먼지 덩어리, 깨진 유리, 술병, 과자 봉지… 오래된 것도 있고 새것도 있었다. 빈집이라고 생각한 노숙인이 이곳에서 밤을 지내고 가기도 한 모양이었다.

원래는 염 목사에게 도움을 요청할 생각이었다. 어투가 좀 그렇긴 해도 염 목사는 정말로 도움이 되는 말만 해줬으니까. 그러니까 저 검은 뱀에 대해서도 뭔가 알지 않을까. 여진은 막연히 그렇게 생각했다. 뱀이라는 게 원래 성경에 자주 등장하는 동물이기도 하고.

하지만 염 목사가 없다면 더 이상 여길 둘러볼 이유가 없었다.

"그만 가자. 아무래도 이 기도원은 더 이상 운영 안

하는 것 같아."

"그건 들어올 때부터 알고 있었어."

영윤은 그렇게 말하며 여진의 옆에 와 섰다. 영윤이 핸
드폰 불빛으로 강대상 서랍에서 찾아낸 노트를 비추자
그 위에 쓰인 글씨가 그제야 보였다. 기도원 일지. 여진은
첫 장을 넘겼다. 첫 장과 그 뒤로 이어지는 글은 일지라는
노트의 이름에 맞게 일목요연하게 정리되어 있었다. 언제
무슨 일이 생겼고, 누가 기도원에 들어왔고, 나갔고, 이런
내용이 대부분이었다.

여진은 빈 종이가 나올 때까지 계속해서 페이지를 넘
겼다. 중간에 빈 페이지가 나오면서 글이 한 번 끊겼다. 하
지만 몇 장 더 넘기자 다시 글씨가 보이기 시작했다. 누군
가가 급하게 잔뜩 흘려 쓴 글씨였다. 적혀 있는 건 단 한
문장이었는데 알아보는 데에도 잠시 시간이 걸렸다.

2021년 11월 23일
염문영 목사님이 데리고 온 학생이 이상하다.

이 부분부터는 기도원의 공식적인 일지라고 하기엔 글
이 다소 짧았고 문장엔 격식이 없었다. 누군가의 일기에
더 가까운 글이었다. 여진은 다음 장으로 노트를 넘겼다.
매일 기록한 건 아닌지, 다음 장에 적힌 건 한참 뒤의 날
짜였다.

2021년 12월 12일

뭐라고 딱 집어 표현할 수 없어서 목사님께 말씀을 드리지 못했다. 하지만 그 애를 보면 기분이 너무 나빠진다. 이러면 안 되는 걸 아는데. 오늘은 또 식사 준비를 돕는 그 애의 손이 거슬려 한참 쳐다보았다. 분명 며칠 전에 끓는 물을 쏟아 그 애 손이 다 벌게질 정도로 데인 걸 봤는데 오늘은 또 멀쩡했다. 내가 잘못 본 거겠지.

하지만 내가 착각하는 게 아니라면….

그날의 일기는 거기서 끊겨 있었다. 여진은 또다시 페이지를 넘겼다. 그다음 장은 비어 있었다. 이게 끝이라고? 그럴 리가 없었다. 여진은 계속해서 페이지를 넘겼다. 그러다 마지막 장 바로 앞장에 적혀 있는 글귀를 보고는 손을 멈췄다.

2021년 12월 25일

염문영 목사님이 그 애 목에서 검은 뱀이 보인다고 했다.

그 문장을 마지막으로 일기는 끝났다. 여진은 한참 동안 그 문장을 뚫어져라 쳐다보았다. 그런다고 무슨 해결책이 생기는 게 아닌데도. 한숨을 쉬고 뒤를 돌았다. 영윤의 창백해진 얼굴이 보였다. 검은 뱀이란 말이 여기서 나올 줄은 예상하지 못한 모양이었다. 그건 여진 역시 마찬가지였다.

작년 12월이면 벌써 1년이 다 되어 갔다. 목에 검은 뱀이 있다던 그 애는 어떻게 됐는지, 염 목사는 어디로 가서 지금 안 보이는지, 이 일기를 쓴 사람은 누구고 지금은 왜 아무도 남지 않았는지 궁금한 것투성이였으나 대답해 줄 사람이 없었다.

"일단 여기서 나가자."

그렇게 말했을 때 여진은 뭔가가 쉬익 하고 숨을 쉬는 소리를 들었다. 고개를 들자 노란 눈깔과 눈이 마주쳤다. 분명히 포스트잇은 제대로 붙어 있는데. 영윤의 목깃 근처에는 조금 전에 여진이 새로 붙여둔 포스트잇까지 달려 있었다. 그러니 지금 저 뱀이 눈을 뜨는 건 말이 안 됐다. 하지만 이미 일어난 일을 말이 안 된다고 치부하고 무시할 수도 없는 노릇이었다.

여진이 순간적으로 숨을 쉬는 것도 잊은 채 우두커니 영윤을 향해 서 있었기에 영윤은 여진의 시선이 제 목 언저리를 향하는 것을 알았다. 그래서 '그게 눈을 떴어?'라고 묻지 않아도 눈치챌 수 있었다.

★

여진은 영윤의 손을 잡아끌고 정신없이 기도원 밖으로 뛰쳐나왔다. 마당에는 정체를 알 수 없는 드럼통과 뭔가가 타다 남은 잔해가 굴러다녔다. 둘은 그 사이를 가로질러 뛰었다. 의지할 빛이라곤 핸드폰 플래시 불빛뿐이라 발에 뭐가 차이는지도 확인할 수 없었다. 기도원을 나와서도 가로등 하나 없는 외길을 차가 다니는 큰길이 나올 때까지 미친 듯이 달렸다.

그런다고 영윤의 목에 붙은 뱀이 떨어지는 것도 아니었는데.

숨을 조금 고르고 나서 지나가는 택시를 붙잡았다. 뒷자리에 올라타 행선지를 말하고 나서 여진은 영윤을 향해 말했다.

"그 박소정이라는 애. 좀 만나야겠어."

그 애에게 뱀이 붙었는지 아닌지 확인할 필요가 있었다. 지금으로선 그 애가 유일한 단서였다. 여진의 말에 영윤은 고개를 끄덕였다.

"너 걔랑 친해? 그 담력 테스트 할 때 걔가 뭐 했는지 아는 거 없어?"

"나는 같이 안 들어가서 자세한 건 몰라. 그 안에서 무슨 내기를 했다고 들었는데. 뭐더라….."

"무슨 내기?"

"어?"

영윤은 뭔가를 생각하는 듯 고개를 한쪽으로 기울였다 이내 입을 열었다.

"왜 기억이 안 나지? 안에서 애들끼리 무슨 내기를 했다고 했어. 뭔지 기억이 안 나는데 그걸 해서 먼저 이긴 애들만 그 폐가를 빠져나왔다고…. 아니, 근데 이 얘기를 왜 까먹고 있었지? 이상하지 않아?"

확실히 이상하긴 했다. 그러나 여진은 스트레스가 심하면 그럴 수 있다고 얼버무렸다. 이런 상황에서 괜히 불안감을 키울 필요는 없었다. 그 후 시내로 다시 돌아가는 길까지는 숨 막히는 정적이 이어졌다. 여진은 원래 말이 적었고 영윤은 이제 농담을 하거나 장난을 칠 여유도 없어 보였다.

딱히 상의도 하지 않았지만 영윤은 여진의 자취방으로 따라왔다. 여진은 따라오지 말라거나 네 길 알아서 가라는 말을 하지 못했다. 목에 매달린 뱀의 무게가 점점 더 무거워지는 것 같은 착각이 든다며 무서움을 호소하는 사람에게 그렇게 매정하게 말할 수 있을 리가 없었다.

온몸에 들러붙은 찝찝한 공기를 털어내듯 샤워를 하고 나온 후에 여진은 영윤을 화장실로 밀어 넣었다. 그리고 핸드폰을 들었다. 신호음은 길게 이어지지 않았다.

"어, 엄마, 난데. 염문영 목사님 소식 아는 거 있어?"

몇 개월 만에 처음 엄마에게 거는 전화였음에도 불구하고 용건부터 다짜고짜 물었다. 염 목사가 어디로 갔는지 알아내긴 해야 했다. 염 목사라면 검은 뱀의 정체에 대해서도 알고 있을지도 모르니까. 여진은 핸드폰을 들지 않은 손의 손톱 거스러미를 입으로 뜯으며 엄마의 대답을 기다렸다. 하지만 돌아온 건 기대한 대답이 아니었다.

"염 목사님? 갑자기 염 목사님은 왜?"

"급하니까 빨리 좀 알아봐줘. 기도원 이사한 것 같던데."

"그건 어떻게 알았대? 근데 저기, 여진아."

"어."

"염 목사님 작년에 돌아가셨어."

작년 크리스마스 즈음에 갑자기 집에 화재가 나서. 뭐가 누전이 됐다던가, 그랬던 것 같은데. 엄마가 말 안 했나? 그때 나 조문도 갔다 왔는데. 목사님 아직 나이도 젊으신데 그렇게 갑자기 가셔서 어떡하느냐고, 우리 다들 아깝다고 그랬어. 이어지는 말은 귀에 제대로 들어오지 않았다. 여진은 엄마의 말에 기계적으로 대꾸하고는 전화를 끊었다. 그러고 나서 침대에 그대로 주저앉았다.

'그냥 지금처럼 모르는 척하고 살아. 관여하지 말고. 그게 네 인생 더 안 꼬이는 길이야.'

염 목사의 목소리가 아직도 귓가에 생생했다. 나한테는 관여하지 말고 모른 척하고 살라더니 목사님이야말로 무슨 일인데. 여진은 손톱을 잘근잘근 물어뜯다 자리에서 일어섰다. 아무래도 염 목사 역시 그 검은 뱀에 얽혀 무슨 일을 당한 게 틀림없었다. 염 목사를 찾아갈 수 없다면 다른 사람의 도움이라도 구해야 했다. 영윤이 씻으러 들어간 화장실 앞에 서서 여진은 문을 두드렸다.

"너 아직 씻어? 얼른 나와 봐. 여기서 이럴 게 아니라 일단 박소정을 찾아야 돼."

그런데 씻으러 들어간 화장실에서 물소리가 들리지 않았다. 벌써 나왔나? 하지만 여진이 화장실 문 앞에 가져다놓은 옷에는 손 댄 흔적이 없었다. 여진은 잠시 고민하다 다시 문을 두드렸다.

"무슨 일 있어? 나 들어간다?"

그렇게 몇 번 더 두드리고 나서야 문을 열었다. 여진은 텅 비어 있는 화장실을 보고는 바로 현관으로 나가 슬리퍼를 꿰어 신었다.

영윤의 운동화가 사라져 있었다.

＊

여진은 영윤이 어디에 사는지, 혼자 사는지 아니면 가족과 함께 사는지도 몰랐다. 단체 채팅방에 함께 속해 있긴 했으나 핸드폰 번호 역시 알지 못했다. 그래서 전화를 걸 수도 없었다.

여진은 전화번호부에서 정우의 이름을 찾았다. 신호음이 얼마 가지 않아 정우가 전화를 받았다. 여진은 자세한 설명은 전부 생략한 채 영윤의 번호를 아느냐고 물었다. 정우가 말했다.

"이영윤? 나 방금 학관에서 걔 봤는데. 동아리방 모여 있는 그쪽."

"번호는 모르고?"

"아무리 내가 아는 사람이 많아도 이영윤 번호는 모르지."

"박소정은?"

"박소정? 그건 또 누구야?"

정우가 뭐라고 더 이야기를 하는 것 같았지만 용건이 끝난 여진은 전화를 끊었다. 이 밤에 갑자기 학교는 왜 간 거야? 교회도 성당도 심지어 절도 아닌데. 학교에 있는 건 정우도 마찬가지였지만 걔는 원래 학교에서 살다시피 하니까 별로 신경이 쓰이지도 않았다. 여진은 학교 정문을 향해 뛰기 시작했다.

여진의 자취방에서 학교 정문까지는 걸어서 10분 정도밖에 걸리지 않는 편이었으니 뛰면 그보다 더 빨리 도착하는 게 당연했다. 정문에서 학관은 가까웠다. 엘리베이터를 기다리는 시간도 아까워 무작정 계단을 뛰어 올라갔다. 동아리방이 모여 있는 곳은 학관 5층, 그리고 6층. 분명 여기 어딘가 있을 것이다. 영윤이 아직도 거기에 있는지 확실한 것도 아닌데 막연히 그런 생각이 들었다.

여진은 동아리방 문을 하나하나 열어 확인해가며 복도를 지나갔다. 이 시간에 동아리방에 모여서 술 마시는 것들이 왜 이렇게 많은지. 여진은 몇 번째인지 기억도 안 날 만큼 문을 열었다 닫았다. 포크 기타 동아리, 서예 동아리, 유도 동아리, 밴드 동아리, 기독교 동아리….

그리고 복도 제일 끝에 있는 게 사진 동아리였다. 제일

볕이 안 드는 곳이고, 그 때문에 음기가 강하게 고여 있기도 했다. 그 자리에서 사진을 찍다가 심령사진을 얻었다는 후기만 수십 개였다. 아마 앞으로도 그 숫자는 늘어나면 늘어났지, 줄어들지는 않을 것이다.

그 악명을 증명이라도 하듯 지금 문 앞에 붙어 있는 것만 셋이었다. 창문 바로 앞에 둘. 그리고 다른 하나는 복도를 기어 다니는 중이었다. 여진은 그것들과 눈이 마주치지 않도록 조심하면서 문 앞에 가 섰다.

굳이 문을 열지 않아도, 영윤이 이 동아리방 문 너머에 있다는 걸 알 수 있었다. 여진은 바로 문을 열고 들어가는 대신 주머니에 있던 포스트잇을 꺼내 들었다. 없는 것보단 나을 것이었다. 여차하면 그냥 침을 뱉어버리는 게 편리하다는 걸 알면서도 왠지 이것만은 포기할 수가 없었다.

포스트잇을 입에 물고 문을 열었다. 방 안은 불빛 하나 없이 어두컴컴했다. 문 바로 옆에 있는 형광등 스위치를 눌렀지만 몇 번을 딸깍여도 불이 켜지지 않았다. 여진이 한 손으로 핸드폰 화면을 켜자 동아리방 안쪽이 희미하게 보이기 시작했다. 창문 바로 앞에 있는 소파에 누군가가 앉아 있었다.

"이영윤? 거기서 뭐 해?"

뒷모습만 보여 뭘 하는지 알 수가 없었다. 가까이 다가서자 윤곽이 서서히 보이기 시작했다. 그래서 알 수 있었다. 앉아 있는 사람은 영윤이 아니었다. 영윤보다 몸집이 조금 더 작고, 키가 작았다.

조금 더 가까이 다가가자 목이 졸리는 것 같은 소리가 들렸다. 동아리방에 있는 사람은 혼자가 아니었다. 여진은 급히 소파 앞까지 뛰어갔다. 그제야 소파 밑에 뒹굴고 있는 사람이 보였다. 영윤이었다. 소파에 앉은 사람이 발로 영윤의 목을 누르고 있었다.

★

영윤은 느리게 눈을 깜빡였다. 팔다리가 움직이지 않았고, 숨이 잘 쉬어지지 않았다. 뭔가가 위에서 누르는 것처럼. 좁은 상자에 갇혀 있는 것 같기도 했고, 가위에 눌리는 것 같기도 했다. 눈을 깜빡이는 것조차 힘겨워서 생리적인 눈물이 줄줄 흘렀다. 눈물이 나는 걸 보면 이건 꿈이 아닌가? 왜 이렇게 된 거지? 생각은 길게 이어지지 못했다.

여진의 집 화장실에서 전화를 받은 것까지 생각이 났다. 영윤이 전화를 받자마자 소정은 다짜고짜 살려달라고 울며 소리를 질렀다.

'영윤아, 살려줘. 나 목에 이상한 게 보여.'

자기 목에 무슨 뱀이 보인다고 우느라 정신이 없는 소정을 달래며 영윤은 신발을 꿰어 신었다. 뭔가에 홀린 것처럼. 차분히 생각을 했다면 여진과 함께 가는 편이 낫다는 걸 알았을 텐데, 그런 생각을 할 틈조차 없었다. 동아리방에 있는데 혼자 집에 못 가겠다고 데리러 와달라는 소정의 말을 차마 거절하지 못하고 학교로 향했다. 영윤은 자기 목을 쓸어보았다. 소정처럼 뭐가 눈에 보이는 것도, 만져지는 것도 아니었다.

대체 이 뱀이 뭐길래.

뭐길래 양여진은 자신을 볼 때마다 겁에 질린 얼굴을 하고, 귀신이라도 본 것처럼 눈을 피하는가. 그리고 이제는 그게 제 친구에게까지 붙어버린 모양이었다. 영윤은 죄책감을 느꼈다. 혹시 나 때문에 그런 거면 어떡하지. 그런 생각을 하며 동아리방 문을 열었고, 그 후로 기억이 끊겼다.

팔다리를 버둥거려 보았지만 꿈쩍도 하지 않았다. 영윤은 눈동자만 굴려 동아리방 내부를 훑었다. 눈이 어둠에 적응하자 윤곽이 어렴풋이 보였다. 누군가가 소파에 앉아 있었다. 소정아, 소정아. 아무리 불러도 목소리가 나오지 않았다.

"히히."

그때 머리 위에서 들린 기분 나쁜 웃음소리에 영윤은 고개를 들었다. 소정이 위에서 웃고 있었다. 그제야 온몸을 짓누르고 있던 무언가가 사라지면서 움직일 수 있게 되었다. 도망치려고 몸을 일으키는데 뭔가가 목 언저리를 콱 눌렀다. 순간적으로 목이 졸릴 정도의 힘이었다. 영윤은 컥, 소리를 내며 팔다리를 버둥거렸다. 짓누르는 다리를 잡아서 치우려고 해도 마음대로 되지 않았다.

소정은 계속해서 이상하게 웃었다. 흐느끼는 것 같기도 하고, 웃는 것 같기도 한 소리를 냈다. 영윤이 간신히 소정의 이름을 부르자 더 크게 낄낄거리기 시작했다. 분명히 웃고 있는데 이상하게도 사람의 웃음소리처럼 느껴지지 않았다. 이미 온 얼굴이 눈물범벅이었지만 무서워서 눈물이 다 날 것 같았다. 귀를 파고드는 웃음소리가 신경을 갉작갉작 긁었다.

"이 나쁜 년. 못된 년. 너만 빠져나가고."

너만 살겠다고. 한마디씩 할 때마다 발이 더 센 힘으로 목을 짓눌렀다. 이젠 숨을 쉬기도 힘들었다. 영윤은 의식이 점점 흐려지는 것을 느꼈다. 영윤이 눈을 감자 소정은 입을 크게 벌리고 웃었다. 그러면서 똑같은 말을 반복하기 시작했다.

나중으로 갈수록 목소리가 여러 개 겹쳐져 들리는 탓에 여자 같기도, 남자 같기도, 노인 같기도, 아이 같기도 했다.

흐려지는 의식 속에서 영윤은 생각했다. 쟤가 원래 저렇게 말했던가? 그제야 저게 소정이 아닐 수도 있다는 데에 생각이 미쳤다.

그사이 소정은 다시 깔깔거리며 웃기 시작했다. 소파를 팡팡 내리치는 소리가 점점 더 커졌다. 저러다 소파 내려앉겠다 싶을 즈음에 동아리방 문이 열렸다.

"이영윤? 거기서 뭐 해?"

여진이었다. 여진이 그렇게 묻자 소정의 머리가 스르륵 뒤로 돌아갔다. 고개는 정면에 붙박인 채로 돌아간 머리를 영윤은 흐린 시야 속에서 보았다. 저건 소정이 아니다.

소정이는… 어디에 갔지? 아니, 박소정이 누구지? 영윤은 제대로 돌아가지 않는 머리로 느릿느릿 생각했다. 어디에서 만났지? 사진 동아리에서 만났다고 생각했는데. 아니, 과 학생회에서 만난 게 아니었나? 잠깐, 그런데 박소정이 우리 과였던가? 같은 과가 아닌데 어떻게 과 학생회에 들어왔지? 소정에 관한 기억이 뒤죽박죽이었다. 어디에서 만나서 어떻게 친해졌는지는 뭉텅뭉텅 잘려나가 있었다. 그 기억 끝의 결론은 한 가지 사실을 가리켰다.

영윤은 박소정이라는 사람을 알았던 적이 없다.

그렇게 판단한 영윤은 있는 힘을 다해 목소리를 냈다. 끄윽, 끅, 하고 목이 졸린 것 같은 소리가 났다.

그 소리에 여진은 뭔가 이상하다는 걸 깨달은 모양이었다.

여진의 발소리가 소파에 점점 가까워지고 있었다. 소정이 여진 쪽을 보느라 누르는 힘이 약해진 사이 영윤은 양팔을 움직여 소정의 다리를 움켜잡았다. 그러자 소정의 머리가 다시 영윤 쪽으로 돌아왔다.

눈이 마주쳤는데 동공이 텅 비어 있었다. 영윤은 소리

를 지르지도 못하고 굳었다.

그사이 바로 앞까지 다가온 여진이 포스트잇을 마구 뜯어 소정의 등 언저리에 붙였다. 그러자 목을 짓누르던 힘이 놀랍도록 약해졌다. 영윤은 양손에 힘을 줘서 소정의 발을 밀어냈다. 기침이 터졌다. 아직 살아 있다는 생각에 온몸에서 힘이 쭉 빠져나가는 것이 느껴졌다.

하지만 아직 끝난 게 아니었다.

✱

여진은 포스트잇을 붙이고 잠시 기다렸다. 저게 왜 여기에 있지? 분명 지난번 과실에서 본 기억이 있었다. 텅 빈 동공에서 피를 줄줄 흘리며 끊임없이 웃어대는 여자. 평소 과실에 상주하다시피 한 귀신이었다. 그때 여진은 분명 '위험하지 않다'고 판단했었다. 사람에게 직접 위해를 끼칠 정도로 강력한 원귀도 아니었을뿐더러 그 정도 힘으로는 물리적인 실체를 가질 수도 없었기 때문이었다. 사람에게 잠시 들러붙더라도 아주 약간의 생기를 뺏어가는 것밖에 할 수 없는 잡귀. 그 정도가 여진의 평가였다.

하지만 어디에서 힘을 얻은 건지, 이제 제법 그럴듯한 실체를 갖고 움직이기까지 하고 있었다. 어쩌면 여진의 판단이 처음부터 틀렸던 건지도 모른다.

여진은 한 발자국 뒤로 물러서며 영윤이 '소정'이라 부른 여자를 살폈다. 포스트잇이 효과가 있었는지 그것은 한동안 움직이지 않았다. 그사이 여진은 아직 기침하고 있는 영윤의 손을 잡아 일으켜 세워 자신 쪽으로 끌어당겼다. 여기에서 벗어나야 했다. 포스트잇을 붙였는데도 사라지지 않을 정도라면 여진의 힘으로 저걸 퇴치할 수 없었다.

"저게, 저게 뭐야?"

영윤의 물음에 대답할 여유 같은 것도 없었다.

"설명할 시간 없어. 내가 신호하면 얼른 문밖으로 나가서 뛰어."

"어디로?"

"일단 학관 밖으로 나가서 정문 분수대 있는 데까지 가."

그다음은… 여진도 몰랐다. 어디든 음기가 잔뜩 고여 있는 이 동아리방보다는 나을 것이었다. 사람이 많은 곳이면 더 좋고. 손목에 있는 시계를 흘긋 보니 새벽 3시였다. 이 시간에 학교에 있을 사람이라곤 만취한 술주정뱅이와 학교에서 밤새 야작하는 인간들뿐이겠지만, 없는 것보단 나았다.

여진이 영윤과 대화하는 사이 그게 움직이기 시작했다. 등이며 허리께에 매달린 포스트잇이 부들부들 떨리더니 동시에 떨어져 나갔다. 여진은 미리 준비해놓은 다른 포스트잇을 주머니에서 꺼내며 영윤을 향해 소리 질렀다.

"가!"

여진의 소리와 함께 영윤은 문을 박차고 나갔다. 육상

부 출신이라더니 확실히 반사 신경이 빠르긴 빨랐다. 정신없이 뛰어가는 영윤의 뒷모습을 보다 여진은 시선을 앞으로 돌렸다. 포스트잇이 다 떨어진 그것은 비틀거리면서도 여진을 향해 똑바로 걸어오기 시작했다.

여진은 손에 끼워놓았던 포스트잇을 펼쳤다. 그리고 그것이 어느 정도 범위에 들어오자마자 펼친 포스트잇을 후 불었다. 바람에 날려 힘없이 떨어지던 포스트잇은 가까운 곳에 있는 영가(靈駕)에 이끌려 그쪽으로 자석처럼 붙었다. 다리와 허리, 그리고 손에 촘촘히 붙은 포스트잇 덕분에 그것의 움직임이 서서히 느려졌다. 그 틈에 여진은 뒤돌아 달리기 시작했다.

지금 당장 침을 뱉는다고 퇴치될 것 같지 않았다. 게다가 이 넓은 학교 캠퍼스에서 영윤과 떨어지는 것은 좋지 않았다. 아직 그렇게 멀리 가지는 못했을 테니 따라잡을 수 있을 것이다. 여진은 학관을 날듯이 빠져나와 분수대 쪽으로 달려갔다.

운동장을 가로질러 가는데 저 멀리 익숙한 뒤통수가 보였다. 여진은 영윤의 이름을 부르려다가 말을 삼켰다. 뒤를 쫓아오는 것의 주의를 끌 필요는 없었다. 육상부였다는 말은 정말인지, 여진이 아무리 전력으로 달려도 영윤과의 거리는 좀처럼 가까워지질 않았다. 결국 분수대 앞까지 뛰고 나서야 여진은 영윤을 붙잡을 수 있었다.

무릎을 잡은 채 몸을 한껏 구부리고 숨을 내뱉었다.

아직까지 그게 쫓아오는 기색은 없었지만 시간이 없었다. 여진은 메고 있던 가방에서 기도원 일지를 꺼내 들었다. 지금 기댈 건 이 낡고 오래된 일기뿐이라는 사실이 절망적이었지만 다른 방법이 없었다. 여진은 자신이 혹시 놓친 게 있을까 봐 처음부터 일지를 꼼꼼히 살피며 넘기기 시작했다.

"너 지금 뭐 해?"

영윤의 물음에 대답해줄 시간 따위도 없었다. 정신없이 종이를 넘기는데 마지막에 봤던 문제의 글이 적힌 부분의 앞장이 다른 장보다 더 두꺼웠다. 넘기다가 실수로 두 장을 한꺼번에 넘겼나 싶어서 그 부분을 떼어보려고 했는데 떨어지지 않았다. 누군가가 일부러 풀로 붙여놓은 것처럼. 여진은 종이가 찢어지지 않도록 조심하면서 붙어 있는 두 장의 종이를 잡아당겼다. 이내 모서리 부분이 조금 갈라지면서 종이가 떨어졌다.

2021년 12월 27일

결국 염 목사님이 그 애를 집으로 데리고 갔다. 목사님은 그 애의 목에 있는 뱀이 저주의 표식이라고 했다. 살아 있는 이가 아닌 죽은 이가 저주한 표식이라고. 그래서 그렇게 불길하고 가까이하기 싫게 느껴졌던 것이니 자책할 필요가 없다고 하셨는데, 이럴 때마다 내가 아직 한참 부족하게만 느껴진다.

그 저주란 걸 풀기 위해서는 죽은 영과 강하게 묶인 매개를 찾아 태워야 한다.

내가 목사님께 도움이 될 만한 일이 없을까?

2021년 12월 31일

뱀은, 주 하나님이 만드신 모든 들짐승 가운데서 가장 간교하였다. (창 3:1)

염 목사님 댁이 불에 타버렸다. 나는 도와주려고 한 것뿐인데. 그 애 가방에 있는 목걸이를 태워야 해서. 그것만 태우면 저주가 풀릴 텐데. 풀렸을까?

목사님은 지금 중환자실에 계셔서 대답할 수 없다. 그 애는… 왜 멀쩡하지? 아무것도 모르는 얼굴로 살아가고 있는 게 소름이 끼친다. 그 애가 바로 뱀이다. 그 애가 염 목사님을 잡아먹었다.

왜 너만.

죽어버려. 죽어.

목사님이 돌아가신 게 그럼… 사고가 아니었다는 말인가? 여진은 인상을 찌푸린 채로 일기를 덮었다. 게다가 그 화재에 희생된 것은 염 목사뿐이었던 것 같다. 검은 뱀이 목에 매달려 있었다던 학생은 살아난 모양이었다.

일단 일기의 주인이 그 화재의 범인이라는 것만은 확실했다. 지금 와서 증거를 찾을 수 있을지 모르겠지만, 결

정적으로 이 일기를 누가 쓴 건지도 알 수 없었다. 일지에 쓰는 사람의 이름은 늘 비어 있었다.

일단 지금 그게 중요한 게 아니지. 여진은 고개를 젓고는 손바닥으로 자기 뺨을 짝, 한 번 때렸다. 그 소리에 영윤이 놀라 여진을 쳐다보았다.

"너 미쳤어?"

영윤이 뭐라고 하든 이제 할 일은 하나뿐이었다. 여진은 영윤의 양 어깨를 잡아 돌려세우며 물었다.

"너 최근에 네 물건 아닌 거 주운 거 있어?"

"아니, 그런 거 없다 그랬잖아."

"그럼 주운 거 말고. 누가 준 거 없어?"

"어…? 소정이가…."

거기까지 말한 영윤은 입을 다물었다. 뭔가 이상하다는 걸 깨달은 모양이었다. 여진은 더 기다리지 못하고 영윤의 가방을 가져다 탈탈 털었다. 자그마한 크로스백에서 나온 물건은 많지 않았다. 핸드폰, 파우치, 립밤, 샘플 향수, 핸드크림, 에너지바, 카드 지갑, 그리고 목캔디. 특별한 건 눈에 띄지 않았다.

"소정이라는 애가 준 게 뭐야?"

"뭔지 기억이 안 나. 받은 것까지는 기억이 나는데."

"어디에 챙겼어? 이 가방이 맞아?"

"요 며칠 이 가방만 메고 다녔으니까 맞을 텐데."

"그 엠티에서도?"

그 말에 영윤은 눈을 크게 떴다. 그리고 이내 고개를 저었다.

"아니, 엠티 갈 때는 이거보다 큰 가방을 챙겼지."

"그거 지금 어딨어?"

"…기숙사 내 방에."

말을 맞춘 것도 아니었는데, 눈이 마주치자 두 사람은 기숙사 방향으로 달리기 시작했다.

✳

기숙사는 후문 가까이에 있었다. 건물 하나는 남자 기숙사, 다른 하나는 여자 기숙사. 여진이 기숙사 건물 쪽으로 와본 건 처음이었다. 자취방이 정문 앞에 있고, 수업 듣는 건물도 다 그쪽이다 보니 후문으로는 갈 일이 없었다. 기숙사는 특히 외진 곳에 세워지기도 했고.

기숙사 현관 앞에서 영윤은 몇 번 카드를 찍어보더니 한숨을 쉬었다.

"5시 되기 전에는 문이 안 열려."

이 망할 기숙사. 나이가 몇인데 통금이야. 영윤의 짜증을 흘려 넘기며 여진은 손목의 시계를 확인했다. 이제 새벽 4시를 조금 넘겼다. 여기 서서 1시간이나 기다려야 한다는 소리였다. 여진이 물었다.

"네 방 몇 층인데?"

"3층."

"무슨 방법 없어? 개구멍 같은 거."

여진의 물음에 영윤은 곧 비장한 얼굴로 대답했다.

"남자 기숙사 쪽에는 있다고 들었어."

영윤은 여진을 끌고 후문으로 나갔다. 후문 바로 앞에는 도로가 있고, 도로와 기숙사 건물이 맞닿아 있는 곳에 창살이 있는 담장이 둘러져 있었다. 도로변에 농구장이 하나 있는데, 농구장 우측으로 빙 둘러 지나가면 풀숲에 사람이 지나다닌 흔적이 남은 길이 보였다. 그 길을 따라 걸어가니까 쇠창살이 하나 빠진 담장이 나왔다. 성인 남자 하나도 통과할 만큼 큰 구멍이었다.

"이쪽으로 들어가면 카드 키를 안 써도 돼. 나도 여기로 들어오는 건 처음인데."

그렇게 말하며 영윤은 먼저 그 사이로 들어갔다. 여진 역시 별 망설임 없이 개구멍을 통과해 들어갔다. 남자 기숙사 건물이랑 여자 기숙사 건물이 연결되는 통로가 있는 모양이었다. 보통은 그런 길을 막아놓지 않나 싶었지만. 여진은 더 묻지 않고 영윤의 뒤를 쫓아갔다.

3층으로 올라가 비슷비슷하게 생긴 문들을 몇 번 지나간 후에 영윤은 어느 방 앞에 멈춰 섰다.

"가지고 나올 테니까 기다려."

여진은 문 바로 옆 벽에 기대어 영윤을 기다렸다. 얼마 지나지 않아 영윤은 검은색 더플백을 하나 메고 나왔다. 그리고 여진에게 건넸다.

"엠티에서 가져온 그대로 들고나온 거야. 아직 짐도 안 풀었어."

미리 짐을 풀었다고 해도 영윤은 어떤 물건이 이상한지 눈치채지 못했을 것이었다. 하지만 여진은 그런 말은 하지 않고 가방을 받아 들었다.

그런데 여진이 가방을 든 순간 기숙사 복도에 켜져 있던 불이 저 끝에서부터 하나씩 꺼지기 시작했다. 탁, 탁, 탁, 탁, 탁. 형광등 스위치가 내려가는 소리와 함께 목소리가 들렸다.

여자 같기도, 남자 같기도, 노인 같기도, 아이 같기도 한 그 목소리. 그 소리를 듣는 순간 여진은 영윤의 손목을 잡고 반대 방향으로 뛰기 시작했다.

아직 뭐가 저 귀신의 매개인지도 확인하지 못했는데.

여진은 이를 악문 채로 뛰면서 생각하고 또 생각했다. 시간을 벌어야 했다. 저것이 다른 곳에 잠시 눈을 돌리거나, 아니면 발이 묶이는 순간이 필요했다. 복도를 달려나가며 여진은 영윤에게 소리 질렀다.

"잘 생각해봐. 그날 밤 폐가에서 가지고 나온 게 뭔지!"

영윤 역시 악을 쓰며 말을 받았다.

"내가 가지고 나온 게 아니라니까!"

"소정인지 뭔지 하는 게 가지고 나온 걸 네가 받았을 거 아니야?"

폐가 안에서 내기를 한 사람들. 이기는 사람 순서대로

밖으로 나오기로 했다고 했다. 하지만 그 안에 저 귀신이 섞여 있었다면 답은 뻔하다. 내기에 진 사람들의 생기를 다 흡수하고 저것 혼자만 폐가를 빠져나온 것이다. 아마 사람들은 자기 목숨을 걸고 내기를 하는 줄도 몰랐을 거고, 영윤은 빠져나온 저것을 친구라고 착각해서 데리고 온 거고. 이제 어떻게 저 귀신이 이만한 힘을 얻었는지 대충 짐작이 갔다. 내기에 사용한 그 물건을 매개로 힘을 얻었을 가능성이 컸다. 여진은 질문을 바꿨다.

"그 내기가 뭐였는지 생각해내."

코너를 돌자 아래층으로 내려가는 계단이 보였다.

"이 건물 지하에 뭐 있어?"

"매점이랑, 세탁실."

복도가 훤히 뚫려 있는 데다 방문이 모두 잠겨 있는 2층이나 3층보다는 그쪽이 숨기에 더 괜찮을 거라는 판단이 섰다. 여진은 망설임 없이 계단을 뛰어 내려갔다. 여진이 한 칸씩 내려오는 동안 영윤은 두세 칸을 한꺼번에 뛰어 내려와서 둘 사이의 보폭이 얼추 맞았다.

곧 계단의 끝이 보였다.

★

영윤은 계단을 내려가면서 필사적으로 생각했다. 그날 밤 폐가에서 도대체 무슨 일이 있었는지를.

자정 무렵까지는 여느 때의 엠티와 다를 게 없었다.

장기 자랑이니, 술 게임이니 뭐니 하면서 부어라 마셔라 했고 다들 알딸딸하게 취해 있었다. 이쯤 되면 누가 뭘 하자고 나서기만 해도 분위기가 그쪽으로 쏠리기 마련이었다. 그게 진실 게임이나 간단한 술 게임 같은 거였다면 좋았을 텐데. 영윤은 미간을 찌푸린 채 생각을 이어나갔다.

누군가가 이 펜션 근처에 귀신이 나온다는 폐가가 있다고 운을 뗐다. 벌써 유튜버가 여럿 그 폐가 체험을 한답시고 다녀갔었다고. 그러자 영윤의 대각선 쪽에 앉아 있던 소정이 말을 받았다.

"너희 그거 알아? 흉가랑 폐가는 완전히 다른 거. 폐가는 그냥 사람이 살지 않아서 방치된 집이고, 흉가가 진짜야. 그런 집은 겉으로 보기에는 멀쩡하고 깨끗해 보여도 진짜 귀신이 나온다니까."

소정이 언제부터 거기에 있었는지는 알 수 없었다. 처음부터 그 자리에 있었던 사람처럼 앉아 있었다. 쟤가 선배인지, 동기인지, 그것도 아니면 후배인지 아무도 몰랐지만 영윤은 위화감을 느끼지 못했다.

"어때, 오늘 그 폐가가 진짜 흉가인지, 아닌지 확인하러 가볼 사람?"

소정은 그렇게 말하며 웃었다. 그 한 마디 이후로 폐가에 한번 다녀와보자는 쪽으로 분위기가 쏠리기까지는 얼마 걸리지 않았다.

영윤은 별로 내키지 않았지만 친구들이 다 간다는데

혼자만 뺄 정도로 담이 약하지도 않았다. 실제로 그 폐가라는 집도 그렇게 무서워 보이지 않았다. 폐가라고 했을 때 흔히 상상할 법한 을씨년스러운 분위기라던가, 여기저기 쳐진 거미줄이라던가, 그런 게 보이지도 않았다. 그냥 평범한 시골집이었다. 앞마당이 하나 있고, 뒤쪽으로 닭장이 있는.

닭장 쪽은 비어 있었다. 집은 세 칸보다는 좀 더 커 보였다. 앞마당까지 함께 들어간 영윤은 집 현관문을 열고 들어가는 사람들의 뒷모습을 보다 걸음을 멈췄다. 뭐라고 설명할 수 없었지만 불길했다. 머릿속에서 본능적으로 붉은색 경고등이 반짝였다. 하지만 이미 사람들은 무리 지어 그 집 안으로 들어가버린 후였다. 영윤의 옆에 서 있던 소정이 그런 망설임을 알았는지 가다 말고 물었다.

"넌 안 들어가?"

"어. 난 됐어."

이상했다. 집 자체는 불길한 느낌이 없는데 이런 기분이 드는 게. 돌이켜 보면 당연한 일이다. 집이 문제가 아니라 옆에 따라붙은 '사람이 아닌' 것이 문제였으니까. 영윤이 어색하게 고개를 젓자 소정은 한 번 더 돌아보고 물었다.

"애들 다 들어왔는데. 정말 안 들어가?"

그러더니 소정은 혼자 그 집 안으로 쏙 사라졌다.

그리고… 영윤은 안쪽에 들어간 사람들이 나오기를

기다렸다. 어두컴컴한 앞마당에 혼자 있어서 무섭다거나 하는 생각은 들지 않았다. 그저 집 한번 둘러보는 건데 왜 이렇게 오래 안 나오지, 하는 생각뿐이었다.

한참이 지난 후에 마지막으로 그 집에 들어갔던 소정이 가장 먼저 나왔다.

"다른 사람은 왜 안 나와?"

영윤이 묻자 소정이 대답했다.

"안에서 내기를 하나 했어. 이긴 사람 순서대로 나오기로."

"무슨 내기? 저런 집에서 내기를 하고 싶냐, 다들?"

머리가 어떻게 된 거 아니야? 슬슬 술이 깨고 있었다. 영윤은 신발 앞코로 흙바닥을 툭툭 찼다. 술 먹다 말고 폐가 체험하러 오는 것도 이해가 안 가기는 했으나 그 안에서 무슨 내기를 한다는 건지. 이건 완전히 이해 가능한 범위를 뛰어넘었다. 이렇게 깜깜한 집에서? 영윤이 중얼거리는 소리에 소정은 흐흐 웃으며 물었다.

"너도 해볼래?"

"뭘?"

"궁금하면 보여줄게."

고개만 끄덕이면 돼. 조금 전에 켜진 경고등이 계속해서 거절하라고 신호를 울려대고 있었으나 이번엔 영윤이 한 발짝 늦었다. 저도 모르게 고개를 끄덕인 영윤에게 소정은 웃어 보였다. 그러더니 주머니에서 뭘 꺼내 영윤의 손에 억지로 쥐여주었다. 영윤은 찝찝함에 손을 털어버리고 싶었으나 참았다. 손바닥 위에 올라온 물건은 여섯 면으로 조각된 나무 주사위였다. 꽤 오래된 물건인지 모서리가 둥글게 닳아 있었다.

"이거 뭔데? 주사위? 안에서 지금 주사위 게임을 하고 있다고?"

정말 다들 머리가 어떻게 된 거야? 황당함에 입을 떡 벌리고 서 있자 소정이 한 번 더 채근했다.

"너도 같이 하자."

"뭐? 난 싫어."

너도 같이 하자는 말에 정신이 번쩍 들었다. 본능적인 거부감이었다.

"이거 왜 해야 되는데?"

영윤이 그렇게 묻자마자 소정의 입이 가로로 길게 늘어났다.

너, 만, 빠, 져, 나, 가, 고, 싶, 어? 한마디씩 할 때마다 목소리가 달라졌다. 폐가 안으로 들어간 사람들의 목소리였다. 영윤이 너무 놀라 반사적으로 눈을 감자 소정은 입을 크게 벌리고 웃었다. 그러면서 주문 같은 말을 읊조리기 시작했다. 무슨 말인지 알아들을 수 없을 정도로 빨랐고, 온갖 언어가 뒤섞여 해석조차 되지 않았다. 영윤이 고개를 저으며 뒷걸음질 치자 그게 코앞까지 다가와 영윤의 목을 붙잡았다. 목소리는 어느새 익숙한 언어로 돌아왔다. 내기가 싫다고? 친구들을 버리는 거야? 너 못된 애구나. 못된 년, 저만 살려고 하는 못된 년. 그게 한마디 할 때마다 목이 졸리는 것 같은 감각에 영윤은 눈을 감았다. 그 후로는 더 떠올리려 해봐도 떠오르는 게 없었다.

집으로 돌아오는 버스에서 전날의 일을 떠올리려 해봐도 폐가에 갔을 때부터 그날 새벽까지의 일이 그 부분을 포함해 전부 공백이었다. 아니, 완전히 공백이라 하기에는 애매했다. 기억이 뭉텅뭉텅 잘려 있었다. 더 생각하기도 머리가 아파, 영윤은 술을 너무 많이 마셔서 필름이 끊긴 거라고 생각하고 잊어버렸다.

하지만 폐가에서 있었던 일을 어떻게 잊어버리고 있었지?

술에 취해 있었다고는 하나 지금 생각해도 몸서리쳐질 만큼 끔찍한 경험을 그렇게 간단히 잊어버렸다는 사실이 이상했다. 영윤은 자신이 숨을 제대로 쉬지 못할 정도로 놀랐다는 사실을 깨달았다. 지하 세탁실로 여진을 데리고 들어가는데 손이 덜덜 떨렸다.

"너 갑자기 왜 그래?"

여진이 물었고 영윤은 대답했다.

"기억이 났어. 폐가에서 붙어온 게 아니야. 저거… 저건 원래 학교에 있던 거야."

"알고 있어. 과방에서 자주 봤으니까."

여진의 말에 영윤은 여진의 멱살을 잡아당겼다.

"넌 알고 있으면서 가만히 있었어? 저게… 그 폐가에 애들을 다 데리고 갔어. 근데 너는 다 알고 있었다고?"

한번 이상하다는 걸 깨닫고 나니 그다음은 더 쉬웠다. 폐가에 같이 들어갔던 친구 넷은 그 엠티에서 돌아온 날부터 지금까지 결석 중이었다. 박소정만 빼고. 그걸 박소정이라고 부를 수 있을지 모르겠지만.

여진은 인상을 찌푸리며 영윤의 손을 뿌리쳤다.

"그 정도로 힘이 센 영이 아니었어. 생사람 잡지 마. 나라고 보이는 귀신마다 다 퇴치하고 다니는 줄 알아? 엠티에서 무슨 일이 있었을 거야. 기억났다며?"

"…주사위."

"주사위?"

"안에서 주사위 놀이를 했다 그랬어. 그리고 박소정이 나한테 그걸 줬어."

영윤의 시선이 여진이 메고 있는 검은색 더플백 쪽으로 향했다. 그 기분 나쁜 주사위를 챙겨둔 기억은 없었다. 버리고 갔으면 갔지, 그걸 주워 올 리가. 하지만 박소정이 가방 안에 넣었다면 자신이 모르고 있었을 것이었다. 기숙사로 가져와서는 아직 한 번도 열어본 적이 없었으니까.

여진은 영윤의 시선을 눈치챘는지, 가방을 어깨에서 내려 그 안을 뒤지기 시작했다. 옷가지 몇 벌과 치약, 칫솔, 헤어밴드와 필통, 보헴 시가 미니 한 갑, 라이터, 그리고 에어팟 케이스가 굴러 나왔다. 저게 어디로 들어갔나 한참 찾았는데 저기 있었구나. 산 지 얼마 안 된 새 건데. 영윤은 그렇게 생각하며 담뱃갑을 챙겨 주머니에 넣었다.

이번에도 특별히 눈에 띄는 게 없었다. 주사위랑 비슷하게 생긴 것도 보이지 않았다. 여진이 가방을 구석구석 뒤지며 탈탈 터는데도 주사위는 나오지 않았다.

"주사위가 맞아?"

여진이 그렇게 묻는 순간 세탁실 문을 뭔가가 들이받았다. 쿵 하는 소리가 나더니 이어서 다시 쿵, 쿵, 쿵, 연속으로 부딪히는 소리가 들렸다. 철재로 만들어진 문이 우그러지고 있었다. 세탁실 의자며 세탁 바구니며, 세탁실 안에 있는 물건은 다 끌어다 문 앞에 세워놓았지만 그것도 잠시 버티는 용도밖에 되지 못할 것 같았다. 문 앞에 세워진 의자 탑이 위태롭게 흔들렸다.

여진은 문을 잠시 쳐다보더니 영윤의 손을 잡았다. 아까 가방에서 떨어진 라이터가 손에 들려 있었다. 그걸 영윤의 손바닥 위에 올리며 여진이 말했다.

"네가 해야 돼. 이 가방이든 뭐든. 아무래도 좋으니까 무슨 짓을 해서라도 주사위를 찾아. 그리고 라이터로 태워."

라이터로 태우는 거야 어려운 일은 아니었다. 나무 주사위니까 불을 붙이기만 해도 태울 수 있을 것이다. 문제는 그게 지금 어디 있는지 전혀 모른다는 것이었다.

영윤이 뭐라고 할 새도 없이 여진은 문 쪽으로 뛰어나갔다. 이번에도 여진이 저걸 상대할 생각인 것 같았다. 하지만 영윤은 여진의 포스트잇이 얼마 남지 않았다는 것을 알고 있었다. 고작 그걸로 얼마나 더 버틸 수 있을지 알 수 없었다.

영윤은 여진이 바닥에 내동댕이친 더플백을 주워 올렸다. 가방은 이미 텅 비어 있었다. 숨겨진 포켓이 없나 다시 가방을 뒤져봤지만 그런 게 있을 리가 없었다. 이 가방을 쓴 것만 지금 몇 년짼데.

잠시 숨을 멈춘 채 생각했다. 박소정은 이 주사위를 어디다 숨겨야 들키지 않을 거라고 생각했을까? 낡은 나무 주사위는 일반적인 주사위보다 크기가 훨씬 작았다. 어디든 넣어두는 편이 좋았을 거다. 가방에 굴러다니게 두는 것보다는. 영윤은 바닥에 떨어진 옷가지를 들어 올려 주머니를 뒤졌다. 하지만 이것도 아니었다. 청바지 주머니에서 나온 휴지 조각이 전부였다. 혹시나 싶어 주머니에서 담뱃갑을 꺼내 열어보았는데 여기도 아니었다.

그사이 여진의 손에 있던 포스트잇이 결국 떨어졌다. 빈손이 된 여진을 흘깃거리던 영윤은 여진이 "집중하라고!" 외치는 소리에 다시 고개를 돌렸다.

이것도, 이것도, 그리고 이것도 아니야. 그럼 남은 게 뭐지? 영윤은 이미 엑스 표를 친 것들을 손으로 치우며 남은 걸 살폈다. 남은 건… 에어팟 케이스뿐이었다. 영윤이 그걸 집어 들자 여진이 서 있는 쪽에서 끔찍한 비명이 들렸다. 박소정이었던 그것이 결국 여진의 목을 틀어쥐었다.

시간이 없었다. 영윤은 에어팟 케이스를 열었다. 그런데 이어폰 양쪽이 들어 있어야 할 공간에 이어폰 대신 낡고 지저분한 주사위가 들어 있었다. 찾았다. 영윤은 망설이지 않고 그 주사위를 잡아 꺼냈다. 그리고 다른 한 손에 있던 라이터의 불을 댕겨 주사위 위에 올렸다. 끄트머리부터 불이 옮겨가며 뭔가가 타는 냄새가 났다. 분명 나무가 타는 냄새가 나야 할 텐데 그 냄새가 아니라, 머리카락을 태울 때 나는 냄새 같은 게 났다. 동시에 여진의 목을 틀어쥐고 있던 그것이 다시 비명을 지르기 시작했다.

손을 들어 귀를 틀어막고 싶었지만 주사위를 태우는 걸 멈출 수가 없었다. 불이 제대로 붙지 않아 몇 번이나 라이터를 다시 켜야 했다.

느리긴 했지만 주사위가 불에 타는 동시에 그것이 발끝에서부터 서서히 재가 되어 사라지기 시작했다. 목덜미를 붙잡혀 공중에 들어 올려졌던 여진은 바닥으로 떨어지며 콜록콜록 기침을 했다. 다행히 늦지 않았다. 겨우 안도한 영윤은 잿더미로 변한 주사위에서 라이터를 떼어냈다.

"끝난 건가?"

긴 꿈을 꾼 것 같았다. 말도 안 되는 일이 벌어지는 이상한 꿈을. 영윤의 물음에 비틀거리며 일어난 여진은 그러나 고개를 저었다.

"아직 안 끝났어."

"뭐? 뭐가 더 남았어?"

"그 폐가에 같이 들어갔던 네 친구들도 다 주사위 하나씩 가지고 있을 거야. 그것까지 전부 태워서 없애야 돼."

"걔네는 멀쩡했는데?"

아직 남은 주사위가 있다는 말에 영윤의 얼굴이 어두워졌다. 엠티에서 돌아온 후로 폐가에 함께 갔던 애들은 전부 집에서 한 발자국도 나오지 않고 있다고 들었다. 그래도 전화하면 연락도 되고, 어디가 아프다든가 앓았다든가 하는 이야기도 없었는데. 영윤의 말에 여진은 혀를 한 번 쯧 차고는 말을 이었다.

"그러니까 말했잖아. 그렇게 힘이 센 영이 아니라고. 생명력을 빨아간 것뿐이야. 쉽게 말해 홀린 거지. 그걸로 실체까지 만들어내고 남의 기억을 이리저리 휘저을 정도면 좀 많이 가져간 것 같긴 하지만. 그래도 영양실조로 며칠 병원에 입원하면 나을 정도일걸."

영윤은 여진의 말을 들으며 바닥에 쏟아진 물건을 주워담았다. 그리고 곧 더플백을 메고 일어섰다. 다시는 하고 싶지 않은 경험이었다. 요 며칠간 제게 일어난 일이 무슨 공포 영화에 나올 법한 일투성이였다. 영윤은 다시 한번 공포 영화의 제일 중요한 교훈을 머리에 새겼다. 가지 말라는 데는 이유가 있다. 가지 말아야 한다. 흉가 체험이니, 폐가 체험이니 하는 걸 원래 별로 좋아하지도 않았지만 이제 그런 콘텐츠조차 꼴도 보기 싫었다.

영윤은 우그러진 문 앞에 서 있는 여진을 보았다. 여진은 이런 일이 익숙한 듯 아무렇지도 않은 얼굴이었다. 이런 걸 매일 보고 살아야 한다니. 얘 팔자도 참 기구했다. 영윤이 그런 생각을 하는 와중에 여진은 우그러진 문의 손잡이를 잡고 돌렸다. 좀 끼익거리는 소리가 심하긴 하지만 당기니 열리긴 열렸다.

"이거 어떡해? 우리가 배상해야 되나?"

여진의 물음에 영윤은 입을 다물었다. 깽판은 귀신이 쳤는데 왜 우리가. 서로 말은 하지 않았지만 암묵적인 합의가 이루어졌다. 문을 열고 걸어나가는데 여진이 한쪽 발을 저는 게 보였다. 그것과 대치하던 중에 발을 삐끗한 모양이었다. 영윤은 여진의 팔 한쪽을 제 어깨에 걸쳤다. 며칠 내내 어깨에 뭐가 올라탄 것처럼 묵직했는데 지금은 거짓말처럼 가벼웠다. 여진을 부축했는데 그 무게도 잘 느껴지지 않을 정도였다.

두 사람은 계단을 올라 지하에서 벗어나 기숙사 현관으로 빠져나왔다. 마침 해가 뜨고 있었다. 희붐한 새벽빛이 멀리서부터 하늘을 밝게 물들였다. 여진의 걸음에 맞춰 천천히 걷던 영윤이 물었다.

"내 목에 있던 뱀은? 사라졌어?"

여진은 그제야 깨달았는지 "아." 하는 소리와 함께 영윤 쪽으로 시선을 돌렸다. 그러나 영윤의 목덜미를 본 여진의 표정이 삽시간에 굳어 버렸다.

"뭐야? 왜 그래?"

영윤이 재촉하자 여진은 바람이 새는 듯한 웃음소리를 내며 고개를 돌렸다.

"거짓말이야. 이제 없어."

영윤은 그대로 여진을 내팽개치고 혼자 기숙사에 돌아갈까 잠시 고민했다. 하지만 점점 부어오르는 발목이 눈에 밟혀 차마 그럴 수 없었다. 사람이 장난을 칠 게 따로 있지. 영윤은 그렇게 구시렁거리며 여진의 팔을 꼬집었다.

아침이 가까워진 새벽의 캠퍼스에는 의외로 지나다니는 사람이 꽤 있었다.

"사람이 왜 이렇게 많아. 시험 기간도 아닌데, 별일이네."

영윤은 그렇게 말하며 앞으로 천천히 걸었다. 그 말에 여진이 되물었다.

"사람이 많다고?"

여진은 천천히 주변을 둘러보았다. 그 시선을 따라 영윤도 느릿느릿 고개를 돌렸다. 커다란 화구 통을 들고 걸어가는 여자, 운동장에서 혼자 농구를 하는 남자, 종종걸음으로 두 사람을 스쳐 가는 어린아이. 이 시간에 학교에 어린애가 있다고? 영윤이 의아하게 생각한 순간 여진의 두 눈이 무언가에 놀라 크게 떴다. 여진이 물었다.

"너 저게 보여?"

이번에는 정말 농담하는 사람의 표정 같지 않았다. 그

러나 영윤은 이번에야말로 속지 않겠다고 다짐한 참이었다.

"뭐야, 이번엔 안 속아."

영윤은 여진의 반응을 보고 웃어넘겼다. 또 장난치네. 영윤은 이제 재미없으니까 그만하라고 핀잔을 줬고, 여진은 대답하지 않았다. 여진이 대답하지 않자 분위기가 어색하게 얼어붙었다. 두 사람은 침묵 속에서 함께 걸었다. 정문을 나올 때까지 장난이었다는 말은 끝내 듣지 못했다.

정문 앞 횡단보도를 건널 때쯤 영윤이 물었다. 대체 언제쯤 이 재미없는 장난 그만둘 거야? 질문과 동시에 영윤은 여진 쪽으로 무심코 고개를 돌렸다. 그리고 그것과 눈이 마주쳤다.

여진의 목을 가로지르는 검은색 뱀이 영윤을 똑바로 바라보고 있었다.

뱀과 일기

새벽 3시는 불길한 시간이다. 캠퍼스를 가로질러 후문으로 돌아가는 길에 문득 그 말이 정현의 머릿속에 떠올랐다. 며칠 전의 라이브 방송에서 누가 그런 댓글을 달았었다. 재수 없게 그 말이 지금 떠오를 건 뭐람. 정현은 투덜거리며 걸음을 재촉했다.

하필이면 또 학교 괴담의 단골 소재로 등장하는 분수대 근처를 지나는 길이었다. 이 분수대 한가운데에 있는 소녀 동상이 새벽 3시가 되면 혼자서 분수를 빠져나와 캠퍼스를 걸어 다닌다는, 말도 안 되는 전설이 학교에 전해 내려오고 있었다. 그 전설의 진위를 확인한답시고 정현은 친구들과 단체로 술을 마시고 새벽에 이 분수대를 찾은 적도 있었다. 그때는 분명 아무 일도 일어나지 않았

는데. 정현은 핸드폰 화면으로 시간을 확인했다. 3시가
되기 딱 1분 전이었다.

어쩐지 목덜미가 서늘한 느낌에 저절로 걸음이 빨라졌
다. 분수대를 거의 다 지나쳤을 때쯤 정현은 무언가를 밟
았다. 어두워서 잘 보이지 않기도 했고, 반쯤은 졸면서 걸
었던 탓이기도 했다. 제발 껌은 아니어라. 정현은 천천히
발을 들어 올려 자신이 밟은 것을 내려다보았다.

누군가 흘리고 간 듯한 낡은 노트였다. 손때가 탄 건지,
원래 색깔이 그런 건지 표지는 회색에 가까웠다. 잘 안
보여서 핸드폰 불빛으로 노트를 비추자, 그 위에 쓰인 글
씨가 눈에 들어왔다. 기도원 일지. 기도원 일지? 이런 게
왜 대학교 캠퍼스 분수대에 떨어져 있어? 알 수 없었다.

정현은 노트를 주워 첫 장을 넘겼다. 그런데 노트 안
쪽은 텅 비어 있었다. 누가 쓴 건지, 어느 기도원에서 사
용한 건지 기본적인 내용조차도 없었다. 겉표지만 보면
몇 년은 된 노트 같아 보이는데. 생각보다 싱거운 결말에
정현은 노트를 도로 덮었다. 여기다 사람 이름이나 써볼
까? 데스 노트인지도 모르잖아? 정현은 시답잖은 생각을
하며 노트를 도로 제자리에 내려놓으려 했다. 적어도 여
기에 두면 주인이 찾아가겠지. 그렇게 생각하며 노트를
내려놓던 순간 정현은 소스라치게 놀라 손에서 노트를
떨어뜨렸다.

노트 겉표지에 적힌 글씨가 천천히 사라지고 있었다.

기도원 일지라고 적혀 있던 걸 분명히 아까 확인했는데. 앞 글자부터 글씨가 천천히 사라지더니 결국 일지라고 적혀 있는 부분까지 깨끗해졌다. 보고 있는데도 믿기지 않는 광경이었다. 정현은 아직 잠이 덜 깼나 싶어 몇 번이나 눈을 다시 비볐다.

하지만 사라진 글자가 돌아오는 일은 없었다.

＊

"그래서 이제 어떡할 거야? 나는 어떡하고?"

자리에 앉자마자 영윤은 그렇게 물었다. 영윤은 지퍼가 달린 후드를 머리에 뒤집어쓴 채로 눈동자만 굴려 여진을 쳐다보았다. 보고 싶지 않은 것들, 그러니까 귀신같은 게 눈에 보이기 시작한 지 벌써 일주일째라고 했다. 그리고 여전히 적응하지 못한 모양이었다. 하지만 한 달만 지나면 저것도 시들해질 거다. 여진은 팔짱을 긴 채로 의자에 등을 기댔다.

어쩌다 이렇게 되어버렸을까? 알 수가 없었다.

며칠 전, 여진은 영윤의 목에 붙은 검은 뱀을 보았다. 다른 사람들의 눈에는 보이지 않는 걸로 봐서 분명 귀신 비슷한 존재거나, 귀신이거나 둘 중 하나라고 짐작했었다. 여진은 제 능력으로 해결할 수 없는 일이라는 걸 직감했다. 고작 침으로 귀신을 쫓아내는 능력밖에 없는 여진에게는 벅찬 일이었다. 저렇게 섬뜩하게 선명한 비늘이라니,

본능적으로 뒷걸음질이 쳐질 정도였다. 그래서 적당히 주의를 주고 자신은 이 일에서 손을 뗄 생각이었는데. 세상에 생각처럼 흘러가는 일이 없다는 게 문제였다. 어쩌다 보니 이 일에 얽혀 영윤의 목에 붙은 뱀과 그 옆에 붙어 있던 귀신을 처리했지만, 그 대가로 여진은 제 발등을 찍었다. 그 뱀이 저주의 표식일 줄 누가 알았겠는가.

여진이 대답하지 않자 아이스 아메리카노를 나란히 앞에 두고 앉은 테이블에는 정적이 흘렀다. 이번에도 먼저 입을 뗀 건 영윤 쪽이었다.

"양여진, 이거 원래대로 돌아오기는 해?"

"그걸 내가 어떻게 알아?"

나도 귀신 같은 건 안 보고 살고 싶은데. 원래대로 돌아오는 방법 같은 게 있었으면 진작 그렇게 했지. 저도 모르게 날이 선 목소리로 대답한 여진은 이내 영윤의 눈치를 살폈다. 여진이 그러거나 말거나 영윤은 앞에 놓인 커피잔을 쥐며 대꾸했다.

"아니, 나 말고. 네 목에 그거 말이야."

영윤의 말에 여진은 목덜미를 만지려다가 도로 손을 내렸다. 영윤의 말에 따르면 지금 여진의 목에는 비늘이 검은 뱀이 붙어 있었다. 거울로 확인도 했다. 영윤의 말대로였다. 영윤의 목에 붙어 있던 그 뱀이었다. 한숨을 속으로 삼키며 여진은 지금 상황을 정리했다.

"일단 네가 그…, 이상한 게 보이는 건 귀신이랑 너무 오래 접촉해서 그런 걸 거야. 네가 주사위를 들고 있기도 했고. 그래서 원래대로 돌아올지, 아니면 앞으로도 계속 이럴지 그건 몰라. 나라고 다 아는 것도 아니고."

"일단 시간이 지나길 기다려보는 수밖에 없다는 거지?"

"그래. 그리고 내 목에 붙은 뱀은… 이건 뭔지 짐작도 안 가. 언제, 어디서, 왜 붙은 건지."

여진은 영윤의 목에서 뱀을 발견하고 끼어든 일을 후회했다. 애초에 영윤의 목에 붙은 검은 뱀을 모른 척했어야 하는 건지도 몰랐다. 그랬으면 이 꼴이 되지도 않았을 것이다. 커피잔을 계속 만지작거리던 영윤이 어울리지 않게 뜸을 들이다 물었다.

"그게 혹시… 내 쪽에서 너한테 옮겨간 거야?"

"그건 아닐 거야. 너한테 붙은 건 주사위가 소멸하면서 사라지는 걸 똑똑히 봤으니까. 이건 아마도 다른 쪽에서 붙은 거겠지."

다른 쪽이라고 해도 짐작 가는 구석이 많지는 않았다. 여진은 그날 영윤과 함께 갔던 곳을 되짚어보았다. 학생회관 1층 카페, 염 목사님 기도원, 여진의 자취방, 사진 동아리방, 그리고 기숙사. 이 중에 수상한 곳을 꼽자면 기도원과 그 음습한 동아리방뿐이었다. 영윤이 물었다.

"뱀이 저주의 표식이라고 했지?"

"맞아. 염 목사님이 한 말이니까 맞을 거야. 일기에 그렇게 적혀 있었… 어?"

"왜?"

"그 일기 어디 갔지? 네 가방에 다시 넣어놓지 않았어?"

여진의 말에 영윤은 메고 있던 가방을 테이블 위에 내려놓았다. 자그마한 크로스백에서 나온 물건은 많지 않았다. 핸드폰, 파우치, 립밤, 샘플 향수, 핸드크림, 에너지바, 카드 지갑, 그리고 목캔디. 그게 전부였다. 표지가 낡고 때가 탄 기도원 일지라든지, 불길해 보이는 노트는 보이지 않았다. 순간 머릿속을 스치는 깨달음에 여진은 자리에서 벌떡 일어섰다.

그날 분수대 앞에서 일기장을 읽었던 것까지는 기억에 남아 있었다. 그 일기장 속에서 중요한 단서를 발견하고 기숙사로 뛰어간 것까지. 하지만 일기장을 제대로 챙겼는지는 기억나지 않았다. 영윤이 알아서 잘 챙겼겠거니, 하며 앞만 보고 달렸던 것이다. 영윤에게 그날 일기장을 챙겼느냐고 묻자, 영윤은 고개를 저었다.

"아니, 나는 네가 챙긴 줄 알았지."

결국 아무도 챙기지 않았다는 소리였다. 분수대 근처에 일기장만 덩그러니 남겨두고 갈 정도로 정신이 없었다는 소리이기도 했다.

여진은 더 생각할 것도 없이 카페를 나섰다. 그리고 학생회관을 빠져나와 분수대를 향해 빠른 걸음으로 걸었다. 누가 가져갈 만한 물건이라고 생각하지는 않았다. 그 일기장은 손때가 가득 타 딱 보기에도 지저분했다. 원래 색깔은 상앗빛에 가까운 밝은색이었던 것 같은데 지금은 회색에 가까웠으니. 무엇보다 보기만 해도 불길해 보이는 물건이라 보통 사람이라면 본능적으로 저걸 건드리면 안 되겠다는 판단을 내릴 수 있다. 머리가 어떻게 된 사람이 아니고서야 그걸 가져가지는 않았을 것이다.

그렇게 생각하며 분수대 앞에 도착한 여진은 주변을 살폈다. 겨울철이라 분수대 안쪽에는 물이 다 빠져 있었다. 몇 번이나 분수대 안을 살폈지만, 노트 같은 건 보이지 않았다. 뒤따라온 영윤이 합세해 분수대 주변을 이 잡듯이 뒤졌지만, 결과는 마찬가지였다.

"누가 가져간 거 아니야?"

"그딴 걸 누가 가져가?"

너 같으면 그 불길한 걸 가져가고 싶어? 여진의 말에 영윤은 고개를 끄덕였다. 그건 그러네. 분수대를 한 바퀴 더 돌고 온 영윤은 머뭇거리다 말을 꺼냈다.

"근데 하지 말라면 더 하고 싶어 하는 사람도 있잖아."

"가지 말라는 폐가에 가는 것처럼?"

"아니, 그건 내가 가고 싶어서 간 거 아니라니까."

영윤은 짜증을 내며 분수대 앞에 앉았다. 그리고 흘러내린 머리카락을 정리하며 말했다.

"세상에는 불길한 걸 보면 피하는 게 아니라 그게 뭔지 기어코 확인해보려는 사람도 있어."

영윤의 말이 옳았다. 공포 영화에서 제일 먼저 죽는 사람이 바로 이런 부류였다. 사람들이 세상에 누가 저런 짓을 하냐고 비웃을지 몰라도 막상 그런 상황이 닥치면 뱀의 아가리에 머리를 들이미는 인간은 실제로 존재했다. 어디에나 있었다. 여진은 그런 사람을 숱하게 많이 봤다.

"그나저나 이제… 누가 가져갔는지 어떻게 찾지? 이 넓은 캠퍼스에서?"

영윤의 질문에 잠시 정적이 흘렀다. 여진은 분수대에서 보이는 건물들을 손으로 꼽았다. 법학관, 경상관, 학생회관, 과학관, 도서관… 당장 눈에 보이는 것만 다섯 개가 넘어갔다. 이 건물들 하나하나에 우글거리는 인간들을 전부 조사하는 건 불가능에 가까운 일이었다.

하지만 불가능에 가깝더라도 해야 하는 일이었다. 그 일기장이 다른 문제를 일으키기 전에 찾아야 했다.

★

정현은 가방 속에 숨겨놓은 노트를 조심스럽게 꺼내 책상 위에 올렸다. 밝은 곳에서 보니 더 지저분해 보였다. 노트 표면에 적혀 있던 글씨는 그날 정현의 눈앞에서 사라진 채 다시 돌아오지 않았다.

"아니, 진짜로 이 노트 위에서 글씨가 막 사라졌다니까."

정현은 침을 튀겨가며 설명했다. 그러면서도 차마 노트 위에 손을 올리지는 못했다. 그 정도로 꺼림칙한 노트였다. 정현의 앞에 앉아 있던 선호는 심드렁한 표정으로 책상 위에 놓인 노트를 집어 들었다.

"이딴 게 귀신 붙은 노트라고? 그냥 지저분한 노트잖아. 네가 술 먹고 잘못 본 거 아니야?"

선호가 말했다. 그 말에 정현의 얼굴이 술이라도 마신 것처럼 벌게졌다.

"나 그날 술 안 마셨다니까!"

"아니면 새벽에 졸려서 헛것을 봤다거나."

"아, 안 믿을 거면 내놔."

정현은 선호의 손에서 노트를 빼앗아 쥐었다. 그러느라 모서리 부분이 조금 구겨졌다.

"아니, 안 믿는다는 게 아니라… 우리 지금 하는 콘텐츠 중에는 좀 약하지 않냐? 이거지."

선호는 그렇게 말하며 앞에 놓인 카메라를 톡톡 두드렸다. 당장 이번 주말에 촬영 나가기로 한 곳만 두 군데였다. 하나는 인터넷에서 꽤 화제가 된 유명한 흉가였고, 다른 하나는 이제 더 이상 쓰이지 않아 폐쇄된 터널이었다. 어느 쪽을 더 자극적으로 촬영해야 더 조회 수가 많이 나올지 고민하느라 안 그래도 머리가 아픈데, 이런 시시한 일기장까지 신경 쓸 여유는 없었다.

"우리 채널 이제 이름도 있는데, 이런 걸 다루면 구독자 다 떨어져 나갈걸."

오컬트 동아리에서 만난 선호와 유튜브 채널을 개설한 지도 벌써 반년 가까이 되어 갔다. 선호가 카메라를 들고 핸드헬드로 직접 촬영하고, 정현이 영상을 편집해 올리는 식으로 함께 작업해 왔는데, 그 반년 동안 두 사람은 전국의 흉가나 폐가, 괴담이 전해지는 곳이라면 가리지 않고 전부 찾아 돌아다녔다. 꽤 실감 나는 공포 콘텐츠로 이름을 알리기 시작한 건 최근이었다. 여름에 선호가 계곡 근처에서 찍은 영상이 온갖 커뮤니티에서 화제가 된 덕분이었다. 영상 후반에 하얀 옷을 입은 여자가 물 위에 서 있는 장면이 2초 정도 스쳐 지나가듯 나오는데 눈썰미 좋은 누군가가 발견해 게시판에 올렸고, 저게 대체 정체가 뭐냐고 댓글이 폭발했다. 합성이다, 아니다로 한동안 논란이 됐었다. 선호는 그 논란이 되는 것 자체가 돈이라며 영상에 대해 해명하거나 하지 말라고 정현에게 으름장을 놨었다.

자신이 편집한 영상이라 단언할 수 있었다. 그 영상에 무슨 조작을 하거나 한 적은 없다. 정현은 카메라에 찍힌 게 정말 귀신인지 뭔지는 몰라도 주작 소리를 듣는 게 억울했다. 정현이 그러거나 말거나 논란이 돈이 된다는 것 자체는 사실이었는지, 두 사람의 오컬트 채널의 구독자는 나날이 늘어갔다. 원래대로라면 쾌재를 불러야 마땅하건만 최근에는 콘텐츠 내용으로 다투는 일이 잦았다.

"그건 소재가 약해서 써먹을 수가 없다니까?"

선호는 일기장을 가리키며 말했다.

"언제부터 우리가 약한 거, 센 거 가려가면서 방송했냐?"

정현은 그동안 생각만으로 남겨두었던 말을 입 밖에 꺼냈다. 정현의 불만은 한 가지였다. 조회 수가 늘어나고 구독자 수가 늘어나면서 강선호는 더 자극적인 콘텐츠, 사람들의 이목을 끌만한 콘텐츠만 찾아다녔다. 채널을 시작할 때만 해도 이러지는 않았는데. 그때는 일상생활에서 흔하게 볼 수 있는 오컬트 소재나 무서운 이야기 같은 것들을 주로 다루었다. 지금처럼 '진짜 귀신'에 집착하는 게 아니라. 정현의 항변에 선호는 한쪽 입꼬리만 끌어당겨 웃었다.

"네가 그러니까 콘텐츠 기획은 안 되는 거야. 이미 우리 채널은 그런 수준은 넘어섰다고. 근데 이런 어린애들 장난 같은 걸 가져오면 어쩌자는 거야?"

그 말에 정현은 주먹을 꾹 말아 쥐고 화를 참았다. 선호가 이야기하는 것들은 대체로 틀리는 법이 없었다.

"까놓고 얘기해서, 지금 우리가 버는 돈이 다 어디서 나온다고 생각하는데? 너 예전에 하던 아르바이트 인제 와서 다시 하고 싶어?"

그 말엔 반박할 도리가 없었다. 지금 이만큼의 돈을 버는 건 전부 선호의 말대로 한 덕분이었으니까. 정현은 꽉 쥐었던 손을 펴 노트 위에 얹었다. 손에 들어간 힘 때문에 노트가 조금 구겨졌다.

"그래도 기껏 주워 왔는데 버리기는 아까우니까… 라이브 방송에 한번 써먹어 볼까."

선호의 말에 정현은 마지못해 고개를 끄덕였다. 그건 그렇게 일회용으로 써먹고 버릴 만한 물건이 아니라고 반박하고 싶었으나 꾹 눌러 참았다.

"언제 할 건데?"

"말 나온 김에 오늘 밤에 하자."

두 사람은 비정기적으로 라이브 방송을 켜곤 했다. 자정에서 새벽으로 넘어가는 시간대에 틀어서 무서운 이야기나 어디서 주워들은 괴담을 주워섬기는 단순한 방송이었지만, 오늘의 라이브 방송은 조금 특별해질 예정이었다. 순식간에 유튜브 채널에 공지글을 작성한 선호는 정현에게 물었다.

"근데 그 지저분한 노트로 뭐 하게?"

"글씨가 사라지는 노트라고 올려줘. 라이브 할 때 내가 여기다 글씨를 쓸 건데, 뭐라고 쓰면 좋을지 멘트 추천도 좀 받고."

"오, 그건 좀 재밌겠는데."

선호는 그제야 관심을 보였다. 방송에서 아무런 일이 일어나지 않더라도 상관없었다. 그럴지도 모른다고 낄낄대는 게 이 방송의 주된 목적이었으니까. 정현은 그렇게 생각하며 노트를 집어 들었다.

★

여진은 넘겨도, 넘겨도 똑같은 화면을 보며 한숨을 쉬

었다. 며칠째 강의가 비는 시간마다 영윤과 마주 보고 앉아 학교 익명 커뮤니티를 뒤지고 있었다. 이런 데에 뭐가 올라오기는 하는 건지, 확신은 없었다. 영윤이 그렇다고 강력하게 주장해서 따라 하는 것뿐이었다. 여진은 원래 이런 학교 커뮤니티 따위를 이용하지 않았다. 영윤이 말했다.

"지금 우리가 찾아볼 만한 게 에타 말고 더 있어? 없지? 그럼 얌전히 내 말대로 해."

영윤의 말에 따르면 이 넓은 캠퍼스에서 일어나는 모든 사건과 소문의 온상지는 바로 이 학교 커뮤니티였다. 소문 같은 건 신빙성이 떨어지지 않냐고 반박했지만 영윤에게는 통하지 않았다. 그런 말도 안 되는 것 같은 소문이 모여서 어느 정도 그럴듯한 그림이 되기도 한다는 것이다. 운이 좋으면 누군가가 분실물 게시판에 그 일기장을 올릴 수도 있고. 듣고 보니 맞는 말 같아서 여진도 고개를 끄덕이고 도로 핸드폰 화면으로 눈을 돌렸다.

빠른 속도로 핸드폰 화면을 넘기던 영윤이 "어!" 하는 소리와 함께 여진의 옆으로 다가왔다.

"이거 봐. 이 동영상 안에 보이는 노트, 그 일기장 같지 않아?"

영윤의 말에 여진은 영윤의 핸드폰을 넘겨받아 그 부분을 확대했다. 손때가 타서 거의 회색이 되어버린 상아색 노트. 얼핏 보기에는 그 일지와 똑같은 노트처럼 보였다. 한참 영상을 들여다보던 여진이 말했다.

"근데… 아닌 것 같은데? 표지에 기도원 일지라는 글자가 안 보여."

"아, 그게 이 방송하는 사람이 주장하는 말로는 표지에서 글자가 사라졌다나 봐."

핸드폰을 가져간 영윤은 스크롤을 죽 올려 게시글 첫 문단을 보여주었다.

오컬트 채널 '무서운 이야기' 유튜버 죽었다는 게 진짜야?

여진이 그 문장을 보고 고개를 돌리자, 영윤과 눈이 마주쳤다. 무슨 사건이 일어나기 전에 그 일기를 찾아야 한다고 생각하고 있었는데, 아무래도 이미 사건은 일어나버린 모양이었다. 여진은 게시글의 나머지 문단을 마저 읽었다.

나 그날 라이브 방송 보고 있었거든. 웬일로 재미있는 걸 가지고 왔네, 싶어서. 이 채널 운영하는 거 우리 학교 오컬트 동아리 애들인 건 알지? 동아리방이랑 학교 풍경 나오는 거 보고 바로 알았잖아. 원래 얘네가 하던 게 우리 주변 일상에서의 소소한 괴담, 무서운 이야기 이런 거였거든. 그래서 채널명도 무서운 이야기고. 근데 그 물 위에 뜬 하얀 귀신으로 채널 뜬 다음부터는 맨날 자극적인 것만 찾고, 말도 안 되는 이야기만 해서 별로였어. 나처럼 초창기 때부터 구독하던 사람은 뭔 소린지 알 텐데.

아무튼 그날은 무슨 귀신이 붙은 노트를 찾았다는 거야. 글씨가 사라지는 노트라나 뭐라나. 난 사실 그게 진짜든 가짜든 상관없었는데, 그날 다 같이 라이브에서 무슨 글씨를 써볼까 떠들고 그런 게 나름 재미있었어.

영윤의 말이 옳았다. 세상에는 불길한 걸 보면 피하는 게 아니라 그게 뭔지 기어코 확인해 보려는 인종이 있다. 그 일기장을 주운 누군가가 그런 사람이었던 것이다. 그런 불길한 노트를 발견했다면 버리는 게 상식적이다. 보통 그걸 가지고 인터넷 방송을 하려 들지는 않는다. 무슨 일이 일어날 줄 알고. 여진은 대놓고 혀를 찼다. 글은 아직도 한참 남아 있었다.

이런 귀신 붙은 노트라는데 당연히 뭘 했겠냐? 다들 분신 사바부터 해보라고 난리였지.

이 대목에서 여진은 탄식했다. 가만히 있어도 불길한 노트를 가지고 있는 판에 귀신을 부르기까지 하다니 제정신인가 싶었다.

근데 분신사바도 할 줄 아는 놈이 해야 하는 거지. 해도 아무 일도 안 생기더라. 그래서 김이 새 가지고, 다른 거 해 보자 이러고 있는데….

그 노트에 쓴 글씨가 진짜로 하나씩 사라지는 거야. 그 왜, 기화 펜으로 쓰면 글씨 사라지는 것처럼. 그래서 라이브 보던 사람들 싹 다 뒤집혀서, 기화 펜으로 쓴 거 아니냐, 주작 아니냐고 난리였어. 얘네가 유성 매직으로 글씨 쓰고 그 게 사라지는 거까지 보여주고 나서는 주작 소리 쏙 들어갔지만. 그다음부터는 뭐. 우리 다 뭐 웃긴 것 좀 더 써봐라, 우스갯소리로 내 소원도 한번 써줘라, 하고 놀다가 방종했어.

이렇게 글로 쓰니까 시시해 보이는데 어쩐지 으스스했다니까. 근데 이 방송 끄고 나서 그 유튜버 지금 일주일째 잠수라며. 학교에도 안 나오고.

죽었다는 소문 있던데 그거 진짜임? 그날 방송 때문에?

글 밑의 댓글 창은 사람이 죽었을지도 모른다는데 그걸 이렇게 가볍게 말할 일이냐는 사람과 그럼 뭘 어떻게 무겁게 말하냐는 사람들이 싸우면서 난장판이 된 지 오래였다. 댓글에서 건질 만한 정보는 거의 없었다. 그 유튜버가 죽었다는 소문이 사실인지, 아닌지도 모호하고. 댓글까지 다 읽은 여진이 고개를 들자, 영윤이 물었다.

"그 분신사바가 문제였을까?"

"그건 모르지. 원래부터 불길한 노트였잖아. 내 목에 붙은 이것도 아마 그거 때문에 붙은 거 같고."

그렇게 말하며 여진은 제 목을 가리켰다. 지금은 고개를 숙여봐도 꼬리 끝부분만 간신히 보였다. 가끔은 쉭쉭거리는 소리를 내면서 여진을 노려보기도 했다. 그럴 때마다 여진은 조용히 포스트잇을 이로 물었다. 그리고 뱀의 머리 위에 그 포스트잇을 붙였다. 그럼 뱀은 금세 조용해지곤 했다.

이 뱀을 해결하기 위해서도, 그리고 희생자를 더 내기전에 일기장을 처리하기 위해서라도 그 유튜버를 찾아야했다. 영윤은 내렸던 스크롤을 도로 올려 영상 캡처를 확인했다. 화면에 나온 유튜버의 얼굴은 생각보다 어려 보였다. 붉은빛으로 염색한 머리의 정수리 쪽은 검은 머리가 올라온 지 오래여서 꽤 오래 미용실에 가지 않은 티가났다. 아직 고등학생 티를 제대로 벗지 못한 새내기 혹은 아직 군대에 가지 않은 2학년. 그렇게 판단한 여진은 익명 게시판에 그 오컬트 동아리라는 키워드를 넣어 검색하기 시작했다.

✳

정현은 방의 불도 켜지 않은 채로 이불을 뒤집어썼다. 노트가 든 가방을 가방째로 내다 버린 게 벌써 몇 번인지 셀 수도 없는데 어떻게 된 일인지 집 밖에 나가려고 문을 열기만 하면 문 앞에 그 가방이 놓여 있었다. 가방에 발이 달린 것도 아닐 텐데. 오피스텔 1층에다 복도 CCTV를 보여달라고 해서 확인했는데 이상하게 가방이 문 앞에 돌아오던 그 부분만 영상이 뭉 떴다. 누군가 일부러 오려 낸 것처럼.

정말 저주받은 노트였던 건지도 몰라. 정현은 이불을 꼭 쥔 채로 몸을 사시나무 떨듯 떨었다.

며칠 전 선호가 죽었다. 정말 죽을 줄은 몰랐다. 그날 라이브 방송에서 노트에 쓴 글은 반쯤은 장난이었고 나머지 반쯤은 호기심이었다. 시청하는 사람들도 마찬가지였다. 그게 정말로 이루어질 거라는 기대를 한 사람은 없었을 것이다.

분신사바가 실패한 직후, 선호는 어떤 문장을 쓸지 댓글에서 추천받았다. 시청자 중 하나가 장난으로 '이번 중간고사 나 빼고 다 망하게 해주세요. 나만 성공하게.'라고 올렸고 선호는 그 문장을 받아 적었다. 그 문장 역시 조금 시간이 지나자 노트 속으로 스윽, 빨려 들어가면서 사라졌다. 이번에도 반응은 폭발적이었다. 라이브 방송을 보러 온 사람들이 죄다 이번엔 내 소원을 적어달라고 아우성을 쳤다. 그다음부터는 성지 순례나 다름없었다. 예언이 적중한 글에만 달린다는 소원 댓글들이 줄줄이 이어졌다.

'여자 친구 생기게 해주세요.'

'아까 나 빼고 망하게 해달라던 새끼 누구냐? 이 새끼부터 망하게 해줘.'

'원서 넣고 기다리는 중인데 대학 합격하게 해주세요.'

'올해는 승진.'

'내 코인 떡상하게 해주십쇼.'

'꼭 나만 잘되게 해주시고요. 나 망하게 해달라고 빈 새끼 이 새끼는 좆 되게 해주세요.'

막판에는 서로 비난하고 저주하는 글이 절반이 넘었다. 감정의 찌꺼기를 토해낸 것 같은, 색깔로 치면 거무죽죽한 기름때 같은 문장들. 선호는 신이 나서 그 문장을 모두 옮겨 적었다. 적는 족족 글자가 사라지니 그리 어려운 일도 아니었다. 세 시간에 걸쳐 문장을 적고 나서 팔이 아파서 더 못 쓰겠다고 방송을 종료했다. 라이브 방송 켜기 전까지는 이딴 노트가 무슨 방송 소재가 되냐고 비웃던 강선호도 방송을 끝내고 나서는 "이거 꽤 괜찮네. 다음에 한 번 더 써먹자." 하고 태도를 바꿨다. 그러고는 정현의 의사를 묻지도 않고 노트를 가져갔다.

거기까지만 했으면 정현 역시 노트에 그 말을 쓰지 않았을 것이다. 하지만 선호는 그날 술을 마시고 정현을 향해 삿대질하며 떠들어댔다.

"나 아니면 아무것도 아닌 새끼가. 넌 그냥 내가 시키는 대로, 편집만 해. 알았어?"

그 말을 듣고서야 알았다. '우리' 채널이라고 생각했던 것은 다 자신의 착각이고, 이 채널은 오직 강선호만을 위해 돌아가고 있다는 것을. 정현은 당장 선호의 멱살을 잡으려다가 손에 힘을 풀었다. 선호가 술에 취해 곯아떨어지고 나서, 선호의 가방 안에서 노트를 찾아 꺼낸 건 작은 보복 심리에서 기인한 행동이었다. 선호의 말마따나 이딴 노트에 쓴다고 이루어질 리 없다는 건 알지만. 그래도 토해내면 속이 시원해질까, 싶어서였다.

정현은 주머니에 아무렇게나 들어 있던 펜으로 노트에 한 문장을 반복해서 적었다. 죽어, 강선호. 죽어, 강선호. 죽어, 강선호. 죽어, 강선호. 죽어. 죽어. 죽어. 몇 번이나 썼을까? 속이 후련해질 때까지 죽으란 말을 반복하고 나서야 정현을 숨을 몰아쉬며 펜을 거두었다.

어차피 다 사라질 글씨다. 아침에 일어나면 강선호는 자신이 이런 말을 노트에 적었다는 것도 모를 것이다. 정현은 비틀거리며 일어나 선호의 자취방을 나섰다.

다음 날 수업을 모두 째고 오후쯤 느지막이 일어났을 때 정현은 경찰의 전화를 받았다.

선호가 죽었다고.

건물 옥상에서 떨어져 그 자리에서 즉사였다는데 정현은 그렇게 술에 취한 선호가 어떻게 옥상까지 올라갔는지, 그리고 왜 혼자 옥상에 갔는지조차 알 수 없었다. 선호가 죽기 전에 만난 인물이라고는 정현뿐이라 정현은 경찰서에 가서 참고인 조사를 받아야 했다. 자취방에서 둘이 술을 마셨다는 이야기에 처음 형사는 정현을 의심하는 듯했으나 정현이 먼저 집을 나서는 모습이 CCTV에 확실히 찍혀 있었고 옥상에서도 별다른 증거를 발견하지 못하자 결론을 자살로 바꾸었다.

정현은 정신도 차리지 못한 채로 선호의 장례식에 갔고, 입구에서 선호의 부모님을 마주치고 나서 도망치듯 자신의 자취방으로 돌아왔다.

난 아무 짓도 하지 않았어. 몇 번이고 자신을 향해 그렇게 말했지만, 그럴 때마다 누군가가 속삭였다. 정말 그래? 네가 결백하다고 할 수 있어?

"그건 그냥 장난이었다니까!"

그딴 짓을 한다고 정말 죽을 줄 누가 알았겠어? 정현은 소리를 지르며 양손으로 귀를 틀어막았다. 하지만 귀를 막아도 소리는 계속해서 들렸다. 정현은 거의 기다시피 거실을 지나 현관문 쪽을 향해 걸어갔다. 그리고 현관 앞에서 강선호의 가방을 발견했다. 검은색 잔스포츠 배낭. 그 빌어먹을 노트가 들어 있는 가방이었다. 저게 언제 자신의 자취방까지 들어왔는지, 누가 가지고 온 건지 보지도 못했는데.

정현은 거실에 멍하니 주저앉아 있다가 화장실로 달려가 변기를 붙잡았다. 하루 종일 먹은 게 없어 올라오는 건 시큼한 위액뿐이었다. 대충 입을 헹구고 화장실을 나오자마자 정현은 그 가방부터 내다 버리기로 했다. 오피스텔 분리수거장에 내던지듯 가방을 버리고 온 정현은 잠금장치가 닫히는 소리를 듣고 나서야 바닥에 드러누웠다.

이제 다 끝났다고 생각했으나 악몽은 이제부터 시작이었다.

★

"여기가 맞아?"

그렇게 묻는 영윤의 말에 여진은 고개를 기울이고 기도원이 있던 자리를 응시했다. 바로 얼마 전에 다시 왔던 곳이라 장소가 틀리지는 않았을 것이다. 주소 역시 이곳이 맞았다. 분명 그때 다 쓰러져 가는 건물과 그 앞에 겹겹이 쳐진 비닐 천막이 여러 개 있었다.

하지만 현재 이 공터에는 건물의 잔해만 남아 있을 뿐, 기도원이라고 불렸던 건물은 보이지 않았다. 그렇게 큰 건물을 며칠 만에 허물어버리다니. 여진은 혀를 차고는 잔해 사이로 발을 디뎠다. 단서가 될 만한 게 있을 거라는 생각은 들지 않았지만 여기까지 왔는데 이대로 돌아가기도 영 내키지 않았다. 영윤이 저 멀찍이 서서 물었다.

"이거 완전히 무너진 거 같은데 그만 돌아가지?"

먼지 구덩이 사이로 들어오기 싫은 티가 났다. 얼마 전에 산 캐시미어 코트를 입고 있었으니 당연했다. 여진은 뒤돌아보지도 않고 "넌 그냥 거기 있어." 하고는 잔해를 헤치며 나아갔다. 콘크리트, 철골 같은 건축 폐기물들과 먼지, 흙과 모래가 한데로 뭉쳐서 엉망이었다.

누가 이랬을까? 여진이 알기로 당시 건물의 소유주는

염문영 목사였다. 작년에 돌아가셨다고 들었지만, 그 유산이 누구에게 상속되었는지는 짐작이 가지 않았다. 그럴 만도 한 게, 염 목사는 결혼하지 않아 남편도, 자식도 없었다. 종교에 귀의해 평생 봉사하겠다는 마음가짐 같은 게 아니라 그냥, 성격이 결혼과 안 맞아 보였던 것 같았지만.

아마 염 목사의 일가친척 중 누군가가 상속받았을 것이다. 그도 아니면 이 기도원과 관련이 있는 사람이. 그리고 멀쩡한 땅을 놀리느니 기도원을 허물고 다른 건물이라도 짓자고 마음을 먹었을지도 모른다. 하지만 정말 그것뿐일까? 이 기도원에서 일기장을 가져간 것을 누가 눈치챈 건 아닐까? 여진은 그렇게 생각하며 염 목사의 죽음을 떠올렸다.

사실 염 목사가 죽었다는 게 그다지 실감이 나지 않았다. 지금이라도 저 무너진 폐허에서 염 목사가 걸어 나와서 "아, 누가 이랬어? 거참 더럽게도 재수가 없네." 중얼거릴 것 같았다. 여진으로서는 장례식도, 그 어떤 애도의 기간도 거치지 못했기에 더 그랬다. 게다가 그 일지에 따르면 염 목사가 죽은 건 사고가 아니었다. 일기를 쓴 사람이 염 목사의 집에 불을 지르고, 염 목사를 죽였다. 검은 뱀이 목에 붙어 있었다던 학생은 살아난 모양이지만 그 후로 어디로 갔는지, 어떻게 되었는지까지는 알 수 없었다.

일단 일기의 주인이 그 화재의 범인인 것만은 확실했다. 그리고 어떤 과정을 거쳤는지는 모르겠지만 죽은 원귀가 그 일기를 매개로 움직이고 있었다. 여진의 목에 있는 검은 뱀이 그 증거였다. 일기의 주인이 죽었는지, 그것도 아니면 그 일기 속의 학생이 죽었는지 모르겠지만. 일기에 붙어 있는 그게 염 목사는 아닐 거라는 막연한 확신이 있었다.

여진은 혹시나 하는 마음에 잔해물을 뒤적거리다가 손을 털고, 주머니에서 핸드폰을 꺼냈다. 이럴 때마다 전화하는 게 어쩐지 불효하는 기분이었지만 이 기도원에서 일하던 전도사나 집사에 대해 알고 있을 만한 사람은 엄마뿐이었다.

여진은 엄마가 전화를 받자마자 다짜고짜 물었다.

"엄마, 염문영 목사님 기도원에서 일하던 전도사나 집사님들 기억나?"

"갑자기 그게 무슨 소리야?"

"좀 알고 싶어져서. 몇 명이었는지, 누구였는지 대충이라도 좋으니까 알려줘."

여진의 말에 엄마는 그 이름을 기억해내려는 듯 한참 고민하다 입을 열었다.

"기도원에서 봉사하는 분이 많지는 않았어. 내가 잠깐 일했을 때만 해도 두 분밖에 없었으니까. 임이화 전도사님이랑 김옥민 집사님. 염 목사님이 사람 많은 거 싫어하셨거든. 사람 많으면 괜히 분란만 많아진다고. 그런데도….”

“그런데도 뭐?”

엄마는 잠시 망설인 후에 대답했다.

“눈에 안 보이는 텃세는 있었지만. 나랑 다른 집사님이 같이 일할 때 다 합쳐봐야 고작 네 명이었는데도 그랬다니까. 그 전도사님이 좀 그랬어. 염 목사님은 아마 모르셨겠지만.”

그 사람 목사님 앞에서는 순한 양 같았거든. 엄마는 그렇게 덧붙이고는 뒤에서 남의 욕을 한 게 머쓱했는지 몇 번 헛기침했다.

“그런데 이상하긴 하네. 목사님 말이라면 죽는시늉이라도 할 거 같더니 장례식에는 안 왔어.”

“임이화 전도사가?”

“응. 그러고 보니 그 이후로 통 소식을 모르겠네. 교회에도 안 나오시는 것 같고.”

그 말을 끝으로 여진은 서둘러 통화를 끊었다. 일지를 쓴 게 대충 누군지는 짐작이 갔다. 아마 그 전도사라는 사람이겠지. 핸드폰을 패딩 주머니에 넣고 나서 다시 잔해를 뒤적거리는데 어느새 여진의 옆에 영윤이 서 있었다. 언제 코트를 벗어서 팔에 걸쳤는지 얇은 스웨터 차림이었다.

“누구야?”

“우리 엄마. 일기 쓴 사람 누군지 대충 알 거 같아. 이 기도원에서 일하던 전도사야.”

"너도 아는 사람이야?"

"아니. 이제부터 찾아봐야지. 목사님 돌아가시고 이 사람도 잠적했다더라. 아마 방화 사건 이후로 사라진 거겠지."

여진은 건성으로 대답하며 돌무더기를 들어 올렸다. 염 목사를 죽인 사람을 아무렇지도 않게 입에 담기는 쉽지 않았다.

여진의 옆에 바싹 붙어 돌무더기 밑을 보던 영윤이 먼지 속에서 뭔가를 주워 올렸다. 흙과 모래가 잔뜩 붙어 원래의 형태를 알아보기 힘들었지만, 가운데에 박힌 잎사귀 모양의 펜던트가 빛나고 있었다. 목걸이였다. 그게 목걸이라는 걸 판단하자마자 여진은 영윤의 손에서 그 목걸이를 낚아채듯 빼앗았다.

"이게 뭔 줄 알고 덥석 집어?"

"아니, 나는 그냥… 뭐가 반짝거리길래."

물건 한번 잘못 받은 덕분에 며칠을 귀신한테 시달리고 이제는 귀신까지 보는 주제에 겁도 없었다. 여진은 한숨을 삼키고 빼앗아 든 목걸이를 살폈다. 흙과 모래를 걷어내고 나니 원래의 형태가 눈에 들어왔다. 가운데에 잎사귀 모양의 펜던트가 달린 금으로 된 목걸이. 여진이 살펴도 그 목걸이에서 무슨 불길한 기운이 느껴지거나 하진 않았다. 이게 그 일기장에 나온 목걸이라면 분명 그 일기처럼 기분 나쁘고 음산한 기운이 느껴져야 하는데.

여진은 고개를 기울이고는 목걸이를 다시 한번 살폈다.

"어때? 일기장에서 말한 그거야?"

"아닌 것 같은데. 아무것도 안 느껴져."

아니라고 판단하긴 했지만, 기도원에서 나온 물건이다. 어쩌면 염 목사의 유품이었는지도 모른다. 여진은 남은 흙을 마저 털어내고 목걸이를 주머니에 집어넣었다. 그러고 나서 목 부근을 무심코 주무르다가 뱀의 머리와 눈이 마주쳤다. 원래는 꼬리를 아래로, 머리를 위로 치켜들고 있었는데 그새 자리를 바꾼 모양이었다. 여진은 노란 눈깔을 마주한 채 한참 노려보다가 주머니에서 포스트잇을 꺼냈다. 포스트잇을 이로 한 번 문 다음, 뱀의 머리 위에 붙이자 뱀은 스르륵 눈을 감았다.

영윤은 그 모습을 바라보다가 주머니에서 핸드폰을 꺼내 들었다. 그리고 뭔가를 확인하더니 여진의 팔을 붙들었다.

"그 오컬트 동아리 걔, 오늘 학교 나왔대."

★

일기장을 주워 간 유튜버 중 하나가 죽었다. 영윤이 알아본 바에 따르면 그 오컬트 채널 운영한다는 동아리 애들 둘 중 하나가 얼마 전에 장례식을 한 건 소문이 아니라 사실이라고 했다. 그 동아리 애들조차 죽은 사람과 그렇게 친한 건 아니라 장례식에 가지는 않았다고 했다.

영윤은 대수롭지 않게 말했지만, 여진은 그 많은 사람 중 단 한 명도 장례식에 가지 않았다는 사실이 신경이 쓰였다. 동아리 내에서도 평판이 별로 좋지는 않았던 모양이었다.

"나머지 한 명은 김정현이라고, 경영학과 2학년. 이쪽도 마찬가지로 동아리에서 친한 사람이 별로 없었나 봐. 그 둘만 내내 붙어 다녔다더라고. 그리고 채널이 빵 뜨고 나서는 동아리방 전세라도 낸 것처럼 자기들만 쓰려고 들어서 반발이 좀 심했나 봐. 내 친구는 걔들 방송한답시고 거들먹거리는 게 꼴 보기 싫었다더라고. 동아리방 가면 맨날 촬영하고 있어서 거기 가기도 좀 그랬다고."

두 사람을 이렇게 금방 찾아낸 건 거의 영윤의 인맥 덕분이었다. 마침 오컬트 동아리에 아는 사람이 있다고 하기에 여진은 운이 좋았다고 생각했다. 하지만 그 후의 이야기를 들어 보니 영윤이 아는 사람은 동아리마다 한 명씩은 존재했다. 어떻게 그렇게 아는 사람이 학교 곳곳에 퍼져 있는지 여진은 이해하지 못했다.

"그 장례식 이후로 며칠 내리 결석하더니 오늘은 웬일로 학교에 왔다더라고."

영윤의 말에 여진은 저만치 앞에 앉은 정현의 뒤통수를 노려보았다. 가끔 불안한 듯 옆이나 뒤를 돌아보는 얼굴이 겁에 질려 있었다. 머리나 옷차림을 신경 쓸 정신도 없었는지 이 추운 날에 얇은 운동복 차림이었다. 머리는

여기저기 뻗치고 눌려 누가 보면 자다가 나온 사람 같았
다. 분명 그 라이브 영상에 나왔던 얼굴은 아니었다. 그
영상 속의 사람은 눈매가 저보다 사나웠다. 그래서 죽었
다는 쪽이 그쪽은 아닐 거라고 막연하게 생각했는데. 정
현은 인상만 놓고 보자면 오히려 순한 곰 같아 보이는 쪽
이었다. 여진이 그렇게 생각하는 사이 옆에 앉은 영윤이
물었다.

"왜 직접 안 물어보고 이렇게 몰래 따라다녀야 해?"

"물어본다고 바른대로 대답해주겠어?"

저렇게 불길한 기운을 풀풀 풍기는데? 여진은 그렇게
말하고는 턱을 괴었다. 정현이라는 사람에게 붙어 있는
건 시커먼 덩어리였다. 검은 뱀은 아니었다. 그 일기장을
가장 가까이에서 만졌으면서도 저주를 받은 건 또 아닌
모양이었다. 잠깐 접촉한 것만으로도 검은 뱀이 붙어버린
여진과 달리.

"저 덩어리는 뭐야?"

"너도 저게 보여?"

"희미하게는. 검은 구름 같기도 하고."

영윤의 말대로였다. 정현의 주변에는 새카만 연기처럼
보이기도, 커다란 덩어리처럼 보이기도 한 것이 안개처럼
끼어 있었다. 여진은 한숨을 쉬고 입을 뗐다.

"원한의 덩어리야. 혹은 저주의 덩어리. 저만 한 크기의
원한이라면 그 죽었다는 쪽 자살이 아닐지도 모르겠어."

"자살은 당연히 아니지. 너도 그 일기가 개입했을 거라고 그랬잖아."

"그래봤자 일기장이야. 아직 그만한 힘을 가지지 못했을 거라고 추측했으니까. 어떻게 그날 밤에 사람을 해칠 정도의 힘을 가졌나 의문이었는데 대충 짐작이 가네."

그렇게 말하며 여진은 정현의 뒤통수를 노려보았다.

"쟤가 그 일기에 힘을 실어준 거야."

"어떻게?"

"너 그 폐가에서 귀신이 사람들한테 걸었던 내기 기억나지? 내기에 참여하는 것 자체가 권한을 넘겨주는 거야. 그러니까 뭐든 함부로 내기하지 마."

"그 얘기를 지금 왜 또 해?"

영윤의 얼굴은 또 부루퉁해졌다. 그 폐가 이야기만 꺼내면 그랬다. 여진은 설명을 덧붙였다.

"아마 저 일기도 그거랑 비슷한 방식을 쓸 거야. 그런 식으로 사람들의 생기를 조금씩 빨아들여서 힘을 키우는 거겠지."

무슨 방법인지는 모르겠지만. 섣불리 일기장 이야기를 꺼내면 겁을 먹고 도망갈지도 모른다. 저렇게까지 불안해하는 모습을 보면 그럴 가능성이 충분했다. 조그만 소리에도 흠칫 놀라 뒤를 돌아보는 모습을 보니 더 그랬다. 죽었다는 사람과 그날 무슨 일이 있었는지는 몰라도 썩 유쾌한 경험은 아니었을 것이다. 어쩌면 그 죽음에 저 사람이 깊이 얽혀 있을지도 몰랐다.

여진은 정현의 주위를 가득 메운 검은 덩어리를 보았다. 이제 정현의 얼굴이 거의 보이지 않을 정도였다. 강의가 끝날 때까지는 아무런 일도 일어나지 않았으나 저렇게 심한 원한이라면 조만간 무슨 일이 생겨도 생길 거였다. 여진은 정현이 강의실 문을 나가는 것을 곁눈질하고 영윤 쪽으로 고개를 돌리고 말했다.

"아무래도 좀 서둘러야겠어. 저거 조만간에 길에서 비명횡사해도 이상하지 않을 거 같거든. 그 전에 노트를 처리해야 해."

여진의 말에 영윤은 고개를 끄덕이며 모자를 깊이 눌러 썼다. 긴장으로 하얗게 질려 있던 얼굴은 곧 마스크 뒤로 감춰졌다.

여진이 먼저 강의실 문을 나서고 영윤이 그 뒤를 따랐다. 정현은 아직 그리 멀리 가지 못했다. 복도 끝으로 걸어가는 뒷모습이 보였다. 주변을 연신 두리번거리며 누가 살짝 스치기라도 하면 경기를 하듯 놀라는 모습이 잔뜩 겁에 질린 토끼 같았다. 덩치는 곰만 한 게. 뒤로 멨어야 하는 배낭을 소중하게 품에 안고 걸어가는 게 다람쥐 같기도 했다. 하루 종일 지켜봐서 알 수 있었다. 저 배낭 안에 든 게 그 일기장이라는 것을.

여진은 빠른 걸음으로 그 뒤에 가서 잠시 걸음을 멈췄다. 그리고 뒤따르는 영윤을 흘깃 쳐다보고는 있는 힘껏 정현의 옆으로 달려들며 손에 들고 있던 서류 뭉치를 바닥에 쏟았다.

"아, 죄송해요."

여진이 뛰어들면서 정현은 뒤로 고꾸라졌다. 여진은 강의 시간에 늦어 급해서 그랬다며 변명을 덧붙이고는, 바닥에 흩어진 서류를 손으로 더 흐트러뜨렸다. 고꾸라졌던 정현이 흩어진 서류 사이에서 정신을 차리지 못하고 있을 때 뒤에 있던 영윤이 나섰다. 영윤은 조용히 다가와 정현이 놓친 검은색 배낭을 주워 들었다. 그리고 있는 힘을 다해 복도를 뛰어가기 시작했다.

"어, 어?"

정현이 멍청한 소리를 낼 때쯤엔 영윤의 뒷모습이 더이상 복도에 보이지 않았다. 남아 있던 여진은 떨어뜨린 서류들을 뭉쳐 손에 쥔 다음 죄송하다, 다시 한번 사과하고는 정현이 여진과 영윤의 연결고리를 찾아내기 전에 급히 자리를 떴다.

★

"육상부 출신은 역시 다르네."

여진의 말에 영윤은 들고 온 배낭을 바닥에 내려놓고 그 옆에 함께 주저앉았다. 영윤은 씩씩거리며 입을 열었다.

"그나마 나 쫓아온 사람이 없어서 다행이지, 잡히기라도 했으면 어쩌려고 했어? 이거 잡히면 바로 현행범이라고."

한참 뛰어서 그런지 숨이 고르지 못했다. 단어와 단어 사이에 숨소리가 섞였다. 여진은 대충 흘려들으며 영윤이 길거리에 내팽개친 배낭을 주워 들었다. 이거 때문에 며칠을 고생했는지 모른다. 전에 그랬던 것처럼 이 일기장도 태워버릴 생각이었다. 원혼과 강하게 연결된 매개를 태우면 그 원혼은 발붙이고 있을 공간을 잃는 셈이다. 그러니 이 일기가 사라지면 사람을 해치고 다닐 정도의 힘을 잃어버릴 거라는 계산이었다.

여진은 배낭의 지퍼를 열어 그 안에 든 내용물을 탈탈 털었다. 낡은 갱지와 볼펜, 연필 같은 필기도구들이 후드득 떨어졌다. 그중에는 목표로 하던 물건도 있었다. 낡고 더러운 표지의 노트. 표지에 있던 '기도원 일지'라는 글자가 사라진 것만 빼면 여진이 기도원에서 발견했던 그 노트와 똑같았다. 글씨가 사라진다는 건 아무래도 진짜였던 모양이었다. 여진은 그렇게 생각하며 노트를 들었다. 그리고 곧바로 인상을 찌푸렸다. 여진의 표정을 본 영윤이 물었다.

"왜 그래? 그게 또 너를 저주했어?"

그 말에 여진은 자기 목덜미를 쓸었다. 고개를 내리자 뱀의 비늘이 보였다. 머리를 쭉 내밀고 여진이 손에 든 일기장을 노려보던 뱀은 이내 관심 없다는 듯 머리를 뒤로 물렸다. 뱀의 반응을 보니 확신이 섰다. 여진이 말했다.

"이건 그냥 노트야."

"뭐? 그게 그 기도원 일지가 아니야?"

"아니, 그 말이 아니라. 이건 그 기도원 일지가 맞아. 근데 여기선 더 이상 아무것도 안 느껴져. 정말 그냥 평범한 노트야."

여진은 노트를 펼쳐 안쪽을 확인했다. 그때 여진이 봤던 일기가 전부 사라진 상태였다. 남은 건 이제 빈 껍데기나 다름없는 종이였다.

"아무래도… 한발 늦은 모양인데."

이것만 태우면 다 끝날 거라고 여겼는데, 그건 안일한 생각이었다. 여진은 주머니에서 그날 기도원에서 챙겨온 목걸이를 꺼내 들었다. 왜 그게 옮겨 다닐 수 있다는 생각은 하지 못했을까? 불길한 기운이라고는 없는 깨끗한 목걸이를 기도원에서 발견했을 때 눈치챘어야 했다. 이 목걸이에서 옮겨간 그게 일기장에 붙었다가, 지금은 다른 어딘가로 이동했을지도 모른다는 걸. 매개는 언제고 바뀔 수 있는 거였다.

"내 생각이 틀렸어. 우리가 찾기 전에 매개가 다른 걸로 바뀌었어, 뭔지는 모르겠지만."

"그게 옮겨 다닌다고?"

"그래. 그리고 어쩌면…."

여진은 잠시 망설였다. 빨리 말하라고 재촉하는 영윤의 말을 듣고서야 여진은 입을 열었다. 이 말을 하면 영윤이 도망갈지도 모른다는 걸 알면서도 해야 했다.

"그 매개가 사람일지도 몰라."

여진의 말에 영윤은 고개를 번쩍 들었다. 그러자 여진과 눈이 마주쳤다. 대충 무슨 생각을 하고 있는지 서로 말하지 않아도 알 수 있었다. 최근에 그렇게까지 기분 나쁘고 불길한 기운을 본 건 한 번뿐이었다. 일기장을 주워 간 그 남자애. 한참 불편한 침묵이 흘렀다.

사람을 해칠 만큼 힘이 센 영은 그리 많지 않다. 그러니 괜찮다. 그동안 여진이 영윤에게 내내 주입한 말이었다. 여진이 자신에게 되뇌는 말이기도 했다. 그렇게 생각하지 않으면 눈에 보이는 것들이 무서워 견딜 수 없으니까. 하지만 이 말을 바꾸어 말하면 이랬다. 어떤 원혼은 사람에게 물리력을 행사해서 죽일 수 있을 만큼 강하다. 살을 맞는다는 건 그런 거였다. 이 의미를 아마 영윤 역시 알고 있을 거라고 여진은 생각했다.

그러나 한참 뒷머리를 긁적이던 영윤은 뜻밖의 질문을 던졌다.

"사람을 불태울 수는 없겠지?"

예상치 못한 말에 여진은 "아무래도 그렇지." 대답하고 결국 웃어버렸다.

★

여진은 아무 쓸모가 없어진 일기장을 배낭에 도로 집어넣고, 영윤을 데리고 자취방으로 돌아왔다. 장을 본 지 오래라 냉장고엔 물과 오렌지 주스뿐이었다. 주스만 한 잔 따라 영윤의 앞에 내놓고 여진은 바닥에 앉았다. 혼자 사는 집이라 식탁 앞에는 의자가 한 개뿐이었다. 앉아서 여진은 생각을 정리했다.

영윤의 말대로였다. 여태까지는 그 혼이 붙은 매개를 태우는 것으로 두루뭉술하게 해결해 왔으나 이번에는 그럴 수 없었다. 살아 있는 사람을 태울 수는 없었으므로. 영윤이 물었다.

"그럼 어쩌지?"

그 질문에 여진은 고개를 저었다. 딱히 생각나는 게 없었다. 여진이 그동안 상대해 온 건 기껏해야 잡귀들이었고 지난번 영윤을 저주한 그 폐가 귀신이 그나마 제일 상대하기 성가신 원귀였다. 이런 경우 선택할 수 있는 길은 두 가지다. 하나는 염문영 목사가 여진에게 제시한 해결책. 그냥 지금처럼 모르는 척하고 사는 것이다. 관여하지 말고. 이미 영윤의 일에 한번 발을 잘못 들였고, 여진은 그걸 내내 후회하던 중이었다. 그 일로 영윤은 쓸데없이 영안이 열려버렸고 여진은 저주받았다. 어쩌면 개입하지 않고 가만히 내버려두었다면 더 원만한 결말을 맞이했을지도 몰랐다.

사실상 두 사람이 고를 수 있는 가장 합리적인 선택은 이대로 무시하는 거였다. 게다가 일기장을 주워 간 그 남자는 그럴 만한 일을 했기 때문에 지금 그 꼴이 된 것이다. 여진이 그렇게 말하자 영윤이 물었다.

"그런 일을 당해도 싼 놈이니까 그냥 내버려두자고?"

"내가 언제 그렇게 말했어?"

"그게 그거잖아. 그럴 만한 일을 한 녀석이라는 건 알아. 친구의 죽음에 뭔가 켕기는 구석이 있다는 것도. 하지만 그렇다고 해서 죽을지도 모르는데 그냥 모른 척하자고? 죽을지도 모른다는 거 농담 아니야. 이미 한 명 죽었잖아. 게다가 쟤 혼자 죽고 저 귀신이 사라지면 또 몰라. 다른 사람까지 해치면 어쩌려고?"

"그게 뭐?"

여진의 대꾸에 영윤은 순간 말문이 막힌 듯 "뭐라고?" 되물었다. 여진이 말했다.

"눈에 보이니까 이제 네가 뭐라도 된 거 같아? 우리는 할 수 있는 게 아무것도 없어. 쥐뿔 아무것도 없는데 맨몸으로 그 원귀를 상대할 수 있을 것 같아? 네가 뭔데?"

그 다른 사람이 네가 되지 말라는 법 있어? 마지막 말은 내뱉지 못하고 도로 삼켰다. 여진은 이미 영윤이 휩쓸리지 않아도 될 일에 휩쓸렸다고 생각했다. 영윤은 원래 이쪽과는 연이 없었던 인간이었다. 안 어울리기도 했다. 이런 건 저 같은 인간이나 겪을 일이지, 양지에서 곱게 자랐을 영윤이 겪을 일이 아니다. 예전 그 폐가에서 귀신에게 홀린 건 일종의 교통사고 같은 일이었다. 교통사고에 휩쓸렸으면 '아, 내가 운이 나빴구나.' 하고 회복하면 된다.

그 이후로도 자동차에 질질 끌려다닐 필요는 없는 거였다.

여진의 말에 영윤은 온몸을 부들부들 떨 정도로 화를 내고는 현관문을 열고 나가버렸다. 그나마 오렌지 주스는 다 마시고 가서 다행이었다. 비어 있는 잔을 치우며 여진은 한숨을 쉬었다. 일부러 모질게 말한 건 사실이었다. 영윤이 단념하고 일상으로 돌아가길 바랐기 때문이었다.

하지만 저 반응을 보니 그 바람은 이루어지지 않을 게 틀림없었다. 영윤은 저대로 가만히 있지 않을 테니까. 여진은 개수대에 잔을 내려놓고 결국 패딩을 주워 입었다. 쟤는 왜 갑자기 영웅 행세를 하고 싶어 하는 걸까, 하는 생각이 들면서도 한편으로는 그게 꼭 자신의 어린 시절의 모습을 보는 것 같아서 씁쓸했다. 어릴 때의 여진은 자신이 해결할 수 없는 일조차 책임을 지려고 들었고 그 때문에 서서히 망가졌다. 어떤 면에서 염문영 목사는 그런 여진의 내면을 정확히 꿰뚫어 본 것이다. 염 목사의 그 말 이후로 여진은 자신이 해결할 수 없는 것들에 관여하지 않았다. 그제야 삶이 무겁지 않게 되었다. 영윤을 만나기 전까지는 그랬다.

현관문을 열고 나온 여진은 곧장 영윤을 따라가지 않고 큰길가에서 택시를 잡았다.

✱

정현은 이불을 뒤집어쓴 채로 꼼짝하지 않고 몇 시간을 그냥 흘려보냈다. 핸드폰을 확인할 생각도 들지 않았다. 시간 개념도 없이 눈을 감고만 있었다. 다시 눈을 떴을 때 해가 져 있어서 저녁이 되었다는 걸 알았다. 가만히 있어도 오한이 들고 몸이 덜덜 떨렸다.

노트는 사라졌다. 멍청한 도둑이 노트가 든 저주받은 가방을 가져가버렸다. 몇 번을 버려도 현관문 앞으로 다시 돌아오던 가방이었다. 그런데 도둑이 그걸 가져가고 나서는 돌아오지 않았다. 정현은 사라진 가방을 도난으로 신고할 생각도 하지 않았다. 오히려 잘 된 거야. 저 빌어먹을 노트는 다른 곳으로 옮겨간 거다. 그러니 이제 괜찮다. 아무리 자신에게 그렇게 되뇌어 봐도 몸의 떨림이 멈추지 않았다.

가방이 돌아오지 않는다는 걸 확인하고 나서 잠깐은 괜찮았다. 몇 번이나 현관문 근처를 배회하며 문을 수시로 열었다 닫은 정현은 가방이 돌아오지 않는다고 확신한 후 치킨을 시켰다. 선호가 죽은 후에 거의 처음 먹는 제대로 된 음식이었다. 그동안은 편의점에 서서 삼각김밥이나 컵라면으로 끼니를 때웠다. 이유를 알 수 없는 불안함에 먹으면서도 주변을 살피는 버릇이 생겼다.

정현은 냉장고에서 맥주를 한 캔 꺼내서 마시며 노트

북을 열었다. 선호가 죽었다는 사실이 어떻게 알려진 건지 모르겠지만 유튜브 채널 댓글 창은 벌써 엉망진창이 된 지 오래였다. '진짜 죽은 거냐?'부터 시작해서 '너네 맨날 귀신 이야기만 하더니 그럴 줄 알았다'라는 악의에 찬 댓글까지 종류도 다양했다. 정현은 그 댓글들을 무시하고 공지를 작성했다. 선호의 죽음은 사실이지만 경찰에서 자살로 결론이 났고, 유튜브 채널과는 아무 상관이 없다고. 이 상황을 정리하고 채널을 재개하려면 어쩔 수 없었다. 정현은 손톱을 물어뜯으며 중얼거렸다.

"어떻게 키워 온 채널인데…. 난 절대 포기 못 해."

이제야 드디어 내 것이 되었다. 살아남은 게 선호였어도 같은 결정을 했으리라고 정현은 생각했다. 아니, 오히려 죽었다는 사실을 이용했겠지. 오컬트 유튜버가 별다른 이유도 없이 어느 날 죽어버렸다. 사람들은 이를 신기하게 여기기도 하고, 불길하게 생각하기도 할 것이다. 그러면 그건 자연스럽게 채널 구독자 숫자를 올려놓겠지. 이전에 그랬던 것처럼. 정현은 히죽 웃으며 작성을 끝낸 공지를 채널에 올렸다.

그러다 이전에 올렸던 '글씨가 사라지는 노트' 방송 공지에 댓글이 눈덩이처럼 불어난 것을 발견했다. 라이브 할 때 노트에 글씨를 쓸 건데, 뭐라고 쓰면 좋을지 멘트 추천을 받았던 그 게시글이었다.

이게 왜 이렇게 됐지?

정현은 별생각 없이 댓글을 클릭했다. 이전 라이브 방송에서 읽었던 댓글까지 죽 스크롤을 올렸다. 그리고 방송 이후에 달린 댓글부터 확인하기 시작했다.

그 노트에 적었던 소원 진짜 이루어지는 거 같아요. 내 코인 그새 열 배는 올랐음.

그 댓글을 시작으로 밑에는 줄줄이 그날 라이브 방송에서 적었던 소원이 이루어졌다는 이야기가 이어졌다.

나도 이번 중간고사 전공 1등 했음ㅋㅋ 다른 애들이 다 망해서 그냥 내가 올라간 거지만. 근데 진짜 말했던 대로 이루어지니까 좀 찝찝하네. 나 망하라고 했던 새끼 진짜 누구냐?
근데 왜 내 여자 친구는 안 생기나요?
ㄴ 넌 집 밖에 좀 나가기나 해라. 맨날 집구석에서 유튜브 나 처 보고 있는데 생기겠음?

대충 보니 그날 라이브 방송에서 소원을 빌었던 사람들 대부분 그 소원이 이루어진 모양이었다. 불현듯 정현은 그날 자신이 노트에 적었던 것을 떠올렸다. 죽으라고 선호를 저주했던 그 문장을. 그리고 그 문장대로 이루어졌다. 그건 정말 소원을 이루어주는 노트였던 거다. 정현은 자리에서 벌떡 일어났다. 그런 건 줄 알았으면 그딴 시시한 소원을 비는 게 아니었는데. 정현은 뒤늦게 노트를 도둑맞은 걸 후회했지만 그런다고 노트가 다시 돌아오는 것도 아니었다.

자리에서 일어났던 정현은 다시 의자에 앉았다. 그러고 나서 댓글을 다시 꼼꼼히 확인했다. 어떤 소원은 이루어졌고, 어떤 소원은 이루어지지 않았다. 정현이 보기에는 기준이 없었다. 노트가 들어주는 소원은 무작위인가? 정현은 다시 손톱을 입에 물었다.

그때 초인종이 울렸다.

좀 이르긴 하지만 배달이 왔다고 생각한 정현은 일어나 현관문으로 향했다. 정현이 현관으로 한 걸음 옮길 때마다 초인종 소리가 울렸다. 누가 이렇게 초인종을 정신없이 눌러대는 거야? 투덜거린 정현은 이 배달 기사의 평점에 별 하나를 줘야겠다고 다짐했다. 배달을 이따위로 하고 다니면 당연한 결과지. 정현은 현관문 손잡이를 잡았다 돌리기 직전에 멈칫했다. 주문할 때 분명 초인종을 누르지 말고 현관문 앞에 놓고 가달라고 했었다. 깜빡하고 초인종을 눌렀더라도 한 번이면 족했을 터였다. 하지만 어떻게 된 일인지 초인종은 계속해서 울렸고, 심지어 그 속도가 점점 빨라지고 있었다.

띵-동. 띵-동.

띵-동. 띵-동. 띵-동. 띵-동. 띵-동.

정현은 손잡이를 쥔 손에 땀이 차는 것을 느꼈다. 문을 열려던 것을 포기하고 현관문 렌즈를 통해 바깥을 내다보았다. 어두워서 아무것도 보이지 않았다. 밤이고, 바깥에 선 사람이 움직이지 않고 있다면 그럴 수 있었다. 정현은 침을 한 번 꿀꺽 삼킨 후에 물었다.

"누구세요?"

정현이 누구냐고 묻자 기다렸다는 듯 초인종 소리가 뚝 끊겼다. 그리고 아무 소리도 들리지 않았다. 정현은 문가에 서서 한참을 기다렸다. 문밖에 선 누군가가 돌아갔다는 확신이 들 때까지.

정현의 손은 덜덜 떨렸다. 어쩌면 이렇게까지 과민 반응할 일이 아닐지도 모른다. 단순히 배달 기사가 장난을 친 걸 수도 있고. 기사의 장난이라면 가만두지 않겠다고 이를 갈며 정현은 다시 문손잡이를 잡았다. 이대로 영원히 문을 열지 않고 살 수도 없는 노릇이었다. 배달 온 것도 받아야 하고. 문 앞에 선 누군가가 물러갔다는 판단이 들자 정현은 문을 열었다.

현관 바로 옆에 치킨 상자가 놓여 있었다. 그럼 그렇지. 정현은 안도의 한숨을 내쉬었다. 누군가의 질 나쁜 장난이었던 모양이었다. 정현은 상자를 향해 손을 뻗다가 현관 바로 뒤의 어둠 속에 누군가 서 있는 것을 발견했다. 동시에 소스라치게 놀라 뒤로 나자빠졌다.

인기척에 현관 센서등이 켜졌다. 그래서 정현은 현관 앞에 선 그게 누군지 볼 수 있었다. 선호의 얼굴을 한 귀신이 찾아온 거였다면 조금 덜 놀랐을까?

정현은 숨을 쉬는 것조차 잊은 채로 위를 올려다보았다.

그건 자기 얼굴이었다. 밑으로 처진 눈매, 가느다란 눈썹, 며칠 잠을 못 자 푸석한 피부와 옆으로 비죽 뻗친 머리까지 똑같았다. 거울을 통해 보는 것처럼 선명했다.

별안간 자기 얼굴을 한 그것이 입이 찢어지도록 웃었다. 광대 끝까지 올라간 입꼬리가 벌어지면서 그 안의 틈이 보였는데, 그 살 틈에 머리카락이 잔뜩 차 있었다. 입안이 온통 까맣게 보일 지경이었다.

— …었지?

한참을 웃던 그게 물었다. 뭐라고 하는지 알 수 없었다. 정현은 거의 기다시피 뒷걸음질을 쳤다. 저게 들어오기 전에 문을 닫아야 한다. 그 생각뿐이었다. 겨우 몸을 일으켜 문손잡이를 잡자마자 있는 힘껏 문을 닫았다. 그것은 따라 들어오지 않았다. 문을 닫은 정현은 다시 뒤로 엉거주춤 주저앉았다.

기분 나쁜 꿈을 꾼 듯했다. 정현은 식은땀으로 흠뻑 젖어 있는 셔츠 때문에 이게 꿈이 아니라는 걸 알았다. 그럼, 저건 대체 뭐란 말이야? 자신과 똑같이 생긴 쌍둥이가 어딘가에서 뚝 떨어진 건 아닐 테니 잠시 눈이 어떻게 돼 헛것이 보인 게 틀림없었다. 하필이면 그때 언젠가 선호가 했던 말이 머리를 스치고 지나갔다. 도플갱어라고 있지? 사람은 자기랑 똑같이 생긴 사람을 보면 얼마 안 있어 죽는대. 그 말을 떠올림과 동시에 정현은 고개를 저었다. 말도 안 되는 미신이야. 그런 게 있을 리가 없어. 차라리 선호가 자기 얼굴을 흉내 내어 돌아온 거라는 게 더 그럴듯해 보였다.

정현은 주춤주춤 현관에서 물러났다. 아니, 물러나려고 했다.

그 순간 무언가가 정현의 발을 붙잡았다. 정현은 천천히 고개를 밑으로 내려 자기 발을 붙든 무언가를 확인했다.

현관 밑의 틈으로 기어들어 온 머리카락이 정현의 발을 옭아매고 있었다. 얼핏 보면 여러 가닥으로 뭉친 뱀 같았다. 그것이 다시 말을 걸었다.

— 소원을 빌었지?

받으러 왔어. 칠판을 쇠젓가락으로 긁는 것처럼 날카로운 목소리였다. 하지만 차마 귀를 막을 생각도 못 했다. 정현은 으아악, 소리를 지르며 자기 발목을 감은 머리카락 뭉치를 손으로 붙잡고 뜯어냈다. 하지만 아무리 뜯어내도 그것은 금세 정현의 발목을 다시 옭아맸다. 위로 점점 기어 올라오는 머리카락에서 이제는 목소리가 들렸다. 그것은 낮고 빠르게 한 마디만을 중얼거렸다.

— 내놔.

결국 머리카락을 뜯어내던 손을 올려 귓가를 틀어막았다. 하지만 목소리는 멈추지 않았다. 그대로 눈 뜬 상태로 기절할 것 같았지만 정현은 참았다. 이대로 기절하면 저 머리카락에 결국 삼켜지고 말 거란 불길한 예감이 들었다. 그때 주머니에서 핸드폰 벨 소리가 울리면서 정신이 돌아왔다.

벨 소리와 함께 듣기 괴로운 목소리가 뚝 끊겼다.

정현은 허겁지겁 주머니에 손을 넣어 핸드폰을 꺼냈다. 화면에는 010으로 시작하는 모르는 번호가 떠 있었다. 생각할 것도 없이 정현은 전화를 받아 다짜고짜 살려달라고 외쳤다. 경찰에 전화할 정신도, 이 전화가 스팸 번호일지도 모른다는 고민도 없었다. 그저 이 타이밍에 걸려 온 전화가 유일한 구명줄이라는 생각뿐이었다. 정현의 비명에 전화를 걸어온 상대방은 잠시 침묵하다 "거기 어디야?"라고 물었다. 낯선 여자의 목소리였다. 정현이 어물어물 집 주소와 위치를 설명하자 한숨과 함께 "거기서 꼼짝 말고 기다려." 하는 말이 돌아왔다. 정현은 상대방에게 보이지도 않을 걸 알면서도 고개를 끄덕였다. 지금은 그럴 수밖에 없었다.

전화를 끊고 보니 현관에서부터 이어진 머리카락이 중간에 뚝 끊어져 있었다. 정현은 발목을 칭칭 감고 있던 머리카락을 죄다 뜯어낸 후에 비틀거리며 방 안으로 돌아왔다.

지금 당장 이 집을 떠나야 한다는 생각이 들기도 했다. 하지만 꼼짝 말고 기다리라는 목소리가 아직도 귓가에 선명했다. 묘하게 힘이 있는 목소리였다. 그 말에 따라야 하는 의무가 있는 건 아니었지만 달리 방법이 있는 것도 아니었다. 어디로 간단 말인가? 집 앞에 저런 괴물이 버티고 있는데? 정현은 부들부들 떨리는 손으로 이불을 뒤집어썼다.

그저 핸드폰이 다시 울리기만 기다렸다.

영윤은 오피스텔 건물 앞에 서서 위를 올려다보았다. 10층쯤 되는 높이에 있는 창에서 검은 연기가 피어오르고 있었다. 불이라도 난 것처럼. 하지만 누구도 화재 신고를 하지 않는 걸 보니 화재로 난 연기가 아니라는 건 확실했다. 저 정도면 주소를 알려달라고 하지 않아도 알아서 찾아올 수 있었겠다, 싶었다.

영윤은 메고 있는 크로스백에서 포스트잇 뭉치를 꺼냈다. 필요한 일이 생길지도 모른다면서 여진이 건네준 것들이었다. 아마 여진은 맞서 싸우라는 게 아니라 네 몸이나 잘 지키라고 준 거였을 테지만.

여진의 말에 틀린 건 하나도 없었다. 그나마 여진은 귀신을 쫓아낼 수 있기라도 하지, 영윤에게는 그런 사소한 능력조차 없었다. 그동안 보이지 않던 것들이 눈에 보이기만 했다. 사람이 아닌 게 보인다는 걸 알았을 때 여진은 영윤에게 충고했다. 그냥 보이는 것뿐이야. 보이더라도 눈을 마주치지 않으면 돼. 그러다 보니 자연스럽게 발밑을 보며 걷게 되었다. 어쩌다 시선이 마주치더라도 보지 못한 것처럼 눈을 돌리는 법도 알게 되었다. 곧 영윤은 여진이 왜 땅만 보고 걷는지, 누구와도 눈을 마주치려 하지 않는지 이해하게 되었다. 이런 세상에 살고 있다면 누구라도 그렇게 될 것이다.

하지만 그뿐만은 아니었다. 머리가 으깨지고 살점이 떨어져 나가 너덜너덜해진 혼만 존재하는 건 아니었으니까. 멀쩡한 얼굴로 돌아다녀서 저게 혼인지, 사람인지 구분이 안 되는 때도 있었다. 그리고 그런 혼들은 대개 얼마 지나지 않아 조용히 사라졌다.

영윤은 해가 질 때까지 대운동장 벤치에 앉아 있던 날을 기억했다. 그날따라 운동장에는 사람이 없었다. 늘 운동장에 전세를 내고 축구하던 남자들도, 하다못해 지나가는 사람도 보이지 않았다. 영윤은 하품을 한 번 하고는 운동장 한가운데서 폴짝폴짝 뛰고 있는 어린아이의 뒷모습을 흘깃 보았다. 여진과 새벽에 캠퍼스를 걷고 있을 때 마주쳤던 그 애였다. 왜 대학교 캠퍼스에 대여섯 살쯤 되어 보이는 어린아이의 영이 돌아다니고 있는지는 모르겠지만 특별히 해를 끼치는 것 같지도 않아서 내버려두는 중이었다. 여진의 말로는 저러다 어느 순간 조용히 사라진다고 했다. 딱히 미련이나 원한이 없으므로 뭔가에 만족하면 그대로 떠나버린다고.

그리고 영윤은 그날 노을이 지기 시작할 때 혼이 사라지는 순간을 목격했다. 모래처럼 부서지거나 재로 변해서 날아가거나 하는 게 아니라, 그냥 어느 순간 그 자리에 없었다. 눈을 한 번 감았다 뜨는 찰나였는데. 다른 곳으로 자리를 옮겨 갔을 수도 있다는 생각은 들지 않았다. 그게 여진이 이야기한 조용한 소멸이라는 걸 묻지 않아도 알수 있었다. 그 애가 마지막에 무엇을 보고 만족했는지는 모른다. 어쩌면 그날 본 노을이 너무 아름다워서일 수도 있고, 운동장에서 뛰어놀며 본 풍경이 마음에 들어서일 수도 있고, 그도 아니면 그저 시간이 다 되었기 때문일 수도 있었다. 어쨌거나 평화로운 마지막이었다. 영윤은 보랏빛과 분홍빛으로 물들었던 하늘이 완전히 캄캄해질 때까지 그 자리에 앉아 있었다.

가능하다면 누구든 그런 최후를 맞이했으면 좋겠다. 원한이나 증오를 품지 않고. 그래야 오래전 죽은 엄마 역시 저렇게 홀홀 털고 떠나갔으리라고 여길 수 있었다. 어린 자식을 떼어놓고 가야 한다는 미련 때문에 가야 할 곳을 찾지 못하고 있지나 않을까 줄곧 걱정했으니까.

영윤은 그렇게 생각하며 오피스텔 입구로 향했다. 자동문 안쪽으로 들어서자 머리가 아플 정도로 심한 악취가 났다. 생선 비린내 같기도 하고, 시체가 썩는 것 같기도 한 냄새였다. 1층까지 이 지경이라면 10층에 올라가면 이보다 더한 꼴이 펼쳐져 있을 게 분명했다.

영윤은 엘리베이터 앞에 서서 위쪽 버튼을 눌렀다. 10층까지 걸어갈 수는 없다는 판단 때문이었다. 하지만 엘리베이터 문이 열리는 모습을 보고 나서 영윤은 발길을 돌렸다.

엘리베이터 문 안쪽에 검은색 실뱀이 우글우글 차 있었다. 뒤엉킨 꼴이 머리카락 뭉치 같기도 했다. 눈을 한 번 감았다 뜨자 연기처럼 사라져버렸지만, 그 안으로 발을 들일 용기는 나지 않았다. 영윤은 계단을 통해 10층까지 걸어 올라갔다. 올라가면서 다리가 후들후들 떨렸는데, 그게 힘들어서인지 그것도 아니면 무서워서인지 분간이 되지 않았다.

그래도 멈추지 않았다. 10층까지 올라와 복도 끝을 향해 걸어가면서 영윤은 여진이 준 포스트잇을 손가락에 끼웠다. 여진이 같이 왔더라면 더 좋았을 거라는 생각이 들긴 했지만, 물러설 수도 없었다.

정현의 집 입구는 악취가 더 심했다. 집 안에서 흘러나오는 악취가 복도를 통해 흘러나가고 있는 모양이었다. 영윤은 손에 끼운 포스트잇을 떼어 현관문에 붙였다. 그러자 검은 연기가 조금 옅어지는 게 느껴졌다. 초인종을 누를까, 하다가 관두고 문을 세 번 두드렸다. 그리고 잠시 기다리는 사이에 포스트잇을 다시 손에 쥐었다.

한참 시간이 지나서야 안쪽에서 "누구세요?" 하는 목소리가 들려왔다. 잔뜩 겁에 질려 목소리가 바들바들 떨리고 있었다. 하긴 그럴 만했다. 영윤은 "아까 전화한 사람."이라고 대답했고 곧이어 문이 살짝 열렸다. 열린 문틈 사이로 영윤의 얼굴을 확인한 정현은 이내 문을 활짝 열었다.

영윤은 그 안에서 확 퍼져 나오는 악취에 인상을 찌푸렸다. 잘도 이런 냄새에 질식 안 하고 살아 있네. 여진의 말에 따르면 다른 사람들은 그런 냄새조차 맡지 못한다고 했으니까 어쩌면 당연했다. 영윤은 정현의 목에 걸려 있는 것을 보고 풀었던 인상을 다시 찌푸렸다.

정현의 목에는 머리카락 뭉치가 얽혀 있었다. 검은 비늘의 뱀이 아니라. 그 머리칼에서 흘러나오는 검은 연기에 정현의 얼굴이 잘 보이지도 않을 지경이었다.

영윤의 표정을 보고 더 겁에 질린 정현은 "사, 살려주세요."라고 중얼거리며 영윤의 옷소매를 붙잡았다. 그 몸짓에 머리카락이 영윤 쪽으로 흔들렸고 영윤은 반사적으로 손을 뿌리쳤다. 저건 불길하다. 기분 나쁜 느낌이 척추 끝에서부터 스멀스멀 올라왔다. 함부로 손대지 말아야 한다는 생각이 들었지만 당장 저걸 어떻게 하지 않으면 저 사람은 곧 죽을 게 분명했다.

영윤은 손에 쥐고 있던 포스트잇을 뜯어 그 머리카락 뭉치에 붙였다. 역시나 아무 일도 일어나지 않았다. 거기

뭉쳐 있는 원한이 너무 강력해서 여진의 힘으로도 어쩔 수 없는 듯했다. 며칠 전 학교에서 봤을 때만 해도 이 정도는 아니었는데. 영윤은 한숨을 쉬고는 물었다.

"너, 대체 무슨 짓을 한 거야?"

정현은 소리를 질렀다. "나는 아무 짓도 안 했어!" 그 말에 머리카락은 정현의 목덜미를 더 세게 틀어쥐었다. 정현 역시 순간적으로 숨이 막혔는지 컥컥거리는 소리를 내며 바닥에 엎드렸다. 이제는 물리력까지 행사할 수 있을 만큼 힘이 세진 모양이었다. 영윤은 닥치는 대로 포스트잇을 뜯어 정현의 목덜미에 붙여댔다. 소용이 없다는 것은 알고 있었지만, 할 수 있는 게 없어서였다. 다행히 여진이 준 포스트잇이 다 떨어지기 전에 머리카락이 멈췄다.

영윤은 정현을 끌고 안으로 들어가며 물었다.

"그 노트로 무슨 짓을 했어?"

"내가 뭐, 뭘 했다고…."

영윤은 정현이 말을 더 뱉기 전에 그 입을 틀어막았다. 저 입이 문제다. 가만히 있어도 저주받아서 죽기 일보 직전인데 저 입이 제 명을 재촉하고 있었다.

"그냥 있었던 일을 사실대로 말해. 지금 너 비난하자고 여기 온 거 아니니까."

영윤이 몇 번 더 주의를 주고 나서야 겨우 정현은 입을 열었다.

"…라이브 방송을 했을 뿐이에요. 글씨를 쓰면 사라지

는, 귀신 들린 노트라고 홍보해서, '댓글에 올라오는 말을 써주겠다고 그랬죠. 진짜로 글씨가 사라질 줄은 예상 못했지만….'

"무슨 내용이었어?"

"노트에 적은 글이요? 별거 없었어요. 진짜로 글씨가 사라지는 걸 본 사람들이 거기다 소원을 빌기 시작해서. 대학에 합격하고 싶다고, 여자 친구 생기게 해달라고. 그런 평범한 소원들이었는데…."

정현은 말꼬리를 늘렸다. 뭔가 생각난 게 분명했다. 영윤은 잠시 기다렸다 물었다.

"그게 다야?"

"물론 라이브 방송이다 보니까 안 좋은 말도 있었어요. 나 빼고 다 망했으면 좋겠다거나, 누가 죽었으면 좋겠다거나…."

뒤로 갈수록 정현의 목소리가 작아졌다. 말을 마치고 나서는 온몸을 부들부들 떨어대고 있었다. 영윤은 그 모습을 보고 대충 짐작을 끝냈다. 아마 누가 죽었으면 좋겠다고 쓴 건 정현 본인일 것이다. 그리고 노트에 쓴 대로 그 유튜버가 정말 죽어버린 거겠지.

영윤은 혀를 찼다. 상황이 생각보다 좋지 않았다. 정현의 말이 진짜라면 그 노트를 매개로 원혼이 힘을 키운 게 분명했다. 사람의 의식이 모이면 원혼은 그 의식을 먹고 자란다. 하물며 소원을 비는 의식이라면 더 그렇다. 소원을 비는 행위가 그 노트에 집중되었다면 지금쯤 어마어마하게 강력한 원혼이 되었을 것이다. 그러니까 매개인 노트를 버리고 직접 인간으로 옮겨간 거겠지만. 안 그래도 머리카락 뭉치에 친친 감긴 정현에게 '너 지금 원혼에 씌었다'라는 말은 차마 하지 못했다. 괜한 공포심을 부추길 필요는 없었다. 그 마음을 먹고 원혼이 더 힘을 얻을 테니까.

영윤은 한숨을 쉬고는 창밖을 바라보았다. 아무래도 밤이 길어질 것 같았다.

★

여진은 영윤의 뒤를 쫓아가는 대신 택시를 타고 다른 곳으로 향했다. 아무것도 모른 채 대책도 없이 원귀를 상대하는 건 무모한 짓이었다. 임이화 전도사를 찾아서 이게 대체 어떻게 생겨난 원귀인지, 이야기를 먼저 들어야 했다. 영윤에게도 먼저 이렇게 하자고 제안하고 둘이 함께 왔다면 좋았겠지만, 화가 나서 뛰쳐나가 버린 이상 잡을 방법이 없었다. 지금쯤이면 그 남자애의 집에 찾아가고도 남았을 시간이고. 혼자서라도 좀 버텨주길 바라는 수밖에 없다.

여진은 택시에서 내려 눈앞의 건물을 올려다보았다. 외벽이 다 삭아서 까맣게 보일 정도로 낡은 빌라였다. 이 빌라의 지하에 교회가 하나 있었다. 홈페이지가 꽤 번듯

해서 교회 역시 그럴 거라고 막연히 생각했는데 교회 외관은 초라했다. 입구 앞에 교회 이름을 새긴 목판만 하나 달랑 걸려 있었다. 인터넷에서 본 이름과 같았다. 임이화 전도사라는 키워드로 검색을 몇 번 하자 이 교회의 이름으로 된 홈페이지가 나왔다. 전도사의 이름이 특이해서 다행이었다.

여진은 초인종을 누른 뒤 잠시 기다렸다. 하지만 안쪽에서 인기척이 들리지는 않았다. 노크해도 마찬가지였다. 여진은 손잡이에 조금 더 힘을 주어 당겼다. 그러자 문이 열렸다. 애초에 잠겨 있지 않았던 모양이었다.

교회 안쪽은 어두컴컴했다. 전기가 나간 건지, 스위치를 눌러도 불이 들어오지 않았다. 하는 수 없이 여진은 핸드폰 플래시를 켰다. 불빛을 비추자 안쪽이 희미하게나마 보였는데, 교회에서 흔히 볼 수 있는 긴 의자와 강대상, 십자가 장식이 보였다. 의자는 누가 헤집어 놓은 건지 이리저리 흐트러져 있었다. 여진은 한 손으로 코를 막고 앞으로 걸어갔다. 오래 고여 있던 공기에서 나는 퀴퀴한 냄새와 먼지 냄새가 났다. 뭐가 나와도 이상하지 않겠다 싶은 분위기였는데, 안쪽에 있는 방에서 우당탕거리는 소리와 함께 걸어 나온 것은 평범한 사람이었다.

"누구세요?"

산발이 된 머리, 창백한 얼굴, 다 늘어난 티셔츠를 입고 있는 여자는 겉보기에 평범해 보였지만, 이 상황만 놓고 보자면 사람인지 귀신인지 알 수 없었다. 임이화 전도사와 엇비슷해 보였는데, 얼굴이 동그랗고 작아서 한두 살 더 적어 보이기도 했다. 여진은 주머니에 든 포스트잇을 손으로 꽉 붙잡았다.

"임이화 전도사가 이 교회에 다닌다고 해서 왔는데요. 임이화 전도사님인가요?"

여진의 말에 여자는 우뚝 멈춰 섰다.

"아닌데요."

"임이화 전도사 이 교회 다니는 건 맞나요? 그분 좀 뵙고 싶은데 연락처나 주소 좀 알 수 있을까요?"

여진의 말에 여자의 표정이 이상하게 변했다. 여자는 여진의 얼굴을 찬찬히 살피더니 곧 고개를 저으며 말했다.

"소용없어요. 어차피 못 만나니까."

"꼭 만나서 물어봐야 할 게 있어요. 부탁 좀 드릴게요."

"아니, 아무리 그래도 소용없다니까. 죽은 사람을 어떻게 만나요?"

그 말에 여진은 입을 다물었다. 설마 죽었을 거라고는 예상하지 못했다. 장례식 이후 잠적했다는 소식을 들었을 때도 그저 자신이 저지른 죄가 무서워 숨었으리라고 짐작했었다. 그런데 그게 아니었던 모양이었다. 여자는 주머니를 뒤져 머리 끈을 찾아내더니 이내 머리를 하나로 모아서 묶었다. 그리고 말했다.

"그 여자가 이 교회에서 죽는 바람에 신도들이 다 도

망가버렸다고요."

"자살이었나요?"

"아뇨. 그 사람은 절대 자살 같은 걸 할 사람이 아니거든요."

여자는 여진의 물음을 단번에 부정한 뒤 덧붙였다.

"그럴 만한 사람이 아니에요. 집착이 너무 커서 오히려 주변을 죄 삼켜버리려 들었으니까. 근데 그런 사람이 자살이라고? 웃기는 소리. 뭔가가 그 여자의 머리채를 잡아서 거울에 던졌어요. 저쪽 화장실에서 거울에 머리를 박은 채로 발견됐는데, 그건 사람의 힘으로 가능한 일이 아니었으니까요."

여진은 여자가 가리킨 방향을 보았다. 화장실 쪽에서 어쩐지 음산한 기운이 느껴지는 것 같았다.

"경찰은 자살이라고 결론 내렸지만."

여자는 그렇게 말하며 주머니에서 담뱃갑을 꺼내 들었다. 설마 공기도 안 통하는 이런 지하에서 담배를 피울까, 싶었는데 여자는 담배를 입에 물고 기어이 불을 붙였다. 여진은 계속 화장실 쪽을 주시하다 고개를 돌렸다. 어쩌면 그 전도사, 원혼이 되었을지도 모른다. 원혼에게 살해당한 거라면 그러고도 남았다.

"여기 계속 있는 건 위험해 보이는데요. 왜 안 떠나고 있는 거예요?"

"여기가 내 교회인데 어딜 가. 월세도 꼬박꼬박 내고

있는데. 그리고 저긴 아무것도 없어요. 화장실에 남은 게 없나 몇 번이나 확인했으니까."

그 말에 여진은 여자의 얼굴을 물끄러미 바라보았다. 이 사람은 옛날의 염문영 목사를 많이 닮았다. 얼굴이 아니라 말투며, 행동거지 같은 것들이. 염 목사가 담배를 피우지는 않았지만. 여자가 이어서 말했다.

"사람이 죽어 나갔다는 소리에 교인은 다 도망갔고, 교회는 내놨는데 소문이 퍼져서 임대가 나가지도 않아요."

전기가 전부 나간 꼴을 보니 그 말이 사실인 모양이었다. 여진은 한숨을 쉬고는 자신이 여기에 찾아온 이유를 설명했다. 임이화 전도사가 살아 있었다면 그 사람에게 상황 설명을 하고 그걸 소멸시킬 방법을 알아낼 생각이었다. 인제 와서 다 틀렸지만. 여자는 여진의 말을 한참 듣더니 물었다.

"그래서 그 원귀가 이리저리 옮겨 다니고 있다고?"

"네, 아마 임이화 전도사도⋯."

"놀랄 일도 아니지. 그것들은 원래 사람에 붙어 다녀. 물건에도 붙어 다니는 줄은 몰랐지만. 그럴 수 있다고 봐."

여진은 왜 이 사람에게서 염 목사의 그림자를 느꼈는지 이제 알았다. 말하는 게 염 목사와 놀라울 만치 흡사했다. 어쩌면 염 목사와 오래 아는 사이였는지도 모른다. 그러나 염 목사를 아느냐는 말 대신 여진은 다른 말을 꺼냈다.

"그럼 무슨 방법이 없어요?"

이대로 그냥 두고 보는 수밖에 없나? 여진의 얼굴이 어두워졌다. 일기를 쓴 사람을 찾으면, 임이화 전도사를 만나기만 하면 해결의 실마리가 보일 거라 생각했건만 이제 아무런 희망도 보이지 않았다. 차라리 얼른 영윤을 데리고 도망가는 게 나을 것 같았다. 그러려면 시간이 없었다. 여진은 그렇게 생각하며 이만 돌아가 봐야겠다고 몸을 돌렸다.

"잠깐만."

여자의 말에 여진은 걸음을 멈췄다. 여자가 말했다.

"그런 얘길 들은 적이 있어요. 승서가 이야기해준 것 같은데. 그것들이 정말 물건으로 옮겨 다닐 수 있다면… 어쩌면 방법이 전혀 없는 건 아닐지도 몰라요."

그 말에 여진은 다시 몸을 돌려 여자의 얼굴을 바라보았다. 지금은 지푸라기라도 잡아야 할 때였다.

★

영윤은 코를 틀어막았던 손으로 창문을 조금 열었다 다시 닫았다. 이 냄새는 환기한다고 해서 빠지는 냄새가 아니다. 창문을 여는 건 소용없는 짓이었다. 영윤은 이불을 둘둘 뒤집어쓴 채로 침대에 앉아 있는 정현을 노려보았다. 저게 원흉인데 당장 저걸 해결할 수가 없으니 이 악취 속에서 계속 버틸 수밖에 없었다. 시계를 보니 어느새 새벽 3시에 가까워졌다. 여진이 말하기를 3시는 불길한 시간이라고 했다. 아직은 별일이 없었지만.

영윤은 방을 둘러보다 침대맡에 놓인 인형을 발견하고는 인상을 찌푸렸다.

"저건 뭐야? 이런 인형이 취미야?"

20센티미터 정도 되는 크기의 관절 인형이었다. 마트나 장난감 가게에서 흔히 볼 수 있을 법한 그런 인형. 아기 얼굴을 본떠서 만든 인형이니만큼 무서운 얼굴은 전혀 아니었지만, 팔다리가 유난히 가늘고 긴데다 표정이 없어 자세히 보면 섬뜩했다.

"저주 인형이에요. 제 손톱이랑 머리카락을 넣어서 만든."

"그딴 걸 왜 만들어?"

"오컬트 방송하려면 강령술 같은 것도 할 줄 알아야 한다고, 선호가 그래서."

근데 방송할 때 아무 일도 안 일어나서 시시했다고, 끝나고 막상 내다 버리자니 어쩐지 꺼림칙해서 내버려뒀다고, 그새 입이 살았는지 떠들어대는 정현을 버려두고 영윤은 부엌으로 향했다. 저런 걸 잘도 머리맡에 두고 자는구나. 얼마나 신경줄이 두꺼우면 저럴 수 있을까. 아니, 그냥 생각이 없는 건가? 그런 생각을 하며 담뱃갑에서 담배를 하나 꺼내 입에 물었다. 담배를 피우는 것 말고 할 수 있는 일이 달리 없었다. 가스레인지 후드를 켜자 위이잉 하는 소리와 함께 그 사이로 공기가 빨려 들어갔다. 그 옆에는 찬장이 있었다. 조금 전에 칼이며 가위 같은 날붙이는 전부 신문지로 싸서 찬장에 넣어놨음에도 불구하고 불안감은 가라앉지 않았다. 원혼이 마음만 먹는다면 이깟 날붙이가 없어도 사람 하나 해치는 건 일도 아닐 터였다.

휴지에 물을 적셔서 대충 만들어둔 재떨이에 담뱃재를 털며 영윤은 정현 쪽을 흘겨보았다. 몇 시간을 아무것도 하지 못하고 있자 더 견디기 힘들었는지 두어 시간쯤 전 정현은 노트북을 꺼냈다. 영윤은 그냥 내버려두었다. 이 와중에 유튜브나 보고 있을 정신이 있다니, 어느 의미에서는 놀랍기까지 했다. 마우스를 움직이는 손이 바빴다. 어느 화면에서 손을 멈춘 정현은 곧 손톱을 잘근잘근 물어뜯기 시작했다.

그러면서 혼자 무슨 말을 중얼거렸다. 영윤은 담배를 다 피운 후에 천천히 정현이 앉아 있는 쪽으로 걸어갔다. 노트북 화면에 얼마나 집중하고 있었던 건지, 영윤이 바로 뒤에 설 때까지도 정현은 눈치채지 못했다.

"혼자 뭘 중얼중얼해?"

영윤이 묻자 정현은 거의 천장에 닿겠다 싶을 정도로 펄쩍 뛰었다. 그사이 영윤은 정현이 노려보고 있던 화면을 보았다. 정현 본인의 유튜브 채널 공지글 밑에 주르륵 달린 댓글 페이지였다. 소원이 이뤄졌다는 둥, 성지 순례한 번만 더 하게 노트 라이브 방송을 다시 해달라는 둥, 사람들은 무서운 소리를 잘도 늘어놓고 있었다. 노트가 소원을 들어준다고 믿고, 그 믿음으로 다시 소원을 빌고.

그 악순환으로 잡귀가 몸을 키운다. 게다가 그 소원이라는 게 남을 저주하고, 원망하는 것들이 대부분이라 더 질이 나빴다.

영윤은 스크롤을 내리며 인상을 찌푸렸다. 이쪽으로 완전히 문외한이지만 이게 위험하다는 건 누가 봐도 알겠다. 영윤은 이를 악물었다. 그리고 주머니에서 핸드폰을 꺼내 여진의 번호를 눌렀다. 자존심 때문에 여진에게 연락하려던 걸 몇 번이나 참았지만 지금은 비상사태니까 별수 없었다.

통화 연결음은 계속 이어졌다. 영윤은 손에 핸드폰을 든 채로 뒤를 돌았다. 정현이 손톱을 입에 넣고 씹어대고 있었다. 입이 피로 물들고 그 피가 바닥으로 뚝뚝 떨어지는데도 아픔 따위는 느끼지 못하는 것 같았다. 그 와중에도 뭔가를 계속해서 웅얼거리고 있었다. 영윤은 서둘러 노트북을 덮고 전원을 빼버리려고 했으나 한발 늦었다.

정현의 몸 여기저기에 부적처럼 붙어 있던 포스트잇이 부들부들 떨리기 시작했다. 몇 번 더 그렇게 흔들리던 포스트잇이 동시에 허공으로 날아갔다. 억누르고 있던 미약한 힘마저 사라지자, 그것은 바로 정현의 몸부터 빼앗았다.

정현의 입안이 새카맣게 물들었다. 검은 연기가 점성을 띤 덩어리처럼 변해 정현의 입과 코를 틀어막았다. 악소리도 내지 못하고 고개가 뒤로 넘어간 정현이 손을 뻗어 영윤의 목을 움켜쥐었다. 사람이라고는 생각할 수 없는 힘이었다. 영윤이 버둥거리며 정현의 양손을 손톱으로 긁어댔으나 소용없었다. 숨이 쉬어지지 않아 힘이 더 들어가지도 않았다. 영윤은 순간적으로 손의 방향을 바꿔 앞으로 뻗었다. 그리고 정현의 머리카락을 붙들었다. 앞뒤로 흔들자 검은 덩어리가 떨어져 나가지 않으려고 발악했다. 마치 자아를 가진 것 같았다.

하지만 영윤의 손이 몇 번 더 머리채를 흔들자 결국 검은 덩어리가 눈과 코를 통해 앞으로 쏟아져 나왔다. 동시에 영윤의 목을 조르던 힘이 사라졌다. 영윤은 바닥에 엎어진 채로 숨을 골랐다. 침이 흐르고 기침이 터져 나왔다. 하지만 호흡이 원래대로 돌아오기까지 기다릴 여유는 없었다. 바닥에 쏟아졌던 검은 연기가 모여서 하나의 큰 덩어리로 다시 뭉쳤다.

영윤은 그게 다시 정현의 입과 코로 흘러 들어가는 모습을 보고 벌떡 일어났다. 방금은 운이 좋아 저걸 정현의 몸에서 빼내는 데 성공했지만, 두 번째도 통하리라는 법은 없었다. 저걸 혼자서 상대하는 건 무리다. 그 판단을 내림과 동시에 영윤은 뒤돌아 뛰기 시작했다. 바닥에 떨어진 핸드폰을 주워 들 정신도 없었다.

그나마 거실과 방이 분리되어 있어서 다행이었다. 영윤은 방에서 빠져나오면서 바로 문을 닫았다. 그리고 거실에 있는 의자를 끌어다 그 앞에 쌓았다. 방 안쪽에서

쿵쿵, 문을 두드리는 소리가 계속해서 울렸다. 문짝이 흔들거리는 모습을 보니 오래 버티진 못할 것 같았다. 영윤은 문 앞을 지키기를 포기하고 뒷걸음질 쳤다. 어쩌지, 어떡하지. 영윤이 바깥으로 도망가기를 선택하면 저건 분명 뒤쫓아 올 것이다. 저렇게 위험한 걸 밖에 풀어놓을 수는 없었다. 저 연약한 문이 얼마나 더 버텨줄지도 알 수 없었다.

하지만 이 문 안쪽에 저걸 잠시라도 가둬둘 수 있을 거라고 생각한 건 엄청난 착각이었다. 부엌 찬장이 부들부들 떨리더니 얼마 지나지 않아 찬장 문이 열렸다. 그 안에는 아까 영윤이 신문지에 싸서 넣어둔 날붙이가 들어 있었다. 신문지를 찢고 나온 칼과 가위가 일제히 날아와 문짝에 깊이 박혔다. 영윤은 소리를 지를 뻔한 걸 간신히 삼켰다. 문 앞에 계속 서 있었더라면 꼬챙이에 꿰인 시체가 될 뻔했다.

영윤은 엉금엉금 기어 거실을 가로질러 화장실로 향했다. 그사이 문짝을 뚫었던 칼과 가위는 다시 공중으로 떠올라 문을 향해 달려들었다. 의자가 떨어지고 문이 부서지는 듯한 소리가 들렸지만, 영윤은 뒤돌아보지 않았다. 뒤돌아보면 그대로 기절할 것만 같았다. 영윤은 계속 기어 간신히 화장실에 들어갔다. 소용이 없다는 것을 알면서도 문을 잠갔다. 그리고 변기 뚜껑을 내리고 그 위에 앉았다.

두려움 때문에 제대로 숨을 쉬기가 어려웠다. 대체 뭘 위해서 나는 여기에 있는 거지? 영윤은 자신에게 물었다.

여진의 말대로 다 포기하고 모른 척했으면 적어도 이런 꼴은 당하지 않았을 텐데. 내가 뭐라고. 여진의 말이 옳았다. 쥐뿔 아무것도 없으면서 저걸 상대하겠다고 나선 자신이 우스웠다.

무엇보다 저기 있는 저 남자는 구해줄 가치가 없는 인간이었다. 검은 덩어리는 결국 원한의 덩어리이고, 저만한 크기의 원한을 끌어모은 건 결국 저 남자 자신이었다.

그런데도 왜 현관 밖으로 도망가기를 선택하지 않았을까?

그러려면 그럴 수도 있었다. 이 비좁은 화장실로 도망치기보다 밖으로 도망치는 게 더 현명한 선택이었을 것이다. 지금 영윤을 지켜주는 건 얇디얇은 문짝 하나뿐이었다. 이게 부서지면 이제 더는 도망칠 구석도 없다. 영윤은 왜 그랬는지, 그 이유를 자신도 잘 모르겠다고 생각했다.

그때 쾅 하는 소리와 함께 문짝에 무언가가 날아와 박혔다. 안에서도 칼날이 보일 정도로 깊었다. 영윤은 멍하니 문을 바라보았다. 칼이 빠져나간 자리에 구멍이 커다랗게 났다. 그 틈으로 눈과 입이 온통 까맣게 물든 정현이 보였다. 이제 칼을 직접 손에 쥐고 휘둘러대고 있는 모양이었다.

다시 무슨 소리가 들렸다. 하지만 문에 가해지는 충격은 없었다. 영윤은 천천히 문에 가까이 다가갔다. 그때 금속과 금속이 부딪치는 듯한 소리가 났다. 손잡이 쪽에서 나는 소리였다. 머리털이 쭈뼛 서는 듯했다. 손잡이를 뜯어내고 문을 열 생각인 듯했다. 영윤은 들어오지 못하게 막아야 한다고 생각했다. 하지만 어떻게? 칼을 들고 문고리를 찍어대고 있는 사람을 어떻게 맨손으로 상대해?

영윤은 급히 주변을 둘러보았다. 평범한 화장실 풍경이었다. 수건걸이에 걸린 하얀색 목욕 수건, 거울 아래에 칫솔 통, 클렌징폼과 비누, 샴푸, 린스, 때수건 같은 세면 도구가 보였다. 수납장을 열자 그 안쪽엔 여벌 휴지와 수건, 드라이기와 고데기가 있었다. 드라이기는 크기가 꽤 컸다. 그거 외엔 달리 선택지가 없기도 했다. 영윤은 드라이기를 왼손에 쥐고, 오른손에는 목욕 수건을 들었다.

그 순간 문고리가 떨어져 나가는 소리가 들렸다. 끼이이, 하는 소리와 함께 문이 천천히 열렸다. 눈과 입이 까맣게 물든 정현이 거기 서 있었다. 정현이 안으로 한 걸음 들어오자마자 영윤은 손에 든 수건을 정현의 머리 위로 씌웠다. 그리고 시야가 차단된 사이 드라이기를 휘둘렀다. 몇 번이나 휘둘렀을까. 정현은 바닥에 쓰러져 잠깐 미동도 하지 않았다. 그 틈을 타 영윤은 곧장 화장실을 빠져나왔다.

현관문에 다다를 때쯤 발목이 휙 꺾였다. 마음이 급한 탓이었다. 정현이 일어나 뒤따라오는 기색은 없었다. 그래봤자 껍데기는 사람이었다. 기절시키면 움직이지 못하게 된다. 영윤은 주머니에 남아 있는 여진의 포스트잇을 꺼내 손에 쥐었다. 그리고 그걸 하나하나 뜯어 현관문에 붙이기 시작했다. 이렇게 해놓으면 적어도 이 집을 빠져나가지는 못할 거라고 생각했다.

그럴 가치가 없는 인간을 위해 왜 이렇게까지 하는 거냐고 누군가가 묻는다면 영윤은 할 수 있는 게 겨우 이것뿐이라고 답할 수밖에 없었다.

착한 사람이기 때문에 구한다, 못된 놈이니까 저놈은 구하지 않는다, 그런 식으로 판단하기 시작하면 결국 악인이라고 판단되는 사람을 정의의 이름으로 심판하려 들지도 모른다고, 영윤은 생각했다. 그런 건 자신이 원하는 게 아니었다. 그런 하찮은 사람이 되기 싫었다.

그리고 영윤은 여진이 올 거라고 믿고 있었다. 조금만 더 버티면, 이 새벽이 다 지나기 전에 여진이 와줄 거라고. 영윤에게 말은 그렇게 했지만 그게 진심은 아닐 터였다. 영윤은 현관문에 포스트잇을 꼼꼼히 붙인 다음 문을 살짝 열어 현관 스토퍼를 내려놨다. 여진이 언제 오더라도 문을 열고 들어올 수 있도록.

그리고 현관문에 기대어 주저앉았다. 어쩐지 몸에 힘이 하나도 들어가지 않았다. 그렇게 몇 분인가 앉아 숨을 몰아쉬고 있는데, 안쪽에서 뭔가가 툭, 떨어지는 소리가 났다. 소리가 너무 작아 영윤은 순간 자신이 잘못 들은 게 아닌가, 의심했다. 하지만 뭔가가 바닥에 쿵, 쿵, 부딪히는 소리가 점점 가까워지고 있었다. 잘못 들은 게 아니었다. 영윤은 아까 들고나온 드라이기를 쥐고 퍼뜩 자리에서 일어섰다. 하지만 영윤이 늦었다.

현관까지 뛰어온 무언가가 영윤의 다리를 스치고 지나갔다. 곧이어 날카로운 통증이 덮쳤다. 종아리 부근이 화끈거렸다. 통증 때문에 바닥에 주저앉은 영윤은 곧 자기 종아리를 스친 무언가를 발견했다. 그건 칼날이었다. 조금 전에 정현의 손에서 떨어진 칼. 종아리 쪽에서 뭔가가 흐르는 느낌이 들었는데 아마도 피인 듯했다.

현관에 센서등이 들어오면서 영윤을 찌른 것이 나타났다. 아까 정현의 침실에 있던 인형이었다. 무표정한 얼굴은 그대로였는데 눈동자가 달랐다. 인형의 눈자위가 온통 새카맸다. 검은 눈동자의 인형이 바닥에 떨어진 칼을 집어 들었다. 그게 칼로 다시 찌르기 전에 영윤이 먼저 드라이기를 휘둘렀다. 하지만 얼마나 힘이 센 건지 인형은 넘어지지 않았다.

정현의 몸 안에 있던 '그것'이 지금 저 인형을 움직이고 있었다. 영윤은 다시 한번 드라이기를 치켜들었다. 하지만 이번에는 인형이 좀 더 빨랐다. 치켜든 팔 안쪽을 향해 휘두른 칼이 살갗을 베고 지나갔다. 그 고통에 영윤은 숨을 헉 들이마셨다. 손에 힘이 풀리면서 드라이기를 놓쳤다. 영윤이 현관 바닥에 떨어진 드라이기를 망연히 쳐다보고 있을 때 인형 안에서 소리가 흘러나왔다. 인형 안에 내장된 보이스 레코더가 있는지, 그 안에서 나오는 소리

같았다.

인형은 한 글자씩 힘을 주어 영윤을 향해 물었다.

— …원, 망해? 저주해?

무슨 말인지 바로 이해가 되지 않았다. 영윤은 멍청히 "뭐?" 하고 되물었다. 그러자 인형이 말했다.

— 원망해봐. 너를 버리고 간 그 애를.

그 말을 하고 인형은 하, 하, 하고 두 번 웃었다. 어린아이의 목소리였는데도 듣기에 소름이 끼쳤다.

— 구하러 오지 않아. 넌 여기서 죽을 거야. 자, 그러니까 원망해봐. 어서.

그제야 그 말이 여진의 이야기라는 걸 알았다. 영윤은 고개를 저었다. 여진은 반드시 자신을 구하러 올 것이다. 근거 없는 믿음이었지만 확신했다. 양여진은 그런 사람이니까. 알고 지낸 지는 오래되지 않았어도 알 수 있었다. 인형은 영윤이 고개를 젓자 칼을 허공에 흔들며 말했다.

— 말귀를 못 알아듣는 아이구나. 왜 모르지? 원망하고 저주하는 마음이야말로 인간의 마음 그 자체에 가까운걸.

동시에 칼이 영윤의 얼굴로 향했다. 영윤은 가까스로 칼날을 양손으로 붙잡았다. 있는 힘을 다해 밀어내려고 애를 쓰는데도 칼날은 점점 얼굴에 가까워졌다. 이런 조그만 인형의 힘이 자신보다 더 세다는 것에 영윤은 경악했다.

— 아니면 소원을 빌래?

소원을 빌면 들어줄게. 대신 네 몸을 줘. 인형은 그렇게 말하며 칼날을 더 가까이 들이밀었다. 날을 잡은 영윤의 손이 부들부들 떨렸다. 그새 베였는지 손에서 흐른 피가 영윤의 얼굴로 뚝뚝 떨어졌다. 피 때문인지, 눈물 때문인지 시야가 흐려졌다. 영윤은 이를 악물고 고개를 저었다.

"너 같은 거한테 빌 소원은 없어."

그 말에 인형은 웃었다. 동시에 칼날을 밀어대는 힘이 더 거세졌다. 영윤은 결국 그 힘에 밀려 뒤로 넘어졌다.

칼날이 현관 바닥에 부딪히면서 돌바닥이 파이는 소리가 났다. 칼이 얼굴로 향하는 순간 영윤이 고개를 옆으로 튼 덕분이었다. 얼마나 세게 찌른 건지, 바닥에 박혔던 날이 약간 구부러지기까지 했다. 하지만 이번이 운이 좋았던 거지, 다시 한번 그런 공격이 왔을 때 피할 자신이 없었다. 영윤은 어쩌면 이게 마지막일 수도 있다고 생각했다. 인형의 입이 벌어지더니 그 안에서 머리카락이 튀어나와 영윤의 목을 휘감았다.

— 너 같은 건 아무도 구하러 오지 않아. 여기서 죽어.

영윤은 눈을 질끈 감았다. 그런데 그 순간 인형의 말을 비웃기라고 하는 듯 자신의 이름을 부르는 여진의 목소리가 들렸다. 처음엔 환청이라고 생각했다. 하지만 그 목소리가 점점 가까워지고 있었다. 영윤은 간신히 입을 열어 여기라고 소리쳤다.

그러자 줄곧 열리지 않을 것만 같았던 현관문이 활짝 열렸다.

＊

　현관문이 스토퍼가 내려진 채 열려 있었다. 누군가 미리 문을 열어놓은 모양이었다. 여진은 문을 열면서 손에 끼워 놓았던 포스트잇을 펼쳤다.

　목소리로 위치를 짐작하건대 영윤은 현관문 가까이에 있었다. 그렇다면 그것도 마찬가지일 터였다. 여진은 완전히 문을 다 열자마자 펼친 포스트잇을 후 불었다. 바람에 날려 힘없이 떨어지던 포스트잇은 영가(靈駕)에 이끌려 그쪽으로 날아갔다. 인형이라 범위가 좁아 포스트잇은 머리와 몸통, 그리고 팔다리에 듬성듬성 붙었다. 반절 정도는 그냥 바닥에 떨어졌다. 하지만 포스트잇 덕분에 그것의 움직임이 잠시 멈췄다. 그 틈에 여진은 준비해 온 토치를 꺼내 들며 소리쳤다.

　"이영윤, 엎드려!"

　그 말에 영윤은 몸을 뒤집어 엎드렸다. 여진은 영윤이 맞지 않을 만한 거리에서 토치 손잡이를 당겼다. 불길이 인형을 덮치면서 공기를 찢는 듯한 비명이 울렸다. 곧 천과 플라스틱이 타면서 나는 매캐한 냄새가 났다. 비명은 계속해서 이어지다가 사그라들었다. 여진은 한참 만에야 영윤에게 이제 됐다고 말하며 물었다.

"대체 뭐야, 저건?"

여진의 말에 영윤은 뭔지도 모르고 무작정 불로 태워 버린 거냐고, 작게 웃음을 터뜨렸다. 그리고 그렇게 잠시 웃다가 기침하며 마른세수를 했다. 피가 잔뜩 흐른 손으로 얼굴을 비빈 탓에 얼굴이 곧 엉망이 되었다. 영윤이 말했다.

"사람이었으면 어쩔 뻔했어? 사람을 불태울 수는 없다며."

"아닌 거 다 확인하고 태운 거야. 그래서 저건 웬 인형이야? 그 남자는 어딨고?"

그 물음에 영윤이 안쪽 욕실을 가리키며 말했다.

"내가 기절시켰더니 그게 인형으로 옮겨 갔어. 저주 인형이라나, 뭐라나. 으, 소름 끼쳐."

머리카락이랑 손톱을 넣어 만들었대. 영윤의 말에 여진은 머리를 긁적였다. 그게 진짜 되네, 싶어서였다. 교회에서 만난 그 여자가 알려준 방법은 사실 대단한 게 아니었다. 원혼이 매개를 이리저리 옮겨 다닌다면 태울 수 있을 만한 것에 옮겨 담아서 소멸시키는 방법도 가능하지 않겠냐는 거였다. 말은 그럴듯했다. 문제는 그 원혼을 어떻게 의도된 매개체로 옮겨 담느냐는 거였다. 그 문제가 해결이 안 된 채로 여진은 무작정 오피스텔로 향했다. 영윤이 혼자서 더 버틸 수 없으리라는 판단 때문이었다.

"잘 됐어. 원래는 이 목걸이로 옮겨서 태울 생각이었

는데. 근데 이제 그럴 필요 없겠네. 인형이 훨씬 잘 탈 테 니까."

여진은 그렇게 말하며 주머니에서 목걸이를 꺼내 보였 다. 다 무너진 기도원 자리에서 주워 왔던 그 목걸이였다. 어쩌면 염문영 목사의 목걸이였을지도 모르고.

그때 뒤에서 기긱거리는 소리가 났다. 여진은 토치를 고쳐 쥐었다. 손에 땀이 차서 토치를 잡은 손이 미끄러웠 다. 까맣게 타서 그을린 인형이 보였다. 인형은 그 지경이 되고도 팔다리를 움직이고 있었다. 칼을 쥔 손에 힘을 풀 지도 않았다. 지치지도 않았는지 칼을 까딱거리며 인형이 물었다. 입인지, 몸 안쪽의 보이스 레코더가 녹아내렸는지 목소리에 지직거리는 기계음이 섞여 있었다.

— 원, 망, 해?

그 말에 여진의 목에 감겨 있던 뱀이 반응했다. 포스트 잇 때문에 죽은 듯이 웅크리고 있던 놈이. 뱀은 쉭쉭 거리 는 소리를 내며 여진의 목을 조였다. 역시 저 인형 안에 든 것이 이 뱀을 부리고 있었던 게 틀림없었다. 저주의 표 식이니 뭐니 하면서. 뱀은 여진의 목을 부러뜨리기라도 할 듯이 조여 왔다. 숨이 턱 막히면서 목에서 가래가 끓는 듯 한 소리가 새어 나왔다. 뱀에게는 실체가 없으니 이게 다 환각에 불과하다는 걸 알면서도 그랬다. 인형은 다시 한 번 물었다. 이번에는 목소리가 머릿속에 대고 말하는 것 처럼 들렸다. 영윤은 그 말을 듣지 못하는 것 같았다.

— 원망해? 저주해?

어릴 때부터 넌 줄곧 원망만 해 왔잖아. 이상한 게 보이는 네 눈을, 세상을.

목소리는 여진이 그렇다고 대답하기만 하면 금방이라도 여진의 몸을 집어삼킬 것처럼 집요했다. 고개만 끄덕이면 돼. 그렇게 말하는 듯했다.

여진은 이제 알았다. 이건 사람을 원망하는 마음, 저주하는 마음 따위를 그러모아 만들어진 괴물이었다. 그래서 어떤 원혼보다도 더 강해질 수 있었다. 본래 죽은 것은 산 것을 이기지 못한다. 하지만 이건 여러 사람의 원한이 모인 원념체에 가까웠다.

목소리는 여진의 마음속을 들여다보기라도 한 것처럼 떠들어댔다. 네 능력이 그렇게 부끄럽고 수치스러우면 내가 없애줄게. 소원을 들어줄게, 하면서. 들키고 싶지 않은 마음, 저 밑바닥의 더러운 찌꺼기까지 들춰냈다.

저도 모르게 고개를 끄덕이고 싶어지는 말들뿐이었다. 여진은 그제야 알았다. 일기장에 붙은 그게 자신을 저주할 수 있었던 건 그런 마음이 내게 있었기 때문이다. 검은 뱀이 붙은 건 내 약한 마음 때문이다.

여진은 입 안쪽의 연한 살을 물었다. 따끔한 고통과 함께 피가 터지면서 정신이 돌아왔다. 동시에 목을 죄고 있던 뱀의 힘도 사라졌다. 여진은 기침을 몇 번 토해내고는 겨우 한 마디를 내뱉었다.

"웃기지 마."

웃기고 앉아 있어, 진짜. 여진은 중얼거렸다. 그리고 피가 섞인 침을 퉤 뱉었다.

침은 인형의 얼굴에 떨어졌다. 인형은 그 침에 맞고 나서야 말을 뚝 멈췄다. 여진은 인형이 말을 더 걸기 전에 손잡이를 눌렀다. 불길이 순식간에 뿜어져 나와 인형의 몸을 녹였다. 비명과 타는 냄새가 뒤섞였다. 얼마 지나지 않아 인형은 숯덩이처럼 새까맣게 물들며 부서졌다. 곧 여진은 토치 손잡이에서 손을 뗐다. 얼마나 숨을 참았는지 머리가 순간 핑 돌 정도였다.

까맣게 변한 인형에 손을 대자 그 재가 날렸다. 여진은 그 앞에 무릎을 꿇고 앉았다. 영윤이 물었다.

"왜 그래?"

"아니, 그냥."

이 원한의 덩어리는 여진의 마음속을 정확하게 꿰뚫어 보았다. 틀린 말이라곤 없었다. 숨겨야 하는 나, 바닥만 보고 걷는 나. 여진은 마음속으로 늘 그런 자신을 부끄러워하고 수치스러워했다. 여진은 잠시 그렇게 앉아 있다가 일어섰다. 그리고 힘이 다 빠진 목소리로 영윤에게 물었다.

"왜… 도망치지 않았어?"

현관에 덕지덕지 붙은 포스트잇을 보고 알았다. 영윤이 여기서 있는 힘을 다해 버텼다는 걸. 저게 밖으로 새어 나가지 못하도록. 영윤은 여진의 물음에 아무렇지 않게 대답했다.

"네가 올 줄 알았으니까."

여진은 여기저기 자잘하게 칼에 베여 피투성이가 된 영윤을 보았다. 어느 것도 치명상은 아니었지만 그렇다고 웃어넘길 수준도 아니었다. 영윤은 이런 일이 익숙하지도 않은 데다가 아는 것도 별로 없었다. 무섭고 두려웠을 것이다. 하지만 어쩐지 후련한 얼굴로 거기 서 있었다. 말라붙은 핏자국과 눈물 자국으로 엉망인 주제에. 여진은 손으로 목을 한번 쓸었다. 내내 짐처럼 매달려 있던 뱀이 사라진 상태였다. 어깨가 가벼웠다.

여진은 분명 자신을 수치스러워했다. 그 부끄러움이 어디서 기인하는지는 몰라도. 영윤을 알기 전까지는 그랬다. 하지만.

이런 믿음을 받았는데 돌려주지 않을 수가 있나.

여진은 웃었다. 어쩌면 이대로도 괜찮을지도 모른다. 그 가능성에 웃음이 났다. 여진이 소리 없이 웃는 동안 영윤은 우그러진 문을 툭툭 두드려 보고 있었다. 언제 현관에 이런 흠집이 났는지 기억조차 나지 않았다. 그뿐만이 아니었다. 현관 바닥은 불길에 까맣게 그을려 있었고, 칼날에 여기저기 패여서 돌조각이 굴러다녔다. 대충 봐도 견적이 심상치 않았다.

"이거 어떡해? 우리가 배상해야 하나?"

영윤이 그렇게 물으며 고개를 돌렸다. 그리고 여진을 발견하고는 "야, 너 왜 울어?" 소리쳤다. 여진은 배상이라는 말을 듣고는 우는 와중에 웃었다. 그리고 예전에 영윤이 여진에게 했던 대답을 그대로 돌려주었다. 깽판은 귀신이 쳤는데 왜 우리가. 그 암묵적인 합의에 두 사람은 웃음을 터뜨렸다.

영윤은 더 이상 여진에게 왜 우냐고 묻지 않았다.

뱀과 그림자 괴담

요즘 꿈에 자꾸 그림자가 나온다.

정우는 몽롱한 와중에 생각했다. 자신의 그림자를 눈으로 직접 볼 수 있다니 이상한 일이다. 그게 이상한 일이라는 자각은 꿈에서 깨고 난 다음에 찾아온다. 왜냐하면 처음 그것이 다가올 때는 아무런 형체가 없었기 때문이다. 그건 검은 연기가 뭉쳐 있는 덩어리 같았다. 매연 같기도 하고, 담배 연기 같기도 했다. 그런데 꿈이 계속될수록, 그 검은 형체는 구물거리며 형상을 갖추기 시작했다.

며칠이 지나자 몸이 생겼다. 또 며칠이 지나자 검은 구름으로 뒤덮인 몸 위에 희미한 얼굴이 생겼다. 차례로 눈과 코, 입이 생기고 마지막으로 귀가 붙었다.

현관 앞에 선 그림자는 점점 다가오고 있었다.

하루에 한 보씩, 매일.

그것의 얼굴이 거의 다 생겼을 즈음해서는 정우가 누워 있는 소파 머리맡에 서 있을 정도로 가까워졌다. 꿈을 꾸는 동안에는 가위에라도 눌린 것처럼 몸을 옴짝달싹할 수 없었다. 정우가 할 수 있는 건 고작해야 그것이 자신 쪽으로 더 이상 가까이 오지 않기를 기도하는 것뿐이었다.

그리고 어느 순간부터는 그것이 다가오지 않고 멈춰서서 자신을 내려다보고 있다는 것을 알았다.

눈을 감았는데도 시선이 느껴진다.

한 걸음씩 다가올 때보다 아무것도 하지 않고 자신의 얼굴을 내려다볼 때가 더 무섭다면 이상하게 들릴까? 어쨌거나 이 꿈에서 벗어날 방법을 찾을 수 없었던 정우는 어느 날 무심코 눈을 떠버렸다.

그리고 눈에 보인 것을 보자마자 그대로 정신을 잃고 말았다.

보자마자 기절할 정도로 끔찍한 얼굴의 귀신을 본 것도, 시체의 악취에 기절할 만큼 놀란 것도 아니었다.

그때 정우가 본 것은 창문 건너편 간판에 반사된 창백한 푸른 빛으로 희미하게 빛나던 자신의 얼굴이었다.

창백한 얼굴 바로 밑.

목에 칭칭 감겨 있는 검은 뱀이 보였다.

✱

"이 근처에 유명한 심령 스폿이 하나 있어요."

오늘 만나기로 한 작가는 자리에 앉자마자 그렇게 말했다. 끊임없이 주변을 흘깃거리는 태도가 어딘지 불안정해 보였다. 조금 이상한 사람인가? 전화로 그런 낌새는 보이지 않았는데. 정우는 지난주 이 사람과 약속을 잡을 때 했던 통화를 떠올렸다. 그때는 오히려 명랑하기까지 했던 목소리였다. 그러나 지금은 무언가를 피하는 듯 속삭이는 목소리로 주변의 눈치를 살피기 바빴다. 며칠째 잠을 자지 못한 듯 눈가가 거뭇했다.

무엇이 이 사람을 이렇게 겁에 질리게 했을까?

정우는 우선 커피를 한 잔 더 주문하고, 그 앞으로 물과 함께 주문한 쿠키를 밀어주었다.

"네. 우선 좀 드시고 진정하세요."

최근 정우는 공포 소설 작가들에게 잡지에 들어갈 짧은 글의 청탁을 넣고 있었다. 하기 인턴으로 들어간 출판사에서 이번에 창간 20주년 기념 잡지를 일회성으로 출간하기로 했는데, 이 잡지의 주제가 〈오컬트: 그리고 우리 주변의 도시 괴담〉이었다. 호러 전문 출판사에서 내는 돌발성 잡지다운 주제였다. 벌써 몇 달째 여진이 그딴 기분 나쁜 출판사는 당장 그만두고 나오라고 성화였지만 정우는 개의치 않았다.

정우는 작가의 안색을 살피며 다시 물었다.

"그 심령 스폿에 관한 글을 쓰실 건가요?"

지서현은 최근 데뷔한 신인 작가로, 주로 도시 괴담에 관한 글을 썼다. 정우의 질문에 지서현은 뭔가 무서운 것을 본 사람처럼 몸을 흠칫 떨었다. 그러면서 다시 창가를 연신 살폈다. 뭔가가 따라오거나 쫓아온다고 생각하는 사람의 행동 같았다. 지서현은 겨우 창가에서 시선을 떼고 빠르게 속삭였다.

"네. 아직 답사는 안 가봤는데, 요즘 괴담 커뮤니티에서 그 폐가, 아니 흉가 이야기로 난리거든요."

"왜요?"

지서현은 앞에 놓인 아이스 아메리카노를 한 모금 마시고 다시 입을 열었다.

"제가 알던 오컬트 유튜버가 몇 년 전에 죽었어요. 자기 집 옥상에서 떨어져서."

"네? 갑자기 그게 무슨…."

난데없이 달라진 주제에 정우가 당황하는 사이 지서현은 말을 이었다.

"걔랑 동아리도 같이 했었거든요. 교내 오컬트 동아리요. 친하지는 않았지만, 만나면 인사 정도는 하는 사이였어요. 그런데 그 심령 스폿이, 걔가 죽기 직전에 촬영하러 갔다 온 장소라고 하더라고요. 그래서 우리 동아리에서는 걔가 거기 갔다 와서 저주받은 게 틀림없다고 생각했어요."

여자는 그 유튜버의 이름을 꺼냈다. 당황스럽게도 정우 역시 알고 있는 이름이었다. 정우가 졸업한 학교에서 난리가 났던 사건이었으니까.

단순히 요즘 도시 괴담류의 소설로 인기가 있어서 섭외한 작가였는데 이런 이야기를 들을 거라고는 예상치 못했다.

지서현이 말한 대로, 그 죽은 유튜버 이야기는 한동안 학교 커뮤니티를 뒤집어 놓았었다. 그럴 수밖에 없었다. 유튜브에서 오컬트 채널을 운영하던 남자가 자기가 살던 오피스텔에서 투신했으니. 건물 옥상에서 떨어져 즉사한 데다가, 다른 특이점이 발견되지 않아서 자살로 종결된 것으로 기억한다. 그 애가 죽기 전에 마지막으로 했던 라이브 방송 때문에 한동안 시끄러웠던 모양이지만 어쨌든 그 후로 아무 일도 일어나지 않았고, 학교도 잠잠해졌다. 그런데 그 동아리 애들은 뒤에서 이런 이야기를 떠들어 대고 있었던 모양이었다.

정우는 자신이 같은 학교 동문이라는 사실을 굳이 밝히지 않고 잠자코 듣고만 있었다. 그런데 그때 지서현이 말했다.

"그때 촬영한 임시편집본을 제가 가지고 있어요."

뜻밖의 이야기에 정우는 놀라 되물었다.

"임시편집본이요? 그러면 그 영상은 공개되지 않은 건가요?"

"네. 공개하기도 전에 죽어버렸으니까요. 편집자였던 애가 혼자서라도 유튜브 계속할 줄 알았는데, 뭐에 겁을 먹었는지 어느 순간 잠적했어요. 걔가 군대 가기 전에 제가 그 영상이 궁금하다고, 달라고 해서 받아놨어요."

오컬트 유튜버가 죽기 직전 갔던 심령 스폿 영상의 임시편집본이라.

정우는 한숨을 쉬고는 다시 질문지를 살폈다.

"영상은 보셨나요? 그 심령 스폿이란 곳은 어디죠?"

"그, 저 사거리 너머에 개발 예정지로 선정된 땅 있죠. 그 근처에 있는 오래된 폐가예요."

역시 또 그렇군. 정우는 속으로 다시 한번 한숨을 쉬었다. 그러면 그렇지, 폐가나 흉가 레퍼토리가 또 나오는군. 어릴 때부터 여진이 귀에 인이 박이도록 떠들어댄 덕분에 정우는 폐가나 흉가의 위험성에 대해 잘 알고 있었다.

여진의 말에 의하면 이랬다. 그냥 사람 안 사는 빈집이나 별로 위험하지 않은 폐가일 수도 있지. 근데 그렇게 방치되고 어두컴컴한 곳에는 실제로 안 좋은 게 고여. 그리고 썩은 물을 좋아하는 것들이 자리를 잡지. 운 나쁘면 진짜로 위험한 걸 만날 수도 있다는 소리야. 여진은 그렇게 말하고는 어깨를 으쓱했다.

괜히 흉가 체험이랍시고 갔다가 뭐 잘못 붙어오면 죽을 수도 있다는 소리를 듣고도 갈 수 있는 사람은 많지 않으리라. 정우는 오컬트 영화를 좋아하기는 했지만, 그

건 어디까지나 오락이었다. 긴장감을 즐기고는 싶지만 죽고 싶은 건 아니다.

하지만 세상에는 왜 그렇게 흉가 체험 따위를 하고 싶어 하는 인간들이 많은지.

정우는 그런 사람들을 숱하게 봐왔다. 심지어 동아리 엠티 같은 걸 가서도 근처에 흉가나 폐가가 있다고 하면 심심한데 한번 갔다 올까? 같은 소리를 아무렇지도 않게 한다. 몇 번은 못 가게 말리고 겁을 주기도 해봤으나 그런 사람들은 애초에 남의 말을 잘 듣지 않았다. 정우가 겁을 주면 줄수록 '여기서 못 가겠다고 내빼면 진짜 겁쟁이가 되어버린다'라는 생각에 사로잡혀 허세를 부리곤 했다.

뭐가 나올지도 모르는 흉가에 가는 것보다야 겁쟁이가 되는 게 낫지 않나?

그러나 사람에게는 종종 그 허세가 목숨보다 더 중요한 때가 있는 모양이었다.

정우 역시 그 마음은 이해했다. 도대체 여진이 보고 있는 세계는 어떤 모습일까 궁금한 적도 있었다. 정우로서는 이해할 수 없는 영역이었으므로. 어쩌면 오컬트 영화에 대한 자신의 괴상한 집착이 시작된 게 그래서였는지도.

정우는 이내 잡생각을 몰아내며 영상에 관해 물었다.

"그 집 내부를 촬영한 영상인가요? 괜찮다면 저도 한번 보고 싶은데요."

"네. 파일을 가져왔어요."

지서현은 주머니에서 조그만 USB 저장 장치를 꺼냈다. 정우가 가져온 노트북에 USB를 연결하자 이내 폴더가 떴다. 그 폴더 안에는 폐가를 촬영한 영상만 하나 들어 있었다.

정우는 별 망설임 없이 영상을 두 번 클릭해 재생했다. 곧 어떤 영상이 노트북 화면을 가득 채웠다. 첫 장면은 집 앞에서 촬영한 듯했다. "그러면 지금부터 촬영을 시작하겠습니다." 하는 말소리와 함께 오래된, 낡아서 쇠가 다 녹슨 문이 보였다. 영상 섬네일에 있던 문이었다. 원래 색은 파란색이었던 것 같은데 녹 때문에 이제 거의 검은 문처럼 보였다.

"으, 문이 잘 안 열리는데."

유튜버는 그렇게 말하며 다시 한번 있는 힘껏 문을 밀었다. 잠겨 있지는 않았는지 문이 열리면서 끼이이익, 하는 쇳소리가 울렸다.

내부는 전기가 들어오지 않아 어두컴컴했다. 유튜버가 가져온 손전등으로 내부를 비추자 다 삭아서 이제는 실이 떨어질 것 같은 카펫이 보였다. 카펫을 밟고 거실 안쪽으로 들어서자, 거실과 이어진 공간이 나왔다. 싱크대와 식탁이 있는 것으로 보아 부엌인 듯했다. 손에 든 특수 장비로 촬영 중이던 유튜버가 다른 쪽 손으로 싱크대 수전을 건드려 보았지만, 물은 나오지 않았다.

"흠, 여기는 뭐가 없네요."

그렇게 말하고 화면은 빠르게 부엌에서 물러났다. 부엌에서는 흥밋거리가 될 만한 물건을 발견하지 못했던 모양이었다. 화면은 이어서 복도를 지나, 2층으로 향했다. 계단을 올라갈 때마다 끼익, 끼익, 하는 불길한 소리가 복도를 울렸다. 그러나 촬영하는 사람은 이런 일이 익숙한 듯 행동에 거침이 없었다. 2층까지 단숨에 올라온 유튜버는 먼저 손전등으로 복도를 비추었다. 복도 끄트머리에 방이 하나, 화장실이 하나. 그리고 다락으로 이어지는 계단이 하나 더 있었다.

유튜버는 무언가를 찾고 있는 것 같았다. 2층으로 올라오고 나서부터 발걸음이 조금 다급해졌다.

"소문의 그 그림은 아직 안 보이는데요. 2층 복도에도 없으면 방을 하나씩 다 뒤져봐야겠습니다."

그림? 유튜버는 '소문의 그 그림'이라는 말을 남기고 2층 복도를 걸어가기 시작했다. 그러나 방을 하나씩 다 뒤지는 수고를 할 필요는 없었다. 유튜버의 말대로 곧 복도 끝에 걸려 있는 그림이 화면에 나타났다. 정우는 잠시 화면을 정지시켰다.

"소문의 그림이라는 게 무슨 뜻이에요?"

"아, 그게 요즘 커뮤니티에 도는 도시 괴담이에요. 이 폐가에 살던 주인은 화가였는데, 강도가 들어서 집 안에서 끔찍하게 살해당해 죽었다고들 해요. 그러고 나서 유족들이 정리하느라 짐을 옮기려고 했는데 그 그림만은 아무도 건드릴 수 없었다는 거예요. 그래서 집에 그림만 덩그러니 남았는데. 아, 나머지는 보시면 알아요."

다시 재생 버튼을 눌렀다. 그 그림은 한쪽 벽면을 다 차지할 정도로 컸다. 저게 몇 호쯤 될까? 그림에 대해 잘 알지는 못하지만, 아무튼 크기가 꽤 크다는 것은 영상으로 보아도 알 수 있을 정도였다. 유튜버는 천천히 그림 앞으로 한 걸음씩 다가갔다. 그리고 손전등으로 비춘 그림을 보고는 휘익, 휘파람을 불었다.

"이게 바로 그 소문의 그림인 거 같습니다. 요새 커뮤니티에서 난리였었죠? 이 그림을 그린 화가가 죽은 집에 가서, 새벽 3시에 그림 앞에서 소원을 빌면 소원이 이루어진다고. 벌써 여기 갔다 왔다는 사람, 내가 아는 것만 해도 한 트럭이야. 근데 생각보다 평범하네요?"

유튜버는 그렇게 말하고는 키득거리며 뒤로 한 걸음 물러났다. 그러자 그림의 전경이 보였다.

그림 속에는 한 여자가 그려져 있었다. 머리를 뒤로 틀어 올려 묶은, 보라색 원피스를 입은 여자. 그 여자가 어떤 건물 앞에 서서 그 건물을 올려다보고 있는 구도였다. 유튜버의 말대로 어디서나 볼 수 있는 그런 평범한 그림이었다. 여자의 모습은 평범했고, 기괴한 구석이라고는 조금도 없었다. 유튜버는 댓글을 몇 줄 읽고는 시시덕거리며 말했다.

"이런 게 소원을 들어준다고?"

영상을 보고 있던 정우 역시 그 말에 동감했다.

인터넷을 통해 퍼져 있는 괴담은 대부분 이런 식으로, 얼핏 듣기로는 허무맹랑한 소리처럼 들렸다.

도시 전설이 본래 그렇듯이 말이다. 새벽 늦은 시간에 학교에 가면 책 읽는 소녀 동상이 걸어 다니는 걸 보게 된다거나, 학교 화장실 맨 마지막 칸에 가면 귀신이 나타나 파란 휴지 줄까, 빨간 휴지 줄까? 묻는다거나. 귀신이나 영적인 존재를 믿지 않는 사람이 듣기에는 황당한 소문처럼 들릴 것이다. 이 폐가의 경우에는 그게 이 그림에 소원을 빌면 이루어진다는 속설인 듯했다. 사실 이야기의 양상으로 따지자면 아직까진 도시 전설보다는 요즘 유행하는 인터넷 괴담에 가까웠다.

엘리베이터에 타면 다른 차원으로 이동하는 방법이 있다든지. 신혼부부가 신혼여행을 갔는데 신부가 납치되어 토막 난 상태로 발견되었다든지 하는 이야기 말이다.

도시 전설과는 약간 다르다. 괴담은 말 그대로 기묘한 이야기라든지 단순한 소문 같은 이야기를 의미하지만, 괴담이 도시 전설이 되려면 그보다 조건이 더 까다롭다.

물론 믿지 않는 사람들에게는 그게 그것처럼 들릴 거라는 걸 알지만.

출판사의 호러 특집 돌발성 잡지에는 도시 전설과 괴담의 차이점을 설명하는 기사가 한 꼭지 들어갈 예정이었고, 정우가 그 기사를 담당하기로 되어 있었다.

이 폐가에 떠도는 소문은 괴담일까, 도시 전설일까?

정우가 고민하는 사이 유튜버는 구독자들이 댓글로 늘어놓은 시시한 소원들을 하나씩 읊으며 낄낄거렸다.

"나는 로또 당첨이나 소원으로 빌까. 뭐? 그런 소원은 먼저 로또를 사고 빌라고? 아, 또 이렇게 정곡을 찌르네. 좋아, 그러면 오늘은 집 가는 길에 로또 산다, 내가."

별 영양가 없는 헛소리들이었다. 그 말을 흘려들으며 정우는 그림을 눈으로 훑었다. 조금 전과 감상은 비슷했다. 역시나 평범한 그림 같아 보였다. 여자가 비스듬히 서서 올려다보고 있는 건물은 한국에서라면 어디서나 볼 수 있는 연립 주택이었다.

지서현은 정우가 영상 속의 그림을 보는 동안 연신 다리를 떨어댔다. 뭐가 그렇게 초조한지 알 수가 없었다.

"이 그림을 그린 사람은 도대체 왜 이런 걸…. 어?"

도대체 왜 이런 풍경을 그렸을까? 그림에는 그린 사람의 어떤 의도가 있기 마련인데, 이런 평범한 그림을 그린 이유는 도대체. 그 순간 정우는 그림의 오른쪽 맨 위 끝자락에 있는 노란빛의 태양을 발견했다.

특별히 이상한 점은 없었다. 해가 뜨는 건 낮의 풍경이라면 당연하니까.

그런데 비스듬히 서 있는 여자 쪽에… 뭔가 위화감이 들었다. 햇빛이 있으면 당연히 생겨야 하는 것이 없었다.

정우는 무심코 중얼거렸다.

"그림자가 없네요?"

그 순간 지서현은 숨을 헉, 들이쉬고는 갑자기 목을 움켜쥐었다. 그리고 숨이 쉬어지지 않는 것처럼 헉, 헉, 거친 소리를 내며 목을 마구 긁어댔다.

"왜 그러세요? 작가님, 괜찮으세요?"

정우는 급히 자리에서 일어나 지서현 쪽으로 다가가며 물었다. 어쩌면 과호흡이 온 건지도 모른다. 정우는 핸드폰을 꺼내 구급차를 부르고, 지서현의 어깨를 쥐었다. 숨을 쉴 수 있을 만한 물건이나 비닐봉지라도 가지고 있냐고 물어보려던 참이었는데, 그 순간 지서현이 물속에 잠수했다가 올라온 사람처럼 숨을 헉, 하고 내쉬었다.

"괜찮으세요?"

"배, 뱀. 뱀이… 뱀이 왔어요."

"네? 그게 무슨…."

"뱀이라고요! 여기 뱀이! 이제 옮겼다고 생각했는데 왜! 나, 나 좀…."

지서현은 의미 모를 말을 뱉더니 그르르륵, 하는 기묘한 소리와 함께 자기 목덜미를 붙잡고 쓰러졌다. 이어서 목이 졸리는 것 같은 소리가 났다. 분명히 목덜미에는 아무것도 보이지 않는데 말이다.

정우가 보기에 지서현은 스스로 목을 조르고 있었다. 정우는 무언가를 떼어내려고 발버둥 치는 지서현의 손을 붙잡았다. 무슨 여자 손아귀 힘이 이렇게 세. 있는 힘껏 떼어내려고 해도 정우의 힘으로는 지서현의 손을 어떻게 할 수조차 없었다. 공황 발작이라고 넘겨짚었으나 어쩌면 그게 아닌지도 모르겠다는 생각이 그제야 들었다.

지서현은 필사적으로 자기 목을 졸라대고 있었다. 그때 눈에 보이지 않는 무언가가 지서현의 목을 휘감고 있는 것이 손바닥 아래로 느껴졌다. 손쓸 새도 없이 '그것'이 지서현의 목을 비틀었다.

방금 뭐였지?

무슨 일이 일어난 거지?

정우는 망연히 제 손 아래에서 스러져 가는 생명을 바라보고 있을 수밖에 없었다.

어느새 노트북 화면은 까맣게 물들어 있었다.

★

"예, 편집장님. 아뇨, 오늘 복귀하기는 힘들 것 같습니다."

편집장이 긴 한숨을 쉬고는 되물었다.

"지 작가가 갑자기 호흡 곤란을 일으키더니 자기 목을 조르고 그대로 사망했다고?"

이런 일을 도대체 어떻게 설명하면 좋을까.

구급차가 도착하기도 전에 지서현은 스스로 목을 조르고 숨을 거두었다.

상식적으로는 과호흡으로 인한 호흡 곤란으로 보는 것

이 옳았다. 정우 역시 처음에는 그렇게 생각했다. 그러나 지서현의 목덜미에 손을 올렸을 때 분명 거기에는 무언가가 있었다. 형체나 질량은 느껴지지 않았지만, 아무튼 무언가가.

구급차로 병원으로 바로 옮겨졌지만, 현장에서 즉사였다고 했다.

대낮에 카페 한복판에서.

이런 일이 상식적으로 가능한가?

정우는 혼란스러운 마음을 억누르고 대화를 마무리 짓고, 전화를 끊었다. 편집장에게는 일단 경찰서에 갔다가 바로 퇴근하겠다고 전했다. 그리고 사망 선고를 받는 것을 보고 안정우는 바로 경찰서로 불려 온 참이었다. 참고인 조사라는 명목이었으나 사실은 용의자로 의심받고 있다는 건 알고 있었다. 지서현의 목덜미에 손을 올린 모습이 마치 그의 목을 조르는 것처럼 보였으리라. 주변엔 그 모습을 목격한 사람이 많았다.

정우는 눈가를 연신 쓸었다. 눈앞에서 사람이 죽는 걸 보고 제정신인 게 이상하겠지.

그보다도 혼란스러운 감정이 컸다.

도대체 지서현은 뭘 보고 그렇게 놀란 걸까?

왜 자기 목을 스스로 조른 걸까?

온통 알 수 없는 일투성이였다. 그사이 자리를 잠시 비웠던 형사가 돌아와 의자에 앉았다. 아까 카페에서 소동이 일어났을 때는 오후 2시쯤이었는데, 밖을 보니 어느새 한밤중이었다. 형사는 자리에 앉자마자 같은 질문을 던졌다. 똑같은 질문을 단어만 조금씩 바꿔서 벌써 몇 번째인지 몰랐다.

"자기 혼자 갑자기 목을 졸라서, 그걸 막으려고 손을 댔다고요?"

정우는 느릿느릿 대답했다.

"…네. 호흡 곤란으로 숨이 잘 안 쉬어지는 것 같았고, 그러던 차에 괴로워서 자기 목을 조른 것 같아… 도와주려고 한 것뿐입니다."

그 말에 형사는 코웃음을 쳤다.

"목을 조르려고 한 게 아니고요?"

"아뇨. 오늘 처음 만난 사람 목을 제가 왜 조릅니까?"

"그거야 모르지요. 오늘 처음 만난 게 확실해요?"

"네."

"조사해 보니까 지서현 씨와 같은 대학에 다니고 있던데?"

"같은 대학에 다니면 무조건 다 아는 사이입니까? 대학에 사람이 얼마나 징그럽게 많은데요."

"안정우 씨는 대외 활동을 꽤 많이 하고 다녔던데요. 학생회, 동아리, 봉사 활동까지. 이 정도면 발이 꽤 넓다고 봐야 하지 않겠나 싶어서요."

"그렇다고 같은 대학에 다니는 사람 전부를 알지는 못

해요. 형사님도 그건 아시잖아요?"

정우는 다시 한번 제 무고를 주장했다.

"그리고 119에 신고한 것도 저고요. 구급차를 불러놓고 제가 제 손으로 목을 졸랐다고요? 대낮에 사람들이 뻔히 다 보고 있는데?"

침착하게 반박하는 정우의 대답에 형사는 끄응, 소리를 내며 노트북을 닫았다.

"그래요, 사실 뭐. 목을 조르는 것처럼 보였다고 해도 그 정도로는 증거가 될 수 없어요. 안정우 씨 말이 다 맞아요."

형사는 흰머리가 섞인 짧은 머리를 긁적이며 한숨을 쉬었다. 그러더니 덧붙였다.

"사망 진단에는 분명히 외력에 의한 압박으로 질식사라고 되어 있고, 지서현 씨가 자기 손으로 목을 졸랐다고 하면 이해는 가는데, 그런데 아무래도 이상하단 말이죠…."

정우는 형사가 무슨 말을 할지 알 것 같았다.

"도대체 대낮에 카페 한복판에서 자기 목을 졸라서 자살하는 사람이 어디에 있답니까? 왜?"

그 말에 정우는 입을 다물었다. 그야 정우 자신도 그 이유를 모르기 때문이었다. 지서현이 왜 그랬는지 알고 싶은 건 형사뿐만이 아니었다. 정우는 지서현의 목에 무언가가 있었다는 말 같은 건 하지 않았다. 그랬다가는 미친놈 취급을 받기 딱 좋았다. 안 그래도 용의자 취급받고 있는데, 미친놈 취급까지는 사양이었다. 그리고 설령 진짜 무언가가 있었다고 해도 그건 눈에 보이지 않았다. 그러자 형사는 에라이, 씨. 같은 말을 뱉더니 정우를 향해 말했다.

"좋아요. 이제 집에 가도 됩니다. 나중에 한 번 더 참고인 조사차 부를지도 모르니까 연락 잘 받으시고."

그 말에 정우는 자리에서 일어섰다. 경찰서 바깥으로 나오자, 땅거미가 내린 거리가 보였다.

이 동네 경찰서는 외진 곳에 있어서 택시 잡기도 여의 찮았다. 앱으로 택시를 불러야 하나 잠깐 고민하고 있는데, 그때 경찰서 안으로 흰색 승용차 하나가 미끄러지듯이 들어왔다. 경찰서 정문 앞에 선 승용차 창문이 내려가고, 이내 조수석에서 익숙한 얼굴이 튀어나왔다. 난데없는 침입자는 경찰서와는 어울리지 않게 유쾌한 표정으로 물었다.

"두부라도 사 왔어야 했나? 근데 생각보다 얼굴이 괜찮아 보이네."

그제야 정우는 아까 경찰서에 들어가기 직전 여진에게 연락했던 것을 뒤늦게 기억해냈다. 워낙 괴이한 사건이라, 물어볼 곳이 여진밖에 없었다. 물론 여진이라고 해서 이런 일을 모두 다 해결할 수 있는 건 아니겠지만. 그래도 직접 데리러 온 건 반가웠다. 그제야 정우는 피로에 전 얼굴을 펴며 여진의 말에 대꾸했다.

"두부 같은 소리. 유치장에 들어간 것도 아닌데."

그런데 여진의 표정이 이상했다.

평소 같았으면 정우의 말에 반박하며 재미없는 농담을 던졌을 타이밍에 여진은 그대로 굳은 채 정우의 얼굴을 바라보고만 있었다.

"왜 그래? 양여진, 너 어디 아파?"

여진은 대답하지 않은 채 허옇게 질린 얼굴로 운전석 쪽을 돌아보았다. 그러자 운전석에 앉아 있던 영윤이 정우가 서 있는 방향으로 고개를 돌렸다. 그리고 놀라 얼이 다 빠진 목소리로 중얼거렸다.

"뭐야? 저거 그 뱀 아냐?"

그 말에 정우는 저도 모르게 자기 목덜미를 두 손으로 붙잡았다.

✳

그 뱀이 다시 나타난 건 몇 년만의 일이었다.

여진은 그 일을 거의 잊은 채 살아왔다. 여진의 목에 나타난 검은 비늘의 뱀은 그 유튜버가 가진 인형을 태워서 없애버렸으니까. 그게 벌써 3년 가까이 되었다. 인형을 완전히 소각하고, 이제 뱀은 완전히 사라졌다고 생각했다. 그런데 난데없이 그 뱀이 정우의 목에 똬리를 틀고 다시 나타난 것이다. 여진은 땅이 꺼질 듯이 한숨을 푹푹 쉬고는 일단 정우를 차에 태워 자기 집으로 데리고 왔다.

아니, 이제는 영윤과 함께 살고 있는 집으로.

졸업하고 영윤은 기숙사에서 짐을 빼고 여진의 집으로 들어왔다. 영윤은 졸업 직전 조그만 디자인 회사에 취직했고, 그러는 바람에 급하게 서울에서 지낼 집을 구해야 했다. 당연히 회사에서 가까운 동네 월세는 살인적으로 비쌌다. 어째야 하나 발을 동동 구르는 영윤에게 여진이 그럴 바엔 우리 집으로 들어오라고 제안했고, 그게 벌써 3개월쯤 되었다.

여진의 자취방은 투룸이었고, 남는 방 하나는 옷방으로 거의 놀고 있는 거나 다름없으니, 월세를 반으로 나눠 내는 게 남는 장사란 판단 때문이었다.

사실 가장 큰 이유는 따로 있었다. 영윤에게 열린 영안이 좀처럼 닫히지 않았던 탓이다.

영윤은 검은 뱀이 목에 감긴 이후, 보이지 않던 것이 보이고 들리지 않던 것이 들리기 시작했다. 그 현상은 여진의 목에서 뱀이 떨어져 나가고도 계속되었다. 사실 영윤이 영매가 된 것도 아니고, 그렇다고 귀신에 시달리는 것도 아니었으니 큰 문제가 되지는 않았지만, 평생 그런 것과 연이 없었던 사람에게 보이는 것 자체가 곤욕스러운 일이라는 것쯤은 여진 역시 알고 있었다. 그래서 함께 살자고 제안한 것이다. 옆에 두고 위험한 일이 생기지 않게 지킬 수 있도록.

물론 여진이 염려한 위험한 일 같은 건 일어나지 않았다. 밤에 혼자 자기 무섭다고, 침대 옆에 자꾸 뭐가 아른거린다고 징징거리는 영윤을 달래는 일만 늘어났지.

그런 이유로 여진은 영윤을 잠깐 방 안에 들어가 있으라고 말하고, 정우를 부엌 식탁에 앉혀둔 뒤 맞은편에 앉았다. 그리고 거를 것 없이 물었다.

"너 도대체 뭘 만졌어? 그 작가가 가지고 있던 물건 중에 이상한 거 없었어?"

낮의 통화에서 정우는 도시 괴담 청탁 건으로 어떤 공포 소설 작가를 만났고, 그 작가가 갑자기 목을 감싸며 이상한 소리를 하더니 호흡 곤란을 일으켜 사망했다고 했다. 분명 검은 뱀이 일으킨 저주에 당한 것이다. 여진은 그렇게 판단하고 다시 다그쳐 물었다.

"수상쩍은 물건 없었냐고."

저주의 매개체가 된 물건이 있을 것이다. 정우 역시 그 물건에 손을 대고 저주를 받은 것일 테고. 그러니 그 문제의 물건을 처리해야 했다.

"난 너랑 달라서 그냥 보는 것만으로는 그게 수상쩍은 물건인지 모른다니까. 시내 프랜차이즈 카페에서 만났고, 딱히 물건 같은 건… 아, 그러고 보니."

"왜?"

"작가님이 가지고 있던 영상을 보려고 USB를 건네받았어. 흉가를 소재로 글을 쓰고 싶다고 해서. 아, 맞다. 혹시 기억나? 몇 년 전에 죽은 오컬트 유튜버. 우리 학교 출신이었잖아. 그 유튜버가 죽기 전에 다녀온 흉가 체험 영상이라고 하더라고. 그게 도시 괴담과 연관이 있는 것 같아서 취재 중이었대."

"오컬트 유튜버?"

오컬트 유튜버라 하니 생각나는 놈이 하나 있었다. 여진은 인상을 찌푸리고는 다시 물었다.

"무슨 도시 괴담인데?"

"글쎄, 그 흉가에 가서 새벽 3시에 그림 앞에서 소원을 빌면 이루어진다는 속설이 있나 봐."

"그런 말도 안 되는 걸 믿는 사람이 있어?"

정우는 눈을 찌르는 앞머리를 연신 쓸어 넘기더니 앞에 놓은 냉수 한 잔을 꿀꺽꿀꺽 마시고는 입을 열었다.

"믿든 말든 그게 중요한 건 아니야. 그 사람들도 진짜 믿어서 그러겠냐? 심심한데 어디 재밌는 이야깃거리 없나 싶었겠지. 소원도 그냥 장난처럼 생각하고 빈 거고. 나도 말도 안 된다고는 생각했어."

하긴 이런 종류의 일 정도는 비일비재하게 일어난다. 여진이 별말 하지 않자 정우는 말을 이었다.

"근데 직접 영상을 보니까 뭐라고 해야 하나. 좀 꺼림칙하기도 하고, 그 흉가에 가서 유튜버가 저주받아서 죽었다는 소문도 있고, 그림이 워낙 수상쩍어 보이기도 해서 이 정도면 호러 오컬트 잡지에 실을 만하겠다고 생각했어. 하지만 지 작가님이 진짜 죽을 거라고는 생각도 못 했다고. 도대체 이게 다 무슨 일이야?"

정우가 이 정도로 당황한 것도 드문 일이었다. 여진은 한숨을 쉬고 물었다.

"다시 이야기해 봐. 영상을 보고, 또 이상한 점 없었어?"

"그림 속 여자한테 그림자가 없다고… 말하자마자 작가님이 목을 붙잡았어. 마치 자기 목을 조르는 것처럼. 숨이 안 쉬어지는 것 같아서 내가 구급차를 부르고, 지 작가님 목에 뭐가 있나 싶어서 만져봤어. 이상한 게 분명 아무것도 없는데, 뭐가 꿈틀꿈틀 움직이는 것처럼 느껴지더라고."

"미친놈아. 그걸 왜 만져?"

"아, 그러면 어떡해? 손 놓고 있어?"

"내가 너 아무 데나 발 밀어 넣고 돌아다니는 거 하지 말라고 몇 번 말했어. 그리고 그 호러인지 염병인지 하는 출판사 당장 그만두라고. 이번에 오컬트 잡지니, 뭐니, 할 때부터 싸했어. 당장 그만둬."

여진은 싫어하는 게 많은 사람이고, 싫어하는 것을 꼽자면 너무 많아서 그 수를 다 셀 수가 없는데 그중에서도 제일 싫어하는 것이 세 가지 있다. 첫 번째는 흉가나 폐가 체험한답시고 굳이 굳이 위험한 데를 찾아 돌아다니는 겁대가리 없는 사람들이고, 두 번째는 위험하다고 경고해도 듣지 않는 인간들이며, 마지막으로 세 번째는 오싹한 감정을 즐기는 오컬트 애호가들이다. 정우는 그 마지막 부류에 해당했다. 그나마 영화나 드라마를 보는 건 낫지, 그 출판사에 인턴으로 들어가고 나서부터는 위험한 일에 발을 들이미는 일이 잦았다.

"너는 무슨 남의 직장 그만두라는 소리를 밥 먹듯이 하냐."

"그러다 제 명에 못 산다, 너. 네가 지금 상황의 심각성을 모르나 본데, 네 목에 지금 붙은 게 뭔 줄 알아? 뱀이야, 뱀."

"뱀?"

"그건 지금 네가 저주받았다는 소리야."

"뭐? 야, 너는 무슨 애가 그런 무서운 소리를 아무렇지도 않은 얼굴로 해?"

그때 마침 옷을 갈아입고 방문을 열고 나온 영윤이 그 말에 호응했다.

"진짜야. 아까 보고 진짜 식겁했다. 그거 여진이도 한 번, 나도 한 번 당해본 거라 확실해. 그렇지?"

영윤은 여진을 향해 물었고, 여진은 고개를 끄덕였다. 잘못 볼 수가 없지. 벌써 몇 년 전 일이긴 해도 그 뱀의 모습은 한 번 보고 나면 잊어버리기 쉽지 않을 정도로 기괴했다. 지금도 저렇게 혓바닥을 날름거리며 정우의 목을 물어뜯으려 하고 있지 않은가.

그제야 안색이 새하얘진 정우가 중얼거렸다.

"맞아, 그러고 보니 작가님도 이상한 말을 했어. 무슨 뱀이 어쩌고 하는."

"정확히 뭐라고 했는데?"

"뱀이 왔다고 했어. 음…. 워낙 횡설수설해서 무슨 말을 하는지 제대로 못 들었는데, 뱀이 왔다는 말은 확실해."

"그 여자도 뱀이 보였나 보네."

여진의 말에 정우는 자기 목덜미를 내려다보았다. 그러고는 고개를 저었다.

"난 안 보여."

"괜찮아. 저주의 매개체를 불태우면 저주도 사라지니까. 문제는 그 매개체가 뭐냐는 거지."

"내가 만졌을 가능성이 있어?"

"그래. 영윤이도 그렇고, 나도 그렇고 그 물건을 만지고서 뱀이 나타났으니까."

"내가 만진 거라고는 그 USB뿐인데."

"그거 지금 어딨어?"

여진의 물음에 정우는 가방에서 노트북을 꺼냈다. 아까 미처 정리할 틈도 없이 병원으로, 경찰서로 불려 다닌 탓에 노트북에서 USB를 꺼내지도 못했던 모양이었다. 정우는 그 USB를 노트북에서 분리해 식탁 위에 올려놓았다. 그게 저주의 매개체일지도 모른다는 소릴 듣고도 무섭지도 않은 모양이었다.

"이거 이제 어떻게 해?"

"태울 거야."

"뭐? 갑자기?"

"갑자기는 무슨 갑자기야. 저주 안 풀고 싶어?"

"아니, 그건 아닌데. 그 USB 내 것도 아닌데 그렇게 마음대로 막 하기가…. 지 작가님 유가족이 달라고 하면 어떡해?"

참 태평한 소리였다. 옆에 서서 듣고 있던 영윤이 얼굴을 찌푸리며 말했다.

"넌 당장 죽을지도 모른다는데 그딴 게 중요해?"

"어, 그러게."

"이런 미친놈."

여진은 그렇게 말하고는 USB를 집게로 집어 어디선가 가져온 통조림통 안에 던져넣었다. 그리고 정우가 그 USB를 다시 꺼내려고 하기 전에 얼른 불을 켰다. 캔들 라이터로 꼼꼼히 불을 붙여 태우자 USB에도 조금씩 불이 붙기 시작했다. 정우는 망연자실한 얼굴로 통조림통을 내려다보고 있었다. 이내 플라스틱이 타면서 나는 매캐한 냄새가 거실 안을 가득 채웠다. 영윤은 어휴, 냄새, 소리를 내며 부엌 창문을 죄 열었다. 여진이 말했다.

"이 영상은 폐기해. 그림을 보고 빌면 소원이 이루어진다는 둥 하는 이야기는 그다지 좋지 않아. 인간의 정념이나 염원이 모이면 쓸데없는 힘이 생겨나서, 나쁜 걸 불러들이기도 해. 그 나쁜 것이 다시 사람들의 염원을 먹고

자라서 힘을 얻고. 결국 신격을 얻었다고 으스대는 잡귀
가 탄생하지."

"어, 그거. 나도 이번에 오컬트 특집 잡지 준비하면서
공부해서 알아. 그래서 가끔은 '소원을 비는' 행위 자체가
도시 전설의 요건이 되기도 해."

"도시, 뭐?"

"도시 전설. 몰라? 폐가 자체는 그냥 괴담에 지나지 않
아. 어떤 무서운 악귀가 나온다고 해도 말이야. 그런데 소
원을 빌면 이루어진다는 소문이 그 폐가를 도시 전설로
만들고 있는 거야. 왜, 그런 도시 전설 있잖아. 어떤 방식
으로 귀신을 불러내서 소원을 빌면 이루어진다는 종류
의. 무슨 말인지 알겠어?"

"전혀 모르겠는데. 괴담이나 도시 전설이나 나한테는
다 똑같은 귀신 얘기라서. 너는 벌레 볼 때 그 벌레가 무
슨 벌렌지 분류하면서 봐?"

"너 그런 얘기 할 때마다 진짜 짜증 나는 거 알지."

정우의 말에 여진은 어깨를 한번 으쓱했다. 정우는 답
답하다는 듯이 가슴을 퍽퍽 쳤다.

"모른다니 다행이네. 이영윤 너는 얘랑 같이 사는 거
안 답답해?"

"응. 난 하나도 안 답답한데?"

정우는 한숨을 길게 내쉬었다.

"그래, 그러니까 같이 사는 거겠지."

뱀과 그림자 괴담

그러고서 두 사람은 조금 전까지 저주니, 뱀이니 하는 얘기를 했다는 것은 새까맣게 잊은 채로 일상적인 대화를 이어가기 시작했다. 최근 회사에서 누가 어떤 기이한 짓을 벌였는지, 출판계나 디자인업계나 그 주제로 말하자면 할 말이 차고 넘치는 모양이었다. 여진은 흘러가는 대화에 간간이 맞장구만 치고 넘어갔다. 그리고 타들어 가는 USB를 보고, 정우 쪽을 보고, 다시 통조림통 쪽으로 시선을 돌렸다.

약간의 시간이 더 흐른 후 여진은 이 일이 제 생각처럼 쉬이 흘러가지 않으리라는 것을 알았다.

USB가 거의 다 타들어 갔는데도 상관없이 생생한 검은 뱀 때문이었다.

✱

"저건 매개체가 아니야. 태워도 소용이 없는 걸 보면 분명 매개체는 다른 데에 있어."

여진의 그 말이 며칠 내내 머릿속을 맴돌았다. 다음 날부터 출근하고 평소와 다름없는 일상을 보내면서도 정우는 때때로 흠칫 놀라며 제 목덜미를 쓸어내렸다.

뱀이 감겨 있다는 말은 들었지만, 여전히 실감은 나지 않는다.

아무 느낌도 없는 데다 거울로 보아도 아무것도 보이지 않았다. 그러나 여진의 말을 믿을 수밖에 없었다. 지서현 역시 보이지 않는 무언가에 목이 졸렸으니까. 그 사건은 여러모로 수상한 점이 많았다. 형사는 대체 지서현이 왜 자기 목을 졸라 자살한 건지 이해할 수 없다고 했다.

자살이라니. 그게 정말 자살이란 말인가?

그러나 여진의 말처럼 검은 뱀이 지서현의 목을 졸랐다고 하면 모든 수수께끼가 풀린다.

그런데 그 뱀이 왜 옮겨붙은 걸까?

정우가 그 자리에서 만진 물건은 USB뿐이었다. 만지는 행위 자체가 중요하다면 다른 가능성은 없었다. 정우는 지서현을 만난 그날 하루 전체를 복기하고 여러 차례 여진에게 이야기했다. 천하의 양여진 역시 이번만은 무엇이 잘못됐는지, 실마리를 찾을 수 없었다.

정우는 대타로 청탁을 넣을 수 있을 만한 작가 목록을 바라보며 한숨을 쉬었다.

잡지는 마감일이 다가오고 있고, 지서현의 공백을 어떻게든 메우는 것이 정우가 당장 해야 하는 일이었다.

그 한숨 소리에 마침 정우의 뒤를 지나가던 편집장이 물었다.

"왜 그래? 대타 구하기가 힘들어?"

"아니에요. 후보 추려서 이따 회의 때 말씀드릴게요."

편집장은 흰머리가 섞인 짧은 머리를 긁적이며 쩝, 소리를 냈다. 아직 기한이 남아 있으나 마감까지 시간이 넉넉하다고는 할 수 없었다.

"마감이 너무 촉박해서 받아줄 만한 작가가 있을지 모르겠네. 혹시 후보 작가들이 다 안 된다고 하면 나한테 얘기해."

뾰족한 대안이 있는 것도 아니었지만, 정우는 일단 고개를 끄덕였다. 자리를 떠나려던 편집장이 잠시 망설이다가 물었다.

"그런데 그 포스트잇은 뭐야? 왜 목에 붙이고 있는 건데?"

요즘 만나는 사람마다 물어보는 질문이었다. 딱히 답할 말이 없어서 정우는 이게 요즘 유행이라고 얼버무리곤 했다.

"그런 게 유행이라고?"

그 후로 편집장은 별말 안 했지만, 무슨 생각을 하는지는 눈빛으로 대충 알 수 있었다. 요즘 애들이란.

그렇다고 제가 저주를 받았고, 이게 저주 때문에 목에 붙은 뱀을 퇴치하기 위한 액막이라고 솔직히 말하면 더 이상하다고 생각할 것이 뻔했기 때문에 그냥 유행이라고 대충 얼버무리는 쪽이 덜 피곤했다.

여진은 미리 만들어둔 포스트잇을 한 뭉치 건네며 주기적으로 교체해서 붙이라고 신신당부했고, 그 포스트잇의 정체를 알고 있는 정우는 인상을 찌푸리며 건네받았다.

"으, 네 침 묻어서 싫은데."

"이게 배부른 소리 하네. 네 얼굴에 침 뱉어주랴?"

"아니, 고마워."

평소라면 여진의 말에 무어라고 더 딴죽을 걸었겠지만, 이번에는 순순히 여진의 말을 들었다. 포스트잇을 붙이고 있을 때는 두통이 좀 가라앉는 것 같기도 했다.

편집장이 자리로 돌아가고, 다시 인터넷 창을 켰다.

옛날에야 어땠는지 몰라도 요즘 도시 전설은 인터넷을 통해 퍼진다.

특히 괴담을 좋아하는 사람들이 모인 커뮤니티가 그런 도시 전설의 온상지였다. 도시 전설이라고 불리는 것의 속성 자체가 그랬다. 입에서 입을 통해 전해지는 것을 기본으로 한다. 사람들 사이에서 전승되지 않으면 그건 도시 전설이라고 부를 수 없다. 정우는 그중에서도 자신이 겪은 기묘한 이야기를 풀어놓는 게시판을 자주 들여다보았다. 기묘한 이야기 자체는 전승이라는 도시 괴담의 요소를 충족할 수 없지만 종종 이 중에서 여러 사람에게 입소문으로 퍼지는 도시 전설이 탄생하기도 한다.

지서현은 정우가 종종 들어가곤 하는 이 괴담 커뮤니티에서 활동한 것 같았다.

정우는 위에서부터 글자를 죽 훑으며 스크롤을 내렸다.

그러다 '그 흉가 그림에 소원 빌고 왔는데 밤마다 악몽 꾼다'라는 제목을 보고 멈칫했다.

소원을 비는 그림, 그리고 흉가. 두 가지 키워드로 볼 때 이건 지서현이 언급했던 그 흉가인 듯했다. 무서운 이 야기 유튜버가 죽기 바로 직전에 찍었다는 영상 속에 담 긴 그 그림. 정우는 영상으로 보았던 그림을 떠올렸다. 보 랏빛 원피스를 입은 여자, 태양을 향해 비스듬히 서 있는 데도 보이지 않던 그림자, 그리고 여자가 바라보던 어두침 침한 건물.

순간 머리털이 쭈뼛 설 정도로 온몸에 소름이 돋았다.

정우는 홀린 듯이 게시글을 클릭했다. 내용은 정우가 아는 것과 별반 차이가 없었다. 그 집에 일명 소원을 빌면 이루어진다는 그림이 있다는 것, 그래서 새벽 3시에 그 흉가에 찾아서 그림 앞에서 소원을 빌었다는 것, 그런데 그 집에 다녀온 날부터 매일 밤 꿈을 꾼다는 것이다.

꿈에는 그림자가 나온다.

처음에는 구물거리는 검은색 덩어리에 불과했던 것이 매일 형체를 갖추며, 아주 서서히 얼굴이 만들어진다. 얼 굴이라고 해봤자 지점토 반죽을 해놓은 모양이라 눈두덩 이, 코 같은 부분에 눈과 코가 있구나 어렴풋이 추측할 뿐, 얼굴을 구분하는 것은 불가능했다.

그림자인지 인간인지 모를 괴물이 매일 한 걸음씩 다 가온다. 현관에서 거실로, 거실에서 침실로.

그걸 피할 수도 없고, 시선을 돌릴 수도, 눈을 감을 수 도 없다.

그저 멍하니 그림자가 자신에게 다가오는 것을 보고

있을 수밖에 없다.

거기까지 읽고 정우는 스크롤을 죽 내려버리고는 책상에 머리를 박았다.

꿈의 내용마저 소름 끼치도록 자신의 상황과 일치했다. 그냥 기분 나쁜 일을 겪어서 요 며칠 악몽을 꾸는 거라고, 합리화로 지나가는 것도 한두 번이지. 이런 꿈을 매일 반복해서 꾸고, 심지어 그 흉가에 다녀온 사람이 똑같은 증상에 시달리고 있다는데 이게 지금 정상적인 상황일 리가 없었다.

정우는 주머니에서 핸드폰을 꺼내 꾹 쥐었다가 켰다.

✳

"이 멍청한 놈."

여진이 그렇게 말하자 옆에 있던 영윤이 여진의 소매를 붙잡으며 말했다.

"너무 그렇게 말하지 마. 멍청한 사람한테는 진짜 멍청하다고 하면 안 된대."

그러나 그렇게까지 말해도 정우는 아니라고 반박할 수 없었다. 이상한 꿈을 꾸고 있다는 얘기를 왜 진즉에 하지 않았느냐는 말에 할 말이 없었으니까.

여진의 재촉에 정우는 다시 한번 꿈의 내용을 설명했다. 그리고 현관 안으로 들어온 그림자가 매일 가까워지고 있다는 것도.

이야기를 다 들은 여진이 영윤을 향해 물었다.

"너도 저런 꿈 꿨어?"

"아니. 나는 저런 그림자가 나오는 꿈은 꾼 적 없어. 그랬으면 너한테 얘기했겠지."

"나도. 그 뱀이 내 목에 붙어 있을 때도 그런 꿈은 꾼 적 없어."

여진은 한참 생각하는 것처럼 턱을 괴고 노트북 화면을 응시했다. 화면에는 인터넷 창이 떠올라 있었다. 정우와 같은 일을 겪고 있는 사람이 쓴 글이었다. 커뮤니티에 그 글이 올라온 것은 사흘 전 저녁이었다.

"일단 이 글쓴이한테 연락해보자."

여진의 말에 정우는 멍청히 되물었다.

"어떻게?"

"여기 쪽지 보내기 기능이 있잖아. 그 흉가… 아니, 흉가 얘기는 하지 말고 너도 같은 악몽에 시달린다고 해. 만나서 이야기하고 싶다고. 그 사람 목에 붙은 게 뱀이 맞는지, 그리고 뱀이 맞는다면 어디서 뱀이 붙었는지 확인해야 해."

"그 사람이 꾸는 꿈이 나랑 관계가 있을까?"

"그거야 모르지. 지금 네가 꾸는 꿈이 뭔지, 어떻게 대처해야 하는지 하나도 모르니까 일단 실마리라도 잡아보려는 거야. 너 말고도 같은 꿈을 꾸는 사람이 있다니까."

여진의 말이 구구절절 옳았다. 정우는 여진이 말한 대로 쪽지를 적어 글쓴이에게 전송했다. 그리고 할 일이 없어 커뮤니티에 비슷한 글이 없나 검색하기 시작했다.

그 흉가 체험이 최근 유행인지 이 글쓴이 말고도 흉가에 다녀왔다는 글이 꽤 있었다. 뒤에서 같이 글을 보던 여진이 이죽거렸다.

"정신 나간 사람들이 왜 이렇게 많아."

"여진아, 그렇게 말하면 안 된다니까."

영윤의 말에 여진은 조금 순화해서 다시 말했다.

"…일찍 죽고 싶은 사람들이 왜 이렇게 많지."

욕만 안 썼을 뿐 내용은 똑같았다. 정우는 오컬트 마니아를 두둔하고 나섰다.

"이 사람들은 그냥 조금 오싹한 담력 체험을 즐기는 선량한 사람들이야."

"누가 나쁘대? 좋아하건 말건 내 알 바 아니야. 그러다 죽어도 할 말 없다는 거지. 그리고 귀신은 자기 얘기 하는 걸 좋아한다고."

귀신이 보이는 사람이 저런 말을 하니 섬뜩했다. 정우는 괜히 목덜미를 매만지며 말을 돌렸다.

"이 사람들한테도 쪽지 보내놔야겠어."

조금 전에 썼던 쪽지와 같은 내용의 쪽지를 여러 개 발송해 놓고, 정우는 짐을 풀었다.

당분간 여진과 영윤의 집에서 함께 지내는 게 좋겠다

는 의견에 따르기로 했기 때문이었다. 회사 역시 여진의 집에서 출퇴근하는 쪽이 더 가까웠다. 거부할 만한 이유도 없어서 냉큼 수락했지만, 자신이 싼 짐을 탈탈 털어보는 여진의 모습은 어딘가 사람을 질리게 하는 구석이 있었다. 캐리어에서 기어이 속옷까지 끄집어내는 꼴을 보고서야 정우는 도대체 뭘 하는 거냐고 소리쳤다.

"혹시나 해서 찾아보는 거야. 뱀이 붙어 있을 만한 물건이 있나."

"그런 거 없어."

"네가 어떻게 알아? 영윤이도 자기 가방에 그런 소름 끼치는 주사위가 들어 있는 줄은 몰랐어."

그러자 옆에 서서 구경하던 영윤이 말했다.

"그 얘긴 또 왜 꺼내? 나도 왜 까먹고 있었는지 모르겠다고 했잖아."

"아. 내가 얘기 안 했나? 그건 그 원귀가 일부러 까먹게 만든 거야. 쉽게 말하자면 귀신한테 홀린 거지."

"내가 그런 무서운 얘기는 그만 좀 하라 했지."

이런 이야기라면 질색하는 영윤은 듣기 싫다는 듯 귀를 막았다.

"왜냐고 물어봐서 대답한 것뿐이잖아."

둘이 또 티격태격하려는 조짐이 보이자, 정우는 거실 바닥에 널려 있는 짐을 챙겨 방으로 들어갔다. 쟤네 둘은 사이가 좋은 건지, 나쁜 건지 알 수가 없었다.

정우에게 주어진 방은 창고로 쓰이던 방이라 벽지에서 어딘가 퀴퀴한 냄새가 났다.

정우는 캐리어를 대충 세워두고 방 한가운데에 덩그러니 놓여 있는 침구에 머리를 대고 누웠다. 이 집에서는 악몽을 꾸지 않을 수 있을까? 여진이 현관문에 강박적으로 붙여놓은 포스트잇 때문에 어쩌면 괜찮지 않을까 하는 생각이 드는 것도 사실이었다.

악몽을 꾸지 않고 잠든 게 언제였더라.

겨우 이틀 그런 악몽에 시달려놓고 이런 생각을 하는 것도 우습겠지만, 이틀 동안 거의 잠을 자지 못하고 시달렸더니 한 2백 년쯤은 잠들지 못한 것 같은 기분이 들었다. 그래서였는지 정우는 베개에 머리를 대고 얼마 지나지 않아 바로 잠들었다.

그러나 현관에 붙인 포스트잇도 악몽 속에 나오는 그림자를 막아주지는 못했다.

그날 밤도 정우는 손가락 하나 까딱하지 못한 채 자신에게 서서히 다가오는 그림자를 보아야만 했다. 다가오는 그림자의 얼굴이 이제는 제법 사람의 형태를 갖추고 있었다.

어쩐지 그 얼굴이 자신을 닮은 것 같다는 생각이 문득 들었지만, 이내 대수롭지 않게 넘겼다.

★

밤새 악몽에 시달리던 정우는 일어나자마자 자주 가는 커뮤니티의 쪽지함을 확인했다.

답장이 하나 와 있었다.

그와 똑같은 악몽을 꾼다는 글쓴이의 답장은 아니었다. 그 후에 보낸 수많은 쪽지 가운데 하나였다. 그래도 아예 답장이 없는 것보다는 나았다.

정우는 어쩐지 자꾸만 떨리는 손으로 겨우 그 쪽지를 클릭했다.

쪽지에는 전혀 예상치 못했던 내용이 적혀 있었다.

이 글쓴이 친군데요. 뭐 좀 찾으려고 들어왔다가 쪽지 보고 남깁니다.

사실 그 흉가에 다녀왔다는 글은 거짓말이었어요. 이 새끼가 흉가 근처에 가자마자 무섭다고 돌아가자고 했거든요. 무슨 오컬트 유튜버가 마지막으로 다녀온 심령 스폿이 어쩌고 하던데, 어딘가에서 그 유튜버의 미공개 영상을 본 모양이에요. 이놈이 그 영상을 보고 나서부터 꿈에 뭐가 보인다는 둥 헛소리를 하기에 아, 이 쫄보 새끼, 쫄았나 보다 했죠.

그런데 어제 아무리 연락해도 안 받아서 강제로 문 따고 집에 들어갔더니 죽어 있었어요. 경찰에서는 무언가로 목이 졸려서 질식사했다던데, 집 안에 누가 강제로 들어간 흔적은 없었습니다. 목덜미에 손자국이 남아 있는 걸로 봐서 자살한 거 같다고 그러던데, 개소리예요. 걔가 그렇게 갑자기 자살하고 그럴 놈이 진짜 아니거든요.

당신도 그 꿈을 꾼다고 그랬는데 도대체 그 악몽에 뭐가 나오는 거예요?

뭐가 나오는 거냐고?

그야… 그림자가 아닌가.

하지만 그림자가 눈에 보이는 실체로 나타날 수가 있나? 그건 원래 실체가 없는 거잖아. 그제야 그림자가 나오는 꿈이라는 게 말이 안 된다는 걸 깨달은 정우는 몸을 일으키려고 했다. 그러나 손가락 하나 까딱할 수 없었다.

이것 역시 꿈이구나.

그 사실을 깨달음과 동시에 이 빌어먹을 꿈에서 깨어났다.

정우는 가위에서 풀리자마자 방문을 박차고 뛰쳐나왔다. 거실에는 소파 위에 잠들어 있는 여진이 있었다. 밤새 텔레비전을 보다가 잠든 모양인지, 뉴스 채널을 틀어놓은 채였다. 정우는 여진의 얼굴을 보자마자 자리에 주저앉았다. 어쩐지 그 순간 출처를 알 수 없는 안도감이 밀려왔다.

정우가 주저앉은 채 숨을 헐떡이자, 여진이 눈을 떴다. 그리고 졸린 눈을 비비고는 잠시 한숨을 쉬고 물었다.

"악몽 꿨어?"

"응."

"아무래도 내 힘으로는 막을 수가 없나 보네."

자리를 털고 일어난 여진은 멍한 얼굴로 천장을 한 번, 바닥을 한 번 쳐다보고는 말을 이었다.

"꿈 내용이나 얘기해봐."

악몽이라고 해서 특별한 내용은 없었다. 단지 그 그림자가 점점 형체를 갖추며 다가오고 있다는 것밖엔. 정우는 그림자 이후에 꾼 꿈을 떠올렸다. 그리고 핸드폰으로 쪽지함을 확인했다. 놀랍게도 꿈에서 받은 쪽지와 똑같은 내용의 쪽지가 쪽지함에 들어 있었다. 어떻게 이런 일이 있을 수 있지.

"내가 또 꿈을 꾸나?"

"무슨 헛소리야?"

"꿈에서 받았던 쪽지와 똑같은 내용의 쪽지가 와 있어."

"뭐라고 적혀 있었는데?"

정우는 그림자가 나오는 꿈 이후에 꾼 꿈 이야기를 했다. 똑같은 꿈을 꾸는 사람의 친구가 보낸 쪽지의 내용을. 그러자 여진의 표정이 심각해졌다.

"아무래도 그 영상 자체에 문제가 있는 것 같아."

"영상이 왜?"

"영상을 보는 것만으로도 저주받는 것 같다는 소리야."

"뭐? 무슨 그런 말도 안 되는… 내 목에 붙은 뱀이 그러니까 사다코 같은 거라고?"

정우는 사다코가 나오는 그 영화, 〈링〉의 내용을 아직도 꽤 생생하게 기억하고 있었다. 그야 공포 영화광 사이에서는 유명한 영화니까. 간단하게 말하자면 〈링〉은 저주의 비디오테이프를 둘러싼 이야기다. 그 비디오테이프 속 사다코를 본 사람은 저주받아 일주일 후에 반드시 죽는다. 그 일주일이라는 기한이 이 흉가 체험 비디오에도 똑같이 적용되는지는 몰라도. 여진이 이어서 말했다.

"쉽게 말하자면 그렇다는 거야. 문제는⋯."

여진은 그렇게 말하고는 잠시 망설였다.

"그 여자가 너한테 영상을 보여주고도 저주를 피해 가지 못했다는 거지."

"아."

그제야 정우는 여진이 무슨 말을 하는지 알아차렸다. 저주의 비디오테이프가 퍼지는 방식은 일종의 '행운의 편지'라고 할 수 있다. 이 편지는 영국에서 시작되어, 같은 그런 편지. 보통 이런 편지는 편지를 받은 즉시 저주의 효력이 발동하고, 정해진 숫자의 사람에게 편지를 보내면 그 사람들에게 저주가 넘어간다. 〈링〉에서도 마찬가지로 비디오테이프를 복사해서 다른 사람에게 보여주면 그 사람에게 저주가 떠넘겨진다. 지서현이 영상을 흔쾌히 보여준 건 어쩌면 그 저주를 자신에게 뒤집어씌우기 위해서였을지도 모른다. 그런 가정이 떠오르자마자 정우는 고개를 흔들었다. 그럴 사람 같아 보이지는 않았다.

"야, 설마 그렇게까지⋯ 그렇게 나쁜 사람 같아 보이지는 않았는데."

"살기 위해 무슨 짓을 못 하겠어. 나쁜 사람이든, 착한 사람이든 그건 똑같아."

다른 사람에게 저주를 떠넘기려고 했다니. 어쩐지 뒷맛이 씁쓸했다. 그러나 반대로 자신 역시 여진 같은 친구가 없었다면 〈링〉에 나온 그 방법이라도 시도해보려 하지 않았을까 싶었다. 정우가 무슨 생각을 하는지 알았는지 여진이 말했다.

"그렇다고 그 여자가 한 짓이 정당화되는 건 아니야. 그런 짓을 하고도 아무렇지 않을 사람은 별로 없거든. 아무리 어쩔 수 없었다고 해도 말이야. 아무튼 중요한 건 그게 아니야. 그 흉가 영상은 〈링〉과 비슷한 저주의 영상이긴 한데, 같은 방식으로 작동하는 건 아닌 것 같아."

"다른 사람에게 떠넘겨지지 않는다는 소리네."

"그래. 이 영상을 본 사람은 저주에 걸려 죽는다. 지금 확실한 건 그것뿐이야. 영상이 담긴 USB를 태우고 부수어도 저주가 사라지지 않고."

지난번 그 USB는 불로 태우고 남은 잔해를 여진이 잘근잘근 부수어 쓰레기통에 버렸다. 그렇다면 USB를 없애도 소용이 없다는 뜻이었다. 정우가 물었다.

"원본 영상이 있는 게 아닐까?"

"좋아, 사본이라고 쳐. 그런데 넌 그 사본 영상을 보고 저주에 걸렸잖아? 그게 무슨 의미겠어. 이 빌어먹을 저주는 원본이든 사본이든 상관없다는 거야."

"하지만 원본 영상이 들어 있는 저장 장치 자체를 없애면 효과가 있지 않을까?"

"그거야 모르지. 하지만 시도해볼 만해. 원본 영상이란 걸 찾을 수 있다면 말이야."

영윤의 말처럼 원본 영상을 찾는 건 쉬운 일이 아니었다. 지서현이 가지고 있던 USB에 담긴 영상으로 미루어 보았을 때, 높은 확률로 지서현이 원본 영상 역시 가지고 있었을 터였다.

"그 사람이 어떤 경로로 영상을 입수했는지 알아?"

"내가 듣기로는 그 '무서운 이야기' 유튜버 편집자한테서 받았다고 했어."

"무서운 이야기?"

"그 왜, 내가 얘기했잖아. 이 영상이 저주받아서 죽었다는 소문 무성한 유튜버가 죽기 직전에 찍은 거라고. 우리 학교 출신인데."

몇 년 전 죽은 유튜버 이야기는 교내에서도 유명했다. 사실 정우는 그 전부터 '무서운 이야기' 유튜버 영상을 구독했기에 이름 정도는 알고 있었다. 유튜버랑 그 편집자 둘 다 오컬트 동아리 출신인 것으로도 유명했다. 정우 역시 그 오컬트 동아리에 흥미가 있었지만, 가입하지는 않았다. 여진은 당연히 이런 자세한 사정은 모를 거라고 여겼는데 의외의 대답이 이어졌다.

"아니, 몰라서 물은 거 아니야. 그 새끼가 아직도 정신 못 차렸네?"

"…무슨 소리야?"

"아무것도 아니야. 아무튼 그 유튜버 편집자라면 내가 연락처를 알아."

네가 어떻게 그 유튜버 편집자를 알아? 차마 입 밖으로 뱉지 못한 말이 입속에 맴돌았다. 여진은 사람을 만나는 것도, 친목을 다지기 위한 교류를 하는 것도 그다지 달가워하지 않으며 배타적인 인간관계만을 선호했다. 정우는 그런 여진의 유일한 친구였다. 아니, 유일한 친구였었다. 지금은 영윤이 있으니까. 그러고 보니 영윤을 만나고 나서부터 여진은 조금 변한 것 같기도 했다. 구체적으로 어디가 어떻게 변했느냐고 묻는다면 콕 집어 이야기하기 힘들지만, 미묘하게 분위기가 변했다.

입을 다물고 있는 사이 여진은 핸드폰에서 그 편집자의 연락처를 찾아냈다. 그러나 여러 차례 전화를 걸어도 편집자 쪽에서는 받지 않았다.

"아, 그러고 보니…."

"이 새끼가 내 전화는 무시하기 힘들 텐데 희한하네. 어, 왜?"

지서현이 말해준 것이 뒤늦게 떠올랐다. 기억하고 있었

다는 사실이 신기할 정도로 사소한 정보였다.

"그 편집자, 지 작가님한테 영상 넘기고 군대 갔다던데?"

그 말에 여진의 얼굴이 야차처럼 구겨졌다.

★

"하필이면 또 이런 산골짜기에 처박혀 있고."

여진은 뒤이어 무어라 욕을 하려던 걸 참았다. 영윤이 또 도끼눈을 뜨고 쳐다보고 있어서였다. 그래서 여진은 원래 하려던 말 대신 다른 말을 뱉었다.

"인생이 왜 이 모양 이 꼴이지?"

"뭐 어때. 오랜만에 드라이브도 하고 좋지. 돌아가는 길에 칼국수나 먹고 갈까? 이 근처에 유명한 맛집 있는데."

"그러든가."

여진은 대충 대꾸하며 조수석 문을 닫았다. 정현이 복무하는 부대는 강원도에 있었다. 주변이 산과 나무로 울창하니 공기도 좋고 경치도 좋았지만 여기까지 오게 된 사연이 그다지 유쾌하지는 않았다. 저주의 유튜브 영상이라니. 게다가 저주의 비디오테이프처럼 복사해서 타인에게 넘길 수 있는 것도 아니고 그저 보기만 해도 죽는다니. 이걸 최대한 빨리 해결하지 않으면 골치 아픈 일이 벌어질 것이다. 정우의 목숨이 왔다 갔다 하는 것도 문제지만.

면회 신청 절차는 길고 지루했다. 사전에 정현에게 주말에 갈 거니 면회 신청해놓으라고 닦달했고, 그 날짜에 맞춰 오기는 했으나 과연 면회가 될까 확신은 없었는데 어찌어찌 통과되긴 했다.

정현은 여진이 기억하는 것보다 조금은 까매진 얼굴로 문을 열고 들어왔다. 잘 먹고 잘 자는 모양인지 얼굴빛은 좋아 보였다. 아무래도 귀신이 붙었을 때보다는 때깔이 좋을 수밖에 없었다.

자리에 앉자마자 추궁하려는 여진의 팔을 붙잡은 영윤은 테이블에 비닐봉지를 올려놓았다. 그 안에서 나온 건 다 식은 치킨 한 박스와 콜라, 각종 과자였다. 원래 군인 면회 갈 때는 이런 거 사가야 돼. 남동생이 있다더니 이런 종류의 일에는 전문가가 따로 없었다. 테이블에 먹거리를 잔뜩 펼쳐놓은 영윤이 물었다.

"잘 지냈어?"

영윤이 말린 보람도 없이 여진이 이죽거렸다.

"얼굴 보면 딱 알겠는데 뭐. 보아하니 잘 먹고 잘살았나 보다?"

영윤에게 대답하려던 정현은 여진의 눈치를 보며 기어들어 가는 목소리로 답했다.

"아뇨… 그냥 그랬어요."

정현은 이 자리가 불편해서 미칠 지경인 모양이었다. 그러니 최대한 용건만 짧고 간단히 끝내주는 것이 도리에 맞을 듯했다. 여진이 물었다.

"너 지서현이라는 사람 알지?"

그 이름이 나오자 정현이 화들짝 놀랐다. 아닌 척 눈을 굴리지만 놀란 게 분명한 표정이었다.

"오컬트 동아리 동긴데… 걔는 왜요?"

"왜? 왜냐는 말이 나와? 너 군대 가기 전에 걔한테 뭐 줬어. 기억 안 나?"

여진의 말에 정현은 인상을 잔뜩 찌푸리고는 젓가락을 내려놨다.

"걔가 유튜브 시작할 거라고 그랬어요. 공포 소설을 쓰는 것만으로는 돈이 안 된다고. 이제 강선호도 없으니까 나 보고 자기네 유튜브 채널 편집자로 와달라면서요. 저는 이제 귀, 귀신 같은 건 꼴도 보기 싫어서 거절했어요. 그래도 끈질기게 귀찮게 굴어서 조언을 좀 해준 것뿐인데…."

"조언? 조오어어언? 너는 조언이랍시고 그딴 저주의 비디오를 보내주냐?"

이건 또 처음 듣는 이야기였다. 한바탕 이죽거린 여진은 몸을 숙이고 테이블 위에 올린 손가락을 탁탁 두어 번 두드리고는 생각에 잠겼다. 오컬트 유튜브 채널을 시작하려고 했다, 그리고 이전에 찍어놓았던 죽은 유튜버의 영상을 받았다. 두 정보의 연관성이 어렴풋이 보이는 듯했다.

아마도 그 영상을 유튜브 채널을 키우는 데 써먹으려고 했겠지. 저주받아서 죽었다는 소문이 무성한 오컬트 유튜버. 그리고 그 유튜버가 마지막으로 갔던 심령 스폿. 초기에 구독자를 모으는 데는 그만한 화젯거리가 없었을 테니까.

여진이 그러거나 말거나 영윤은 정현의 손에 다시 젓가락을 쥐여주며 말했다.

"너는 왜 사람 먹는데 그렇게 몰아붙여. 야, 마저 먹으면서 들어."

그리고 영윤은 지서현이 그 영상을 보고 어떻게 되었는지 설명했다. 영윤이 먹으면서 들으라고는 했지만 도저히 뭘 씹어 넘길 정신이 안 되었는지 정현은 젓가락을 든 채로 가만히 굳어 있었다. 지서현이 죽었다는 이야기를 들은 다음부터는 손이 벌벌 떨리기 시작했다.

"저, 저주의 비디오라니. 말도 안 돼요. 그 영상은 분명히 아무것도 아니었다고요!"

"무슨 말이야, 그게?"

"편집하면서 그 영상만 수백 번 돌려봤어요. 본 사람이 다 죽는다면 저만 멀쩡할 이유가 없잖아요? 선, 선호가 그 영상 때문이 아니라 제가 쓴 노트 때문에 죽었다는 건 알잖아요."

듣고 보니 일리가 있었다. 왜 거기까지는 생각하지 못했을까? 여진이 알기로 강선호라는 유튜버는 분명 그 일기장에 들러붙은 원귀 때문에 죽었다. 그 원귀 때문에 영윤과 자신 둘 다 죽을 뻔했으니, 그건 의심할 여지 없는

198

사실이었다. 그리고 영상을 편집하면서 정현이 그 영상을 수없이 돌려봤다는 것 역시 사실이었다.

그렇다면 어떻게 정현만 멀쩡할 수 있었을까?

알 수 없었다. 저주가 퍼지는 방식에 뭔가 다른 게 있는 건지, 아니면 정현이 영상을 편집할 때까지만 해도 영상에는 문제가 없었던 건지.

여진은 크게 한숨을 쉬고는 말했다.

"어쨌든 지금은 그 영상을 의심할 수밖에 없어. 영상을 본 사람들이 죽어가고 있으니까."

"그, 그래서요?"

"원본 영상을 받아야겠어."

지금 할 수 있는 일을 해야 한다. 원본 영상을 받아서 없애버리는 것이 지금 할 수 있는 최선이었다. 이것마저 안 통한다면 다른 방법을 강구해야겠지만.

원본 영상을 달라는 말에 정현은 자기 집 주소와 현관 비밀번호를 불러주었다. 컴퓨터 본체에 연결된 외장하드에 그 영상이 있다고 했다. 주소는 몇 년 전 그 난리가 났던 오피스텔이 아니라 다른 오피스텔이었다. 아무래도 그런 일이 벌어졌던 곳에서 태연히 살기는 힘들었겠지, 싶었다. 여진은 주소와 비밀번호를 메모장에 적고 자리에서 일어섰다.

영윤도 슬슬 자리를 정리하고 여진을 따라 일어났다.

"남은 건 혼자 먹어야겠다. 우리가 있으면 먹기 더 불편하겠지?"

영윤의 말에 정현은 고개를 끄덕였다. 그리고 몹시 불안한 듯 주변을 한번 둘러보고는 무어라 중얼거렸다.

"저기, 그 영상 말인데⋯."

"뭐. 생각난 거 있어?"

한참을 망설이던 정현이 말했다.

"⋯저, 저는 끝까지 보진 않았어요. 편집하다가 중간에 그⋯ 일기장 사건이 터져서 그 일을 그만뒀으니까요."

그 말을 듣자 새로운 가능성이 떠올랐다. 어쩌면 그 영상을 끝까지 봐야만 저주가 작동하는 건지도 모른다. 영상을 끝까지 본다는 게 말 그대로 재생 시간이 끝날 때까지 영상을 봐야 한다는 건지, 아니면 영상의 끝부분에 무언가 다른 장치가 있는 건지는 몰라도. 여진은 면회실을 나서며 핸드폰을 들었다. 상대방은 통화 신호음이 두 번 울리기 전에 전화를 받았다.

"어, 여보세⋯."

"너 그 영상, 지서현이 보여줬을 때 끝까지 봤어?"

"다짜고짜 그게 무슨 소리야?"

"영상 보여줬을 때 기억해봐. 중요한 거니까 빨리."

그러자 정우는 잠시 고민하는 듯하더니 대답했다.

"영상을 거의 끝부분까지 보고 나서, 지서현 씨가 갑자기 쓰러지는 바람에 마지막은 기억이 안 나. 근데 구급차를 부르고 주변을 정리하면서 봤을 때 영상은 끝까지 다 돌아가서 처음 화면으로 넘어간 상태였어.”

“으음, 그러면 끝까지 본 걸로 봐야겠네.”

“아무래도 그렇지…?”

아까 세웠던 가설 중 첫 번째에 무게가 실렸다. 말 그대로 재생 시간의 문제였다. 그렇다면 정현이 그 영상을 편집하면서 수백 번 돌려봤어도 무사한 게 설명이 된다. 여진은 대충 알았다고 답하며 전화를 끊었다.

전화를 끊고 조금 더 걷자 주차장이 보였다. 주말 낮 시간대임에도 불구하고 면회를 오는 사람이 많지는 않은지 주차장은 한산했다. 옆에 서서 나란히 걸어오던 영윤이 물었다.

“역시 끝까지 봤다고 그러지?”

“응. 아무래도 끝까지 봐야만 저주가 발동하는 식인가 봐.”

“무슨 귀신이 그러냐. 사다코도 그랬었나? 〈링〉 본 지 너무 오래돼서 그런 것까지는 기억이 안 나네.”

“몰라. 난 〈링〉 안 봤어.”

그 말에 영윤이 펄쩍 뛰었다.

“뭐? 야, 우리 어릴 때 그거 유행이었잖아. 〈링〉이랑 〈주온〉, 〈분신사바〉 같은 거 안 보면 친구들이랑 대화가 안 됐었는데.”

“난 괜찮았어. 애초에 친구가 없었으니까.”

영윤은 무어라 대꾸하려다가 입을 다물었다.

여진이 생각했다. 친구가 없었다는 말은 좀 그랬나. 사람들은 보통 친구가 없었다는 말을 들으면 순간적으로 대꾸할 말을 잃곤 했다.

그러고 보니 아예 없지는 않았다. 그 당시 같은 반에 친구가 없었을 뿐, 정우가 있었으니까. 정우는 여진이 무언가를 보고 저기 어떤 언니가 있어, 라고 하면 무서워서 울어버리는 겁쟁이였던 주제에 어릴 때부터 공포 영화를 좋아했다. 여진이 온갖 공포 영화의 줄거리를 대강 꿰고 있는 건 그 시절에 정우가 여진의 집에 놀러 오면 하는 일이 그 줄거리를 설명해 주는 일이었기 때문이었다.

공포 영화라는 게 어쨌든 '공포'라는 심리를 최대한 과장해야 하는 측면이 있어서 말이 안 되는 줄거리를 밀고 가는 경우가 종종 있었다. 줄거리에서 허점을 찾아내 반박하거나 "개소리."라고 한마디 하는 게 여진의 일이었다. 정우는 여진이 그럴 때마다 눈에 띄게 안도한 얼굴로 집에 돌아가곤 했다. 아마 그 영화 내용이 다 개소리라는 걸 자신에게 확인받고 싶었던 것이리라. 여진은 그렇게 추측했다.

그럴 거면 공포 영화를 보지 말지.

"아예 안 보면 되잖아?"라고 물었을 때 정우는 이렇게 답했다.

"이런 걸 안 무서워하는 사람들은 무서운 이야기 같은 건 아예 안 찾아봐. 안 무서운데 뭐 하러 봐? 사실은 아주 조금은, 이런 걸 무서워하는 사람들이 찾아서 보는 거야."

"그게 무슨 개소리야?"

"무서운 걸 좋아하는 거라는 소리야. 오싹하고 소름 돋는 그 느낌을 말이야."

그 말에 여진은 "별걸 다 좋아하네." 하고 코웃음을 쳤지만, 어쩌면 그럴지도 모르겠다고 생각했다. 여진은 공포 영화나 무서운 이야기 같은 것에는 별로 관심이 없었으니까. 무섭다는 느낌보다는, 조금 과장이 심하다는 느낌만 들었다. 영화에 나오는 귀신들이 더 그로테스크하고, 괴이한 것은 사실이었다. 누군가가 겪은 괴담 같은 건 여진에게 일상과 같은 일이라 무섭다는 느낌이 거의 들지 않았다. 게다가 맨날 보는 것들이 무섭다고 느껴지면 아마 진즉 미쳐버렸을 것이다.

여진은 주머니에서 담뱃갑을 꺼내 들었다. 주변에 슬금슬금 나타나기 시작한 잡귀들이 영윤이 그쪽을 자꾸 쳐다보자 신이 나서 근처까지 다가온 게 보였다.

"쳐다보지 말라고 했잖아. 안 보면 괜찮다고."

"그게 어떻게 내 맘대로 돼? 저 지랄들을 하는데?"

한 놈이 물구나무를 선 채로 헤드스핀을 하고 있었다. 군복을 입고 있는 걸 보아하니 이 부대에서 죽은 유령인 것 같았다. 머리에는 피가 흐르고 있었는데, 그런 와중에도 헤드스핀을 하겠다고 돌고 있는 걸 보니 짠했다. 하긴 저런 건 좀 구경할 만한 가치가 있다. 여진은 담배를 한 대 꺼내 불을 붙이고는 숨을 깊게 들이마셨다. 이내 여진이 내뱉은 연기가 주변으로 퍼져나갔고, 헤드스핀을 하던 군인이 기겁하며 뒤로 물러났다. 그리고 나타날 때보다 더 빠른 속도로 부대 안으로 사라졌다.

"이제 됐지?"

"아무래도 이게 포스트잇보다 효과가 좋은 거 같아."

몇 해 전 여진은 포스트잇보다 더 괜찮은 방법을 발견했다. 타액이 액막이에 효과가 있다면 그 타액이 묻은 연기를 주변에 넓게 퍼뜨리는 방식이 더 효과적이지 않을까, 하는 가설을 영윤이 먼저 제시했고 여진은 그 가설을 받아들여 몇 차례 시험 테스트를 거친 후, 그 가설이 옳았다는 것을 인정했다. 주변 반경 몇 미터까지 웬만한 귀신은 접근하지 못하는 걸로 봐서 담배는 포스트잇보다 효과가 좋았다. 문제가 있다면 담배는 아무 데서나 꺼내 들 수 있는 수단이 아니라는 것 정도였다. 그런 면에서 포스트잇은 여전히 쓸모가 있었다.

주변의 귀신들이 물러가고, 영윤이 먼저 운전석에 올라탔다. 여진은 남은 담배를 마저 피우고 불을 끈 뒤에 꽁초를 담뱃갑에 집어넣었다.

그때 주차장 안으로 붉은색 스포츠카 한 대가 미끄러지듯 들어와 섰다. 여진은 무심코 그 차를 눈으로 훑었다. 앞 유리엔 선팅이 짙게 되어 있어 운전자가 누군지 보이

지 않았다. 그러나 곧 주차된 차에서 운전자가 내렸기에
얼굴을 확인할 수 있었다. 운전석에서 내린 사람은 온몸
을 새까만 색으로 두른 젊은 남자였다. 이런 더운 날씨에
어울리지 않게 위아래 모두 긴팔이었다. 마치 상복 같은
차림새였다.

의식하지 못한 채로 너무 오래 쳐다봤는지 남자가 이내
여진 쪽을 쳐다보았다. 순간적으로 눈이 마주친 것 같았는
데 거리가 멀어 확실치는 않았다. 남자는 곧 시선을 돌렸
다. 그리고 그 긴 다리로 휘적휘적 걸어 군부대 안으로 들
어갔다. 뒷모습이 이내 여진의 시야에서 완전히 사라졌다.

운전석 창문이 열리고 영윤이 몸을 반쯤 내밀고 물었다.

"뭘 그렇게 넋을 놓고 쳐다봐?"

그러게. 왜 저 남자가 눈에 걸릴까. 여진은 이미 사라진
남자의 차를 다시 한번 눈으로 훑었다. 요란스러운 차였
다. 젊은 남자 혼자서 이런 군부대에 면회를 올 일이 있을
까? 보통 면회는 가족 단위로 함께 오지 않나? 아니면 친
구들끼리. 저 남자 역시 정현과 비슷한 또래로 보였는데.
어쩌면 그저 친구를 만나러 온 건지도 모른다.

여진은 이내 고개를 저어 상념을 털어내고 차에 올랐다.

"아니, 아무것도 아니야."

군부대에서 멀어질수록 그 기이한 남자에 대한 상념은
옅어져 갔다.

"내 이럴 줄 알았다."

여진은 그렇게 말하고는 정현의 집 소파에 대자로 드러누웠다. 영윤이 남의 집 소파 위에 그렇게 눕는 거 아니라고 핀잔을 주었지만 들리지 않았다.

원본 영상이 들어 있다는 외장하드를 찾는 건 그리 어려운 일이 아니었다.

정현의 집 컴퓨터 본체 바로 옆에 놓여 있었으니까. 문제는 그 외장하드를 박살 내고 불태워도 정우의 목에 들러붙은 뱀이 떨어져 나가지 않는다는 사실이었다.

정우에게 시간이 얼마나 남아 있을까?

그 영상을 보고 나흘이 흘렀다. 아직 뱀은 별다른 움직임을 보이지 않았고, 꿈에 나타난다는 그림자도 희끄무레한 형체에 불과하다고는 했으나 방심할 수는 없었다. 어쩌면 사다코의 비디오처럼 일주일일 수도 있고, 혹은 아닐 수도 있고.

시간이 지날수록 정우는 기묘하게 차분해졌다. 악몽을 꿨다고 호들갑을 떨지도 않았고, 목에 있는 뱀이 어쩌고 있느냐고도 묻지 않았다. 호들갑 떨어봤자 해결되지 않는 문제라는 걸 깨달았기 때문일 수도 있겠으나 여진은 정우가 그저 겁을 먹었을 뿐이라는 걸 알았다. 정우가 물었다.

"원본 영상을 불태웠는데도 소용이 없는 이유가 뭘까?"

"이게 매개체가 아니란 뜻이겠지."

"영상을 봤기 때문에 저주받은 게 아니란 소리야?"

"그래."

영화 〈링〉의 영향일 수도 있었다. 저주의 비디오테이프라는 게 있다는 걸 영화로 알았기 때문에, 무의식중에 단정해버렸을지도. 저 영상을 봐서 저주받았다고. 그런데만약 영상이 매개가 아니라면? 하지만 그러면 대체 뭐가매개체란 말인가? 영상이 담겨 있던 USB도 아니었고, 영상 자체도 아니라면.

"도대체 뭐가 원인인지 모르겠어. 너 진짜 그날 만진 게 USB 말고는 없어?"

"없어. 내 노트북하고 USB, 그리고 지 작가님 목에 잠깐 손을 댄 게 다야."

"그러면 혹시 그건가? 뱀을 직접 만져서?"

"그런 거면 네가 내 목을 만졌을 때 너한테도 붙었어야지."

"그건 그렇네."

여진은 빠르게 수긍했다. 그리고 잠시 침묵이 흘렀다. 고작 몇 초였는데도 끔찍하게 길게 느껴졌다. 세 사람이 공유하는 암묵적인 결론이 공기를 짓누르는 것 같았다.

남은 사흘 안에 매개체를 찾아 없애지 않으면 정우가 죽을지도 모른다는 것.

영윤도, 그리고 저기 앉아 멍하니 창문 바깥을 보고 있는 정우도 모두가 같은 생각을 하고 있을 테지만 아무도 그 사실을 입 밖에 내지는 않았다.

"집에 가자."

여진은 그렇게 말하고 소파에서 일어나 타다 남은 외장하드의 잔해를 봉투에 쓸어 담았다. 혹시 쓸 일이 있을까 싶어서였다. 대충 집을 원래 모습대로 정리하고 현관문을 향해 걸어가는데, 수상한 인기척이 현관 밖에서 느껴졌다. 이 오피스텔은 복도식 형태고, 누군가가 복도를 지나가는 거라면 정현의 집 앞을 지나쳐 사라져야 했다. 여진은 잠시 현관문 앞에 서서 기다렸다. 그 인기척이 사라지기를. 그러나 집 밖을 서성이는 그림자는 사라지지 않았다.

여진은 한 손으로 현관문 손잡이를 잡고, 다른 한 손으로는 뒤에 있는 두 사람에게 조용히 하라는 신호를 보냈다.

정현의 집은 오랫동안 비어 있었다. 주인이 군대에 갔으니 당연했다. 군대 가기 전에 집을 정리도 안 하고 간 게 신기하다 싶었는데 알고 보니 본인 명의라고 했다. 아무리 변두리라고는 해도 서울 시내에 있는 오피스텔이 자가라니. 세상이 참 불공평하다는 생각을 잠시 했더랬다. 어쨌든 오랫동안 빈집이었던 곳에 찾아올 손님은 없었다. 대체 누가 무슨 목적으로 정현을 찾아왔는지는 몰라도.

그거야 잡아서 이제부터 알아내면 되지.

여진은 상념을 떨쳐내고는 심호흡했다. 달리기라면 자신 있었다. 육상부 출신인 영윤이 달릴 거니까. 여진은 손잡이에서 조심스럽게 손을 떼고 영윤을 앞으로 불렀다. 네가 달리라 눈짓하자 별다른 말을 하지 않아도 영윤은 바로 알아들었다.

여진이 신호하자 곧 영윤은 문을 벌컥 열고 밀어젖혔다. 쾅, 하는 소음과 함께 열린 문에 놀랐는지 복도에 서있던 누군가가 잠시 멈칫하고는 도망가기 시작했다. 영윤은 도망치는 범인을 따라 달려 나갔다. 영윤이 팔다리를 저을 때마다 거의 직각에 가깝게 벌어지는 것이 보였다.

"영윤이 쟤 달리는 폼이 진짜 예술이라니까."

여진이 그렇게 말하며 웃자 정우가 물었다.

"우리는 안 따라가도 돼?"

"영윤이가 잡아 올 거야. 걱정 안 해도 돼."

"아니, 걱정이 아니라…. 아니다."

정우는 할 말이 많은 눈빛으로 여진을 바라보았으나, 여진은 본 척도 하지 않았다.

여진이 장담한 대로, 영윤은 곧 복도 저 끝에서 누군가를 질질 끌고 나타났다.

영윤도 그렇게 작은 키는 아닌데, 그런 영윤이 다리를 질질 끌며 데리고 올 정도로 키가 큰 남자는 기절한 것도 아니면서, 기절한 척 눈을 감고 뻔뻔하게 드러누워 있었다.

"뭐야, 혹시 기절한 건 아니지?"

"아니야. 그냥 손목만 잡았는데 갑자기 주유소 풍선 인형처럼 드러눕던데."

그 남자의 얼굴이 제대로 보이기도 전에 여진은 그 남자가 누군지 알아보았다. 군부대에서 봤던 그 요란한 스포츠카에 타고 있던 남자였다. 온몸을 저승사자처럼 새까만 색으로 두르고 있던 남자. 여진은 어렵지 않게 그 남자가 그때 정현을 찾아갔으리라는 것을 추측해 낼 수 있었다. 정현의 집 주소를 알아낸 것도 그때였겠지. 그런데 목적이 무엇인지 알 수 없었다.

"이봐요. 당신 여기 김정현 집 찾아온 거 맞죠?"

여진이 정현의 집 현관문을 가리키며 묻자, 기절한 척 눈을 감고 있던 남자가 실눈을 떠서 주변을 둘러보았다. 자신을 둘러싸고 있는 사람의 수를 확인하고는 도망칠 길이 없다고 생각했는지 이내 자리를 툭툭 털고 일어났다.

"아닌데."

"거기서 할 말은 아닌데, 가 아니라 김정현이 누구냐는 말이겠죠."

"…김정현이 누군데?"

그 말에 영윤이 기가 찬다는 듯 물었다.

"바본가?"

"거, 말이 좀 심하네."

영윤과 말다툼하려는 기미가 보여서 그전에 여진이 먼

저 선수를 쳤다. 아직 열려 있는 정현의 집 현관문 안쪽으로 남자를 질질 끌고 들어갔다. 방음도 안 되는 오피스텔 복도에서 떠들기에는 적당한 화제도 아닐뿐더러 이야기가 길어질 듯했다.

"어어, 이러면 안 되지. 신고할 거야."

"그쪽이 김정현 부대에 면회하러 온 것도 봤는데. 여기가 김정현 집인 건 알고 온 것 같고, 목적이 뭐지?"

그 말에 남자는 입을 합 다물었다. 여진이 그를 기억하고 있을 줄은 몰랐던 모양이었다. 그런 요란한 스포츠카를 끌고 다니면서 기억할 줄 몰랐다는 게 개그지만.

이 남자가 왜 정현의 집을 찾아왔는가. 가능성은 몇 가지 있었다. 첫 번째는 남자가 지금 정우와 비슷한 처지에 있을지도 모른다는 것. 그 문제의 영상을 보고 정우처럼 목에 검은 뱀이 들러붙었기 때문에 저주를 피하려고 정현을 찾아왔을지도 모른다는 추측이 가장 먼저 떠올랐다. 정현은 아마도 원본 영상이 있는 외장하드의 존재를 이야기해줬을 거고.

그러나 남자의 목에 뱀은 보이지 않았다.

여진은 두 번째 가능성을 떠올렸다. 지서현처럼 그 영상을 이용해 유튜브를 시작하거나 혹은 돈벌이로 이용하려는 사기꾼일 수도 있었다. 본 사람은 무조건 죽는 저주의 비디오라니. 그런 건 확실히 사람들의 이목을 끌 거고, 그러면 돈이 될 테니까.

"혹시 김정현이 가진 원본 영상 찾으려고 왔어? 너도 그 영상 찾아서 어디 올리려고 했냐?"

그렇게 생각하니까 말이 곱게 나오지 않았다. 여진은 존댓말을 집어치우고 남자를 싸늘한 눈초리로 노려보았다. 그러나 남자는 눈 하나 깜짝하지 않고 대꾸했다.

"그렇다면?"

"안 됐네. 원본 영상은 이미 우리가 불태워버렸거든. 태우고 남은 잔재는 부쉈어. 이제 그 영상은 세상에 존재하지 않아."

그 말에 남자의 표정이 변했다.

"원본을 불태웠다고?"

"그래. 이제 찾아도 소용없으니까 단념하고 돌아가시지."

여진의 말을 다 들은 남자는 무언가를 생각하는 듯 말이 없었다. 유튜버의 꿈이 날아가서 그런 건지, 아니면 무언가 다른 꿍꿍이가 있었던 건지는 몰라도 남자에게 더이상 볼일은 남아 있지 않았다. 여진은 남자를 내버려두고 도로 현관으로 나왔다. 그런데 그때 남자가 말했다.

"원본이든 사본이든 상관없어. 그 영상을 본 사람들이 죽는 건 영상 때문이 아니니까."

그 말에 여진은 걸음을 멈춰 세울 수밖에 없었다. 간신히 고개를 돌리자 조금 전과 퍽 다른 표정을 한 남자가 보였다. 장난스러운 표정 따위를 집어치운 남자는 이어서 말했다.

"영상 속에 있는 '무언가'를 봤기 때문이야. 김정현이 영상을 여러 번 봤는데도 아직 멀쩡한 걸 보고 뭔가 이상하다는 생각 안 들었어?"

이상하다는 생각이야 들긴 했다. 단지 그 영상을 끝까지 보지 않았기 때문이라고 생각했지. 여진은 남자를 응시했다.

"그 뭔가가 뭔데?"

"모르니까 찾고 있지."

남자는 조용히, 그러나 확신에 찬 목소리로 말을 이었다.

"그건 내가 찾고 있는 놈이야."

✱

"갑자기 이 사람은 왜 데리고 온 건데?"

정우는 자기 집으로 들이닥치는 세 사람을 막지 못했다.

"무슨 소리를 하나 들어나 보게."

모여서 얘기할 거면 너희 집으로 가라는 소리는 당연히 귓등으로도 듣지 않았다. 정우는 체념하고 현관문을 열었다. 갑자기 들이닥친 불청객들을 식탁에 앉혀두고 찬장에서 컵을 세 개 꺼냈다. 요즘 여진의 집에서 살다시피한 터라 마실 게 있을까 싶었는데 다행히 며칠 전에 사다둔 음료수가 남아 있었다. 크기가 제각각인 컵에 음료수를 따라서 식탁 위에 올려두고 자리에 앉자, 여진이 낯선 남자를 향해 물었다.

"그게 네가 찾는 놈이라는 말이 무슨 뜻이야?"

"말 그대로야. 저렇게 뱀이 붙은 사람한테서 의뢰받았으니까. 뱀을 떼어낼 방법을 찾아 달라고 말이야."

그렇게 말하며 남자는 정우의 목덜미를 가리켰다. 정우는 저도 모르게 목덜미를 만지작거렸다. 여진이 붙여놓은 포스트잇 때문인지 손가락에 걸리는 감촉이 매끄럽지는 않았다. 아직도 정우의 눈에는 뱀이 보이지 않았다. 어쩌면 다행인지도 모른다. 그게 목에 매달려 있는 게 보이기 시작한다면 제정신으로 일상을 유지할 자신이 없었으니까. 정우는 천천히 손을 떼어내고 남자를 바라보았다.

남자는 정우의 목에 있는 것으로 추정되는 뱀을 한동안 응시했다.

"의뢰라고 하면 그런 건가? 귀신을 쫓아주거나 퇴마하거나 뭐 그런?"

여진이 물었고 남자는 고개를 끄덕였다.

"믿지 않을지도 모르지만, 뭐, 그래. 사람들에게 해를 끼치거나 현혹해 죽게 만드는 것들을 물리치거나 진정시키거나 달래서 원래 가야 할 곳으로 돌아가게 만드는 일을 주로 하지. 그렇다고 무당은 아니지만. 그런 쪽으로 일어나는 문제를 해결하러 다니긴 해. 일종의 해결사 같은 거지."

"그런 건 다 사기꾼인 줄 알았는데."

정우는 저도 모르게 그런 말을 했다가 입을 다물었다.

여진 같은 사람도 존재하는데, 영매나 퇴마사가 없으란 법도 없지 싶었다. 그래서인지 여진도 영윤도 별로 놀라지 않은 기색이었다. 여진이 중얼거렸다.

"저승사자 꼴을 하고 다니면서 퇴마사라니 웃기네."

그 말에 남자는 조금 웃었다.

"뭐, 의뢰인의 행적을 좇다 보니 그 영상이 나왔어. 그리고 알아냈지. 영상 자체가 매개체는 아니라는 걸. 그래도 원인이 뭔지 모르겠으니까 혹시나 해서 원본 영상을 확인하려고 했던 건데…."

남자는 말을 흐리며 여진의 얼굴을 쳐다보았다. 아마도 그걸 대체 왜 태우고 부쉈냐는 의미겠지. 물론 여진은 개의치 않았다.

"그 영상을 보려고 했나?"

"봐야 매개체가 뭔지 알 수 있지."

식탁 위에 잠시 싸늘한 정적이 흘렀다. 그 영상을 보면 어떻게 되는지 모르고 있을 거라는 생각은 들지 않았다. 이 남자는 알면서도 영상을 보려고 했다. 정우의 등 뒤로 식은땀이 한 줄기 쭉 흘렀다. 여진이 다시 물었다.

"당신도 저주받아 죽을지도 모르는데?"

"알고 있어. 하지만 위험하다고 해서 아무것도 시도하지 않으면 내 의뢰인이 죽겠지. 거기 그 사람도 죽을 거고."

남자는 그렇게 말하고는 턱짓으로 정우를 가리켰다. 기분이 나빴지만 맞는 말이라 반박할 수도 없었다. 잠시 침묵이 흘렀고 이윽고 여진이 먼저 입을 열었다.

"사실 영상이든 뭐든, 단순히 보기만 한 것만으로 저주 받는다니 좀 이해가 안 돼. 예전에 나랑 영윤이는 주사위, 그리고 일기장에 접촉했기 때문에 뱀이 붙었다고 생각했었는데."

남자는 여진의 말을 비웃었다.

"〈링〉처럼 비디오 영상으로 전염된다고 생각했으면서 인제 와서 보는 것만으로 저주받는 게 말이 안 된다고 생각해?"

어릴 때부터 〈링〉 같은 영화를 보니까 단순하게 저주의 비디오테이프로 생각이 튀지. 남자가 말했다.

"간단해. 그건 힘을 얻을수록 더 강해지고, 그리고 실체를 가지고 영향력을 행사하기도 해. 여태 저런 뱀이라면 수도 없이 봐 왔어. 뱀 자체는 원래 사람을 죽일 만한 힘이 없어. 근데 지금 몇 명이 죽었는지나 알아? 스스로 목을 조른다고? 그럴 리가 없지. 뱀이 움직인 거야. 나도 이런 건 처음 봐."

그 말에 정우가 헛숨을 들이키는 소리가 방 안에 울렸다.

"그러니까 보는 것만으로도 저주받는 게 그렇게 비현실 적인 얘기는 아니라는 말이야."

정우는 애써 부정했다. 어차피 이건 다 퇴마사나 해결사라고 자칭하는 사기꾼들이 흔히 쓰는 수법이다. 쓸데없이 공포를 조장하거나 불안을 부추겨서 퇴마사에게 매달릴 수밖에 없게 만드는 것이다. 그러나 곧 남자의 말이 진실이라는 것을 일부 인정할 수밖에 없었다.

남자의 말이 끝나자마자 거실에서 뭔가가 깨지고 무너지는 소리가 들렸다. 거실 천장의 소형 샹들리에가 떨어지면서 깨지는 소리였다. 다행히 거실 쪽에는 사람이 아무도 없었다. 그러나 다치지 않았다고 해서 안심할 수 있는 건 아니었다. 떨어진 조명이 깨지며 유리가 사방으로 튀었다. 여진이 가장 먼저 자리에서 일어섰다. 유리 파편을 밟지 않으려고 조심스러운 걸음으로 거실 쪽으로 걸어 갔다. 그러자 영윤이 여진을 따라나서려고 했다. 여진은 뒤도 돌아보지 않은 채 말했다.

"움직이지 말고 가만히 있어."

그 말에 영윤은 움직이지 못했다. 정우 역시 아무것도 하지 못한 채로 우두커니 서 있었다. 무슨 일이 벌어진 건지 알 수 없었다. 파편을 살피고, 샹들리에가 붙어 있던 천장을 살핀 여진이 말했다.

"뭔가가 샹들리에 줄을 끊었어."

자연적으로 떨어진 건 아니라는 소리였다. 그 순간 여진은 헉, 하는 소리와 함께 뒤를 돌아 현관 쪽을 보았다. 그리고 자기도 모르게 중얼거렸다.

"저게 뭐야…?"

대체 무슨 일이 벌어지고 있는 건가?

현관문 앞에 무언가가 있다는 것만 짐작할 수 있었다.

여진의 저런 얼굴은 처음 보았다. 저렇게 당황해서 안색이 하얗게 질린 얼굴. 어린 시절부터 귀신을 보고 자란 여진은 웬만한 일로는 저렇게 놀라지 않았다. 여진은 멍하니 현관 쪽을 바라보았다.

"저런 게… 찾아온다고?"

그제야 정우는 무언가가 문 앞에 있다는 것을 알았다. 와 있는 것이다. 바로 저 현관 밖에.

밤마다 찾아오는 그림자일까?

어제까지만 해도 꿈에서 저 그림자는 정우의 주변만 맴돌고 있었다. 침실 문을 넘어오지는 않은 상태였다.

정우는 떨리는 목소리로 물었다.

"들어오면 어떡해?"

그와 동시에 정우의 목에 붙여놓았던 포스트잇이 미친 듯이 흔들리기 시작했다. 집 안에서 바람이 불 리가 없는데 마치 돌풍에 흔들리는 것 같았다. 이어서 흩날리던 종이가 차례로 찢어지기 시작했다. 종잇장은 얇고 힘이 없어서, 정우의 목에 붙어 있던 포스트잇이 모조리 찢어지기까지는 시간이 오래 걸리지 않았다. 어떻게 저런 모양으로 찢어졌을까, 싶을 정도로 갈기갈기 찢긴 포스트잇 조각이 사방에 흩날렸다.

남자는 태연한 얼굴로 이어서 말했다.

"그 목에 붙여놓은 거. 액막이용으로 나쁘지는 않지만 그렇다고 근본적인 해결책은 아니야."

보기만 했는데 어떻게 알았을까? 이게 여진의 타액으로 만든 일종의 액막이라는 걸. 그야 물론 목에 포스트잇 같은 걸 덕지덕지 붙이고 있는 꼴이 정상이라고는 말 못 하겠지만. 정우는 떨리는 목소리로 물었다.

"근본적인 해결책이라 하면…?"

"사람들이 왜 저주받았는지 알아야지. 물건 자체를 없애야 해. 그러니까 그 영상을 봐야 했는데. 영상에 찍힌 걸 확인하는 게 빠르니까."

남자는 하아아, 하고 깊은 한숨을 내쉬었다. 그리고 자리에서 일어나 손뼉을 한 번 짝, 치고는 정우와 영윤, 여진까지 세 명을 모조리 침실 안쪽으로 몰아넣었다.

문을 닫기 전, 남자는 말했다.

"아직 침실까지는 들어오지 못했어. 그러니까 누가 무슨 말을 해도 문을 열어주면 안 돼. 알았어?"

남자의 말에는 거부할 수 없는 힘이 있었다. 그 말에 정우는 홀린 듯이 고개를 끄덕였다.

문이 닫히자마자 여진이 문 구석구석 포스트잇을 붙였다. 사면에 다 붙이고 그것도 모자라 손잡이에까지 붙여놨다. 아까 찢어지는 걸 보긴 했지만, 그렇다고 해서 아무것도 안 하는 것보다는 나을 것이다.

여진은 정우와 영윤을 뒤로 물러나게 한 다음, 문 앞에 가부좌를 틀고 앉았다.

"뭘 어쩌려고 그래?"

"몰라. 뭘 어쩌려는 생각 같은 건 없어. 무조건 못 들어오게 해야 한다는 것밖엔."

긴장으로 새하얗게 질린 여진의 얼굴이 정면을 향했다. 문밖은 의외로 잠잠했다. 아무 소리도 들리지 않아 의아하게 생각할 무렵, 쿵, 하는 소리와 함께 찢어지는 웃음소리가 집 안을 가득 채웠다. 정우와 영윤은 반사적으로 귀를 막았다. 여진은 조금도 놀라지 않은 얼굴로 품속에서 담뱃갑을 꺼냈다. 집 안에서 웬 담배, 라는 생각이 들기도 전 여진은 담배에 불을 붙이고 숨을 깊이 들이마셨다. 말릴 새도 없이 연기가 피어올랐다. 하얀 연기는 곧장 문가를 가득 메웠다.

정우는 인상을 찌푸리고는 무어라 하려고 했다. 그러나 옆에 있던 영윤이 정우를 막았다. 영윤 쪽을 보자 고개를 젓는 게 보였다. 그래서 정우는 입을 도로 다물었다.

그사이 여진은 눈을 감고 무어라 중얼중얼 외고 있었다. 그리고 담배 연기가 무슨 효과가 있는 건지는 몰라도 고막을 찢을 것 같던 누군가의 웃음소리가 더는 들리지 않았다.

바깥은 조용해졌다.

이게 여진이 무언가를 했기 때문인지, 그것도 아니면 바깥에 있는 남자가 집에 온 것을 쫓아냈기 때문인지는 알 수 없었다.

이윽고 누군가가 문을 똑똑, 두드렸다.

"이제 다 끝났어. 열어줘."

남자의 목소리였다.

그 말에 정우의 얼굴이 환해졌다. 이제 다 끝난 것이다. 저 남자와 여진이 막아준 덕에 그게 침실로 들어오지 못하고 물러간 듯했다.

영윤이 여진의 얼굴을 살피러 간 사이 정우는 문고리를 붙잡았다. 잠겼던 문을 열려고 손에 힘을 준 순간, 여진이 소리쳤다.

"안 돼, 열지 마!"

새된 비명에 정우는 반사적으로 멈칫했다. 아직 문은 열지 않았다. 정우가 물었다.

"무슨 소리야? 저 사람이 이제 다 끝났다고 했잖아?"

정우의 말에 남자가 호응하듯 말했다.

"그래. 이제 위험한 건 물러갔어. 열어줘."

그 말에 정우는 문고리를 잡은 손에 힘을 주어 문을 열려고 했다. 여진이 말했다.

"아까 저 사람이 뭐라 그랬어. 누가 무슨 소리를 해도 열어주면 안 된다고 했지."

"아니, 그건… 저 사람이 괜찮다는데 왜 그래?"

정우는 여진이 조금 전 집에 들어오려고 했던 무언가 때문에 예민해진 게 아닌가 생각했다. 저 사람이 누가 무슨 말을 해도 열어주지 말라고 한 건 사실이지만, 본인이 와서 이제 다 괜찮다는데 열어주지 않을 이유가 무어란 말인가? 정우는 여진이 괜한 걱정을 하는 거라고 여겼다. 이번에는 영윤 역시 정우와 같은 생각인 것 같았다.

"그래, 여진아. 이제 아무 소리도 안 들리고 괜찮아진 것 같아."

그래도 여진은 자기 생각을 굽히지 않았다.

"열지 말라고 했다."

여진이 저렇게까지 말하는 경우는 드물기도 해서, 그쯤에서 정우는 두 손을 들었다.

"아, 알았어. 안 열게. 됐냐?"

문고리에서 손을 떼고 손을 흔들어 보이자 그제야 여진은 안도의 한숨을 내쉬었다. 조금 더 상황을 지켜보는 게 어려운 일은 아니니까. 정우는 여진을 안심시키고 문에 귀를 가져다 댔다. 바깥은 조용했다.

문을 열어달라던 남자 역시 조용해졌다.

왜 조용해졌지?

이상하다고 생각하던 찰나 문이 쿵, 소리와 함께 흔들렸다. 귀를 대고 있던 정우는 깜짝 놀라 뒤로 물러났다.

이내 문이 쿵쿵쿵쿵쿵쿵쿵, 소리를 내며 흔들리기 시작했다.

이대로라면 문이 부서질 수도 있지 않을까 싶을 정도로 격렬한 움직임이었다.

— 괜찮으니까 열어, 열어달라니까. 열어줘. 응? 열어줘. 열어줘. 열어줘. 열어줘. 열어줘. 열어줘. 열어줘. 열어줘.

열어줘. 열어줘. 열어줘. 열어줘. 열어줘. 열어줘. 열어줘.
열어줘. 열어줘. 쥐어어, 쥐어.

남자의 목소리로 무언가가 말을 하고 있었다. 그러다 남자의 목소리가 변했다. 여자의 목소리인지, 남자의 목소리인지 분간이 안 가는 소리로 열어달라는 말을 거꾸로 중얼거리기 시작했다.

정우는 그제야 문 앞에서 자신에게 말을 걸고 있던 게 아까 그 남자가 아님을 알았다. 정우는 천천히 뒷걸음질로 문에서 떨어졌다. 영윤은 뒷걸음질을 치다가 베란다 문에 등을 부딪쳤다. 저 문이 오래 버틸 수 있을 거라는 생각이 들지 않았다. 어떡하면 좋을지 몰라 여진 쪽을 쳐다보자, 여진 역시 새하얗게 질린 얼굴로 문을 노려보고 있었다.

"거봐 내가 저거 인간 아니라고 그랬지."

여진은 무어라 입속으로 중얼거리며 담뱃갑에서 다시한번 담배를 꺼내 불을 붙이려고 했다. 그러나 라이터를 꺼내기도 전에 컥, 소리를 내며 그대로 쓰러졌다. 자기 목을 움켜쥔 여진의 입에서 시커먼 피가 주르륵 흘렀다.

그와 동시에 밖에서 쉼 없이 문을 쿵쿵쿵 두드리던 소리가 뚝 멎었다.

온몸을 짓누르던 것 같던 긴장감이 사라졌다. 분위기가 달라졌다는 건 뭐가 뭔지 잘 모르는 정우도 알 수 있을 정도였다. 긴장감에 제대로 움직이지 않던 몸을 겨우 일으켜 여진이 쓰러진 자리로 기다시피 다가갔다. 여진은 정신을 잃은 것 같았다. 영윤이 뛰어와 여진을 안아 무릎에 뉘고 울먹이며 물었다.

"어떡해, 어디 다친 거 아니야?"

겉으로 보이는 외상은 없었지만, 얼굴의 일곱 개 구멍에서 피가 흐르고 있었다. 척 보기에도 심상치 않아서 정우는 얼른 구급차를 부르려고 했다.

그때 똑똑똑, 하고 문을 두드리는 소리가 정확히 세 번 울렸다. 영윤이 반사적으로 비명을 질렀고, 정우 역시 아직 그 귀신이 바깥에 있나 긴장했다.

그러나 이어서 들린 것은 남자의 목소리였다.

"일단 지금은 갔어."

근거는 없지만 조금 전 남자의 목소리를 흉내 내던 것과는 다르다는 느낌이 들었다. 평온한 어조의 목소리를 듣자, 이유를 알 수 없는 안도감이 밀려왔다. 남자는 그런 면에서는 여진과 닮아 있었다.

"이제 나와도 돼."

열어줘, 가 아니라 나와도 된다고 했다. 그 말에 정우는 문을 열었다. 그러자 조금 전보다 핼쑥해진 얼굴의 남자가 보였다. 남자가 서 있는 방향 뒤쪽 거실의 풍경은 한바탕 폭풍이라도 지나간 모양새였다. 집 안의 온갖 집기가 널브러진 채로, 테이블은 반쯤 뒤집혀 있었다. 그리고 출처를 알 수 없는 혈흔이 낭자했다. 귀신이 피를 흘릴 리는 없고, 그러면 저건 대체 누구의 피란 말인가? 남자 쪽으로 다시 시선을 돌려보았지만, 그의 얼굴은 태연하기만 했다.

남자는 쓰러진 여진을 보고 물었다.

"뭐야, 얘는 왜 이래?"

"그쪽 목소리로 말하는 귀신이 열어달라고 왔었어."

"그래서 문 열었어?"

정우는 고개를 저었다. 그것도 다 여진 덕분이었지만 굳이 그런 말은 하지 않았다.

영윤은 구급차를 부르고는 넋이 나간 상태로 여진의 이름을 계속해서 불렀다. 남자는 여진의 상태를 주의 깊게 살피더니 갑자기 여진의 바짓단을 걷어 올렸다. 영윤이 그런 남자에게 뭐 하는 거냐고 소리치려다가 순간 동작을 멈췄다.

여진의 종아리에 그림자가 생긴 것 같았다. 남자는 여진의 바지를 접어 올렸다. 자세히 보니 그림자가 아니라 시커먼 멍이었다. 피부가 벼락 맞아 죽은 나뭇등걸처럼 새까맸다.

"이게 왜 이래?"

"그게 들어오려는 걸 억지로 막으려고 해서 그래. 저주 받았다는 표식 같은 거야."

"어떻게 없애는데?"

"이대로 두면 저 시꺼먼 멍이 곧 몸 전체로 퍼질 텐데,

그 전에 최대한 빨리 그 원귀를 처리하는 수밖에 없어."

남자는 땅이 꺼지도록 한숨을 푹푹 쉬고는 자리에서 일어섰다. 그리고 세 사람을 뒤로하고 현관문을 향해 돌아섰다. 돌아가려는 듯했다. 그 몸짓에 영윤이 자리를 박차고 일어서며 물었다.

"어딜 가? 여진이가 이 꼴이 됐는데, 이대로 가면 어떡해? 포기하는 거야?"

"포기는 무슨 포기야. 누가 포기한대?"

"그럼 어쩌려고?"

"댁들은 이제 상관하지 마. 거기 쓰러진 애는 특이 체질이라 간단한 액막이라도 할 수 있어 보이지만, 나머지 두 사람은 아무것도 모르는 것 같은데. 그렇지?"

영윤이나 정우나 그런 쪽과는 인연 없이 살아온 일반인들이었으니 남자가 하는 말에 반박할 수 없었다. 그야 살면서 귀신이나 원귀 같은 것과 엮이지 않는 게 가장 좋다는 건 정우 역시 알고 있었다.

정우는 그동안 본 공포 영화를 떠올렸다. 공포 영화 속에서 가장 먼저 죽는 건 두려워하는 사람들보다 호기심이 큰 부류들이었다. 저기 저 옷장에 분명히 무언가가 있다. 무언가 무서운 것이. 열면 안 된다는 생각보다는 거기에 무엇이 있는지 확인하고 싶은 마음이 클 때, 사람들은 옷장을 열게 된다. 그리고 그 행동의 책임은 오롯이 그 사람들의 몫이다. 공포 영화를 볼 때마다 정우는 생각했다.

옷장을 열지 않으면 되잖아.

무시하고 당장 거기서 나오란 말이야.

그러나 어느 날은 문득 다른 생각이 들었다. 주인공이 옷장 문을 열지 않고 도망친다면? 귀신을 마주치지 않고 살아갈 수 있을 것이다. 안 좋은 건 멀리하고 좋은 것만, 세상의 밝고 아름다운 면만을 보면서. 그러나 정말 그걸로 괜찮은가? 어쩌면 주인공은 때때로 그 옷장 속에 뭐가 들었는지 궁금해질 것이다. 그때 열어보았다면 좋았을걸. 뭐가 들어 있는지 확인만 하는 건데 뭐가 무섭다고 도망을 쳤을까? 문득 떠오를 때마다 후회할지도 모른다. 그때 그 옷장 문을 열어볼걸, 하고.

그런 생각 끝에 정우는 자신이 공포 영화에서 가장 먼저 죽는 부류에 속한다는 것을 깨달았다.

호기심이 두려움을 이길 때가 더 많았다. 번지 점프, 스카이다이빙, 각종 익스트림 스포츠를 취미로 둔 것도 모두 그 호기심의 결과물이었다. 어쩌면 지금 목숨이 위태로운 상황이 된 것도 모두 그 호기심의 대가일지도 모른다. 저주받아 죽었다는 유튜버가 마지막으로 남긴 영상이라는 말에 궁금하다고 생각했으니까.

그런데 나 때문에 여진까지 저 꼴이 됐는데 이대로 손을 놓고 기다리라고?

그럴 수는 없었다.

정우는 자리에서 일어났다. 그리고 현관에 우두커니

선 남자의 팔을 붙잡았다. 그리고 그제야 남자의 소매 안쪽이 상처투성이인 것을 알았다.

✳

몸이 점점 무거워지는 건 기분 탓일까. 정우는 어깨를 주무르며 남자가 앉은 테이블로 천천히 걸어갔다. 동네 카페에는 사람이 거의 없었다. 제일 구석 자리에 자리 잡은 남자는 시종일관 무관심한 얼굴로 정우가 하는 양을 바라보고 있었다.

나이는 정우보다 조금 어릴까? 어쩌면 비슷할지도. 많아 봐야 스물 몇 살 정도로 보였다. 입고 다니는 옷이 죄 검은색 일색이라 상복을 입고 다니는 것처럼 보여서 그런지 어딘가 함부로 말을 걸기는 힘든 분위기를 가지고 있었다. 얼굴은 이런 종류의 일(그러니까 퇴마사나 영매사라고 사기를 치는 일)을 하리라고는 예상할 수 없을 정도로 시원스럽고 단정한 인상이었다. 영윤에게 잡혔을 때 허허실실 웃던 표정은 역시나 연기였는지, 얼굴에 웃음이라곤 흔적도 없었다.

옷소매 안쪽에 그 상처들은 다 뭐냐고 묻고 싶었지만 일단 참았다. 어차피 대답해주지도 않을 것 같았을뿐더러 지금은 부탁할 수밖에 없는 처지였다. 정우는 테이블 위에 아이스 커피를 두 잔 내려놓았다. 그리고 단도직입적으로 물었다.

"그 집에 가려는 거지?"

남자는 커피잔에 원수라도 진 것처럼 테이블 바닥을 노려보았다.

"그건 알아서 뭐 하게?"

"그 집에 갈 거면 나도 데려가."

"내가 왜?"

"나도 의뢰할게. 내 목에 붙은 이거 떼려면 어차피 그 집에 가야 하는 거잖아. 그리고 당신 의뢰인한테도 이게 붙어 있는 거고."

"너 내가 의뢰 한 번에 얼마를 받는지는 알고 하는 소리야?"

그건 생각지도 못했다. 어떻게든 데려가 달라고 생떼를 쓰려던 정우는 순간 말문이 턱 막혔다.

"…얼만데?"

남자는 코웃음을 쳤다.

"네 월급으로는 턱도 없으니까 의뢰니, 뭐니, 헛소리하지 마."

"어쨌든 당신은 그 집에 갈 생각이잖아. 나 하나 더 데려가는 게 뭐 그렇게 어렵다고 그래?"

"내가 왜 굳이 짐짝을 데려가야 하는데? 지금 그놈을 떼어낸다 쳐도, 거기 진짜로 독한 원귀가 있어서 그게 너한테 붙으면 어떡할 건데?"

그 말에 틀린 것이 없어 분했다. 정우는 자신이 짐이라는 사실을 잘 알고 있었다. 특히 이런 일에 있어서 정우는 도움이라고는 하나도 되지 않는 짐 덩어리였다. 여진에게도 그랬고, 이 남자에게도 마찬가지였다. 주제를 알고 있기에 가만히 있으라는 말에 곧잘 순응하곤 했으나 이번만은 그럴 수 없었다. 꼭 자신의 목숨이 달린 일이라서만은 아니었다. 혼자만 죽는 거면 업보라고 생각이나 하지, 이번에는 기어이 여진까지 위험한 일에 휘말리게 했다.

정우는 한숨을 쉬고는 입을 열었다.

"사실 영상의 사본 파일이 하나 남아 있어."

그 말에 남자는 그제야 처음으로 정우의 말에 귀를 기울였다. 의자 등받이에서 몸을 떼고 정우 쪽으로 바로 앉은 남자가 물었다.

"영상이 남아 있다고? 그걸 왜 이제 말해?"

일부러 복사본을 남겼던 것은 아니었다. 지서현이 쓰러지고 병원에 실려 간 직후, 정우는 그 USB에 있던 영상 파일을 자신의 노트북에도 옮겨 놓았었다. 무슨 의도가 있어서였던 것은 아니고, 그저 이 영상을 다음에 써먹을 일이 있지 않을까? 싶었던 것뿐인데, 여진에게 말하지 못하고 차일피일 미루다 시간이 흘렀다. 여진이 영상이 담겨 있던 USB를 처리하는 방식을 보았기 때문이었다. 아직 할부도 다 끝나지 않은 노트북을 불태우고 부수는 꼴을 두고 볼 수는 없었다.

게다가 USB를 태워도, 원본 영상이 들어있는 외장하

드를 부수어도 문제가 해결되지는 않았다. 그러니 이 영상 하나 정도는 괜찮으리라고 지레짐작했던 것뿐이다. 노트북을 다 부수고 나서야 어라, 이게 원인이 아니었네, 하기는 싫었다.

그게 이 남자에게 내밀 협상의 카드가 될 줄은 몰랐지만.

정우가 물었다.

"정말로 보려는 생각이야?"

이 영상을 끝까지 보면 저주받는다. 그건 확실하다. 아직도 그 저주가 퍼지는 원리는 알 수 없지만 정우는 괜한 희생자를 한 사람 더 늘리는 게 아닌가 싶어 불안했다. 이런 짓을 했다가 이 남자 역시 무사하지 못하면 어떡하지? 그러나 남자는 선뜻 고개를 끄덕였다.

"그래, 어차피 그 폐가에 갈 생각이었으니까. 문제의 원인이 뭔지 모르면 해결할 수도 없어. 그러니까 내놔."

"영상을 보여주면 나도 데려가."

"이걸로 협박하겠다고? 너랑 네 친구 목숨이 걸려 있는데? 너도 빨리 해결하기를 바랄 거 아니야?"

"내 친구 목숨이 걸려 있으니까 나도 가겠다는 거야."

그 말에 남자는 흐음, 하며 잠시 고민하더니 고개를 끄덕였다.

"좋아, 대신 그 집에 데려간 걸로 나중에 무슨 문제가 생겨도 내 책임은 아니야."

그 말에 정우는 고개를 끄덕일 수밖에 없었다. 그리고 준비해 온 노트북을 테이블 위로 꺼냈다. 화면을 열어 남자 쪽으로 돌려주자, 남자는 씩 웃었다.

정우는 문득 생각났다는 듯 물었다.

"그쪽은 이름이 뭐야?"

남자는 언제 웃었냐는 듯 얼굴을 굳히며 말했다.

"우리가 통성명하고 그럴 사이는 아니지 않나. 이번 일만 끝나면 얼굴 볼 일도 없을 텐데."

말 한마디를 해도 참 재수 없게 하는 재주가 있었다. 그쪽, 거기, 당신 이렇게 부르는 것보다야 이름을 부르는 게 낫지 않나 싶어서 물어본 거였는데 이런 반응이 돌아올 줄이야. 사실 남자의 말이 옳았다. 귀신이니 원귀니 하는 건 정우와 먼 세계의 이야기였고, 이번 일만 끝나면 남자와 만날 일은 없을 터였다. 아니, 오히려 만나지 않는 편이 좋은 사람이다. 이 남자와 얽힌다는 건 문제가 생겼다는 이야기니까.

그래서 정우는 남자가 영상을 끝까지 보는 것을 잠자코 기다렸다. 이윽고 영상을 다 본 남자가 말했다.

"문제가 뭔지 알겠다."

"대체 영상이 아니면 뭐가 문제라는 건데?"

"그걸 내가 왜 말해줘야 해?"

이 말에는 정우도 화가 날 수밖에 없었다. 기껏 큰마음 먹고 여진에게도 숨긴 영상을 보여줬는데 저런 태도라니.

이미 다 보여주기는 했지만, 영상을 보여준 게 후회될 정도였다.

"야, 이 사기꾼 새끼야. 집에 데려가준다며?"

"데리고는 갈 거야. 근데 아무 힘도 없는 일반인한테 귀신이 어디 어디 있으니까 조심하라고 미리 말해주면 무슨 일이 일어날 거 같아?"

정우는 침묵했다. 세상에는 두 가지 종류의 인간이 있다. 하지 말라고 하면 정말로 그쪽은 얼씬도 안 하는 부류의 인간과 하지 말라는 말을 절대로 곧이곧대로 듣지 않고, 위험성을 알면서도 호기심에 그걸 기어이 해보는 불나방들. 정우는 굳이 따지자면 후자에 더 가까운 인간이었다. 남자는 그런 정우의 눈을 빤히 들여다보며 말했다.

"조상 잘 만나서 운 좋은 줄 알아. 원래라면 이런 삿된 것들하고는 얽힐 일 없이 살았을 팔잔데, 쓸데없는 걸 캐고 다니니까 이렇게 되지."

"뭘 얼마나 캐고 다녔다고⋯."

"괴담 커뮤니티 같은 거 하지 말라는 소리야. 그런 거 아무리 인터넷이라도 안 좋은 게 고여. 아니, 오히려 인터넷이라 더 그래. 누가 쓰는 글인지 모르니까 전파를 타고 안 좋은 게 끼어들기 쉬워. 네가 방금 본 글이 진짜 인간이 쓴 글인지, 귀신이 쓴 건지 알 게 뭐야?"

그 말을 듣자 온몸에 소름이 돋았다. 겁을 주려고 일

부러 저러는 거겠지, 하면서도 한편으로는 정말 그럴 수도 있겠다는 생각이 들었다. 괴담 커뮤니티를 하면서 가장 자주 보는 유형의 글은 '내가 이런 무서운 일을 겪었다'라는 경험담을 적은 글이었다. 그다음으로 자주 보이는 글은 유명한 폐가나 흉가 같은 심령 스폿을 알려주는 글. 여기까지는 평범하다. 그런데 가끔은, 척 보기에도 위험해 보이는 강령술을 그 방법까지 아주 자세히 알려주는 글이 올라왔다. 저런 것까지 어떻게 자세히 알고 있지? 싶을 정도로 자세한 방법이 나열되어 있었다.

그런 건 별로 좋아하지 않아서 시도하려는 시늉도 해본 적 없지만, 일단 방법을 알려주면 재밌어 보인다, 한번 해볼까? 하는 사람이 생기는 건 당연했다.

그중에 어쩌면 정말 위험한 게 섞여 있었을지도 모른다.

뭔가를 떠올린 듯 정우의 얼굴이 하얗게 질리자 남자는 낄낄거리고 웃었다.

"아무튼 그 집에 가도 너는 아무것도 하지 마. 도움도 안 되고, 오히려 내가 너를 보호하느라 신경을 이중으로 써야 하니까 성가셔."

그 말에는 반박할 구석이 없었다. 분하지만 정우는 이름도 모르는 남자의 말에 가만히 고개를 끄덕일 수밖에 없었다. 남자는 시선을 내리깔고는 중얼거렸다.

"그전에 갈 데가 있어."

노을이 지고 있는 풍경을 배경으로 서 있는 어떤 여자를 그린 인물화. 캔버스 대부분을 차지한 노란빛이 부드럽고 따뜻했다. 고급스러운 거실 복도에 걸린 그림을 물끄러미 바라보고 있자니 어딘가 기시감이 들었다. 어디선가 이 그림과 비슷한 그림을 본 것도 같은, 그런 느낌.

취미로 그린 그림 같지는 않았다. 캔버스 오른쪽 아래 끝에 작가 사인이 되어 있는 것만 봐도 그랬다.

"그림에 관심이 있나 봐요?"

돌아보니 인상이 푸근하게 생긴 노부인이 "남편이 그린 거예요. 우리 손녀딸을 그린 그림이지."라고 말하며 웃었다.

"아, 그림이나 작가분에 대해서는 잘 몰라서요. 그냥 예뻐서 본 거예요. 죄송해요."

정우는 그렇게 말하고 탁자 앞에 앉았다. 남자는 벌써 그 앞에 앉아 있었다. 탁자 위에는 직접 구운 듯 모양이 다소 삐뚤빼뚤한 쿠키와 홍차가 놓여 있었다.

"요즘 취미가 베이킹이라 직접 굽곤 해요. 손님한테 내어 드리기는 민망하지만… 한번 드셔보세요."

노부인은 그렇게 말하고 찻잔을 들었다.

정우는 망설이다가 쿠키를 하나 집어 먹었다. 맛은 평범했다. 남자는 노부인의 권유에도 꿈쩍하지 않은 채

살기등등한 눈빛으로 노부인을 노려보고 있었다. 괜히 정우 쪽이 더 안절부절못해질 정도였다.

애초에 이 집엔 도대체 왜 온 건지도 모르겠고.

정우는 남자가 아는 것이 대체 무엇일까 궁금했지만 굳이 묻지 않았다. 어차피 가르쳐주지 않으리라는 걸 알기 때문이었다.

남자는 한숨을 쉬고는 입을 열었다.

"남편분이 장호철 작가시라고."

"예, 부끄럽지만 그렇네요."

장호철 작가? 쿠키를 먹던 정우는 미처 다 삼키지도 못하고 물었다.

"그 얼마 전에 전시회 크게 했던? 가장 최근작이 경매에서 수억 원대 감정가로 팔렸다던 그 장호철 작가요?"

그림에는 문외한이었지만 그 이름이라면 들어본 적이 있었다. 그야 얼마 전 뉴스에서 그 경매 가격에 대해 실컷 떠들어댔으니까. 한국 역대 최고 감정가라느니, 살아 있는 한국 미술계의 전설이 어쩌고 하면서 호들갑을 떨었다. 그때는 한 귀로 듣고 한 귀로 흘렸지만 조금 전 본 그림을 그린 사람이 그런 유명한 작가라니 어쩐지 신기했다.

남자는 흥, 하고 코웃음을 치더니 물었다.

"그 장호철 작가 몇 년 전까지만 해도 죽을병에 걸려서 오늘내일한다고 하지 않았습니까?"

다소 무례한 말투와 내용에도 노부인은 화를 내지 않았다.

　"그랬었지요."

　장호철 작가가 유명한 데는 또 하나의 이유가 있었다. 췌장암 말기 환자였기 때문이다. 몇 년 전까지만 해도 무명에, 시한부 환자였던 작가가 병을 극복하고 그려내는 그림이라는 이야기에는 사람들의 감정을 건드리는 구석이 있었다. 그게 인기의 유일한 요인은 아니겠지만 어쨌거나 영향은 있었으리라. 당장 투병 시기에 그린 그림이 가장 비싼 값에 거래되고 있으니 틀린 말은 아니었다.

　"그런 중병에 걸렸던 분이 지금은 아주 건강해지셨다고요."

　"하늘에 기도를 올린 게 효험이 있었던 게지요."

　"기도요?"

　"안 해본 게 없을 정도니까요."

　"그러면 굿도 해보셨나요?"

　그 말에 처음으로 노부인의 얼굴에서 평온이 깨졌다. 노부인은 서늘한 눈빛으로 남자를 노려보았다.

　"말씀드렸다시피 안 해본 게 없을 정도로 다 해봤어요."

　"물론 하늘이 감동해서 중병이 낫는 기적이 일어날 수도 있죠. 하지만 사람이 갑자기 젊어질 수는 없어요. 자리를 털고 일어난 장 작가 얼굴이 다른 사람 같더군요."

　"그게 뭐가 어쨌다는 말인가요?"

남자의 말투가 점점 무례해지고 있었다. 원래도 무례했지만, 지금은 숫제 싸움이라도 거는 것 같았다.

"그냥 그렇다는 겁니다. 확인차 온 건데, 더 물어볼 필요도 없겠네요."

남자는 그렇게 말하고 자리에서 일어났다. 정우도 엉겁결에 남자를 따라 일어섰다. 노부인은 자리에 앉은 채 꼼짝도 하지 않고 있었다. 이윽고 노부인이 물었다.

"굿이 잘못됐다는 말은 무슨 말이었나요?"

"아, 그 말이 신경 쓰여서 미치겠으니까 굳이 우리를 만나준 거겠죠. 말 그대로입니다. 잘못된 굿을 했으니 그 집에 원혼이 우글거리죠. 그걸 알고 있으니까 집에 살던 화가가 강도에게 끔찍하게 살해당하고, 그림에는 아무도 손을 대지 못했다는 헛소문을 퍼뜨린 거 아닙니까?"

노부인은 아무 말도 하지 않았다. 정우는 남자가 하는 말의 절반 정도밖에 알아듣지 못했다. 도대체 무슨 말을 하는 거지? 강도에게 살해당한 화가, 아무도 손대지 못하는 그림, 원혼이 우글거리는 집. 세 가지를 종합해보면 두 사람이 지금 저주받은 그 집 이야기를 하는 중이라는 걸 알 수 있었다.

하지만 눈앞의 노부인과 장호철 작가가 그 집과 무슨 상관이란 말인가?

정우의 의문을 해결할 새도 없이 남자는 뒤도 돌아보지 않고 떠났다. 정우는 황급히 남자의 뒤를 따라갈 수밖에 없었다.

집을 나서며 주차해둔 차로 걸어가는 남자에게 물었다.

"아까 그게 다 무슨 소리야?"

"뭘?"

"그 집 말하는 거지? 그 집이랑 장호철 작가가 무슨 관계가 있어?"

"알아서 뭐 하게."

"나도 따지고 보면 피해자야. 뭔가 알고 있는 게 있으면 말 좀 해주면 안 돼?"

남자는 그 말에 코웃음을 치고는 운전석 문을 열었다. 혹시 두고 떠날까 싶어서 정우 역시 잽싸게 조수석 문을 열고 차에 탔다. 남자가 시동을 걸며 말했다.

"뭔가 착각하는 것 같은데."

"착각?"

"피해자니까 더 알면 안 되는 거야. 이번 일은 그냥, 걸어가다가 똥 같은 걸 밟은 거라고 쳐. 내가 왜 똥을 밟았나, 여기에는 왜 똥이 떨어져 있었나 같은 걸 생각할 필요는 없어. 그리고 다시는 똥 같은 건 안 밟으면 돼."

"똥… 뭐? 야, 꼭 그런 식으로 말해야 해?"

"이렇게 말했는데도 못 알아듣겠으면 어쩔 수 없고."

남자는 그 말과 동시에 액셀을 밟았다. 그리고 흉가에 도착할 때까지 한마디도 하지 않았다.

★

실제로 마주한 집은 영상에서보다 더 음산했다. 지붕 위의 기와는 칠이 벗겨졌으며 한쪽이 부서져 흉물스러웠다. 대문에는 이런저런 낙서가 가득했다. 개중에는 붉은색 페인트로 뿌린 낙서도 있었다. 이 흉가에 앞서 다녀간 사람이 한두 명은 아닌 듯했다. 그러나 영상에는 미처 담기지 않은 우울함이 집 주변을 안개처럼 둘러싸고 있었다. 주변에 다른 민가도 없어서 더 그렇게 느껴지는 듯했다.

남자는 무언가를 살피는 듯 주변을 둘러보며 천천히 현관문 앞으로 걸어갔다. 영상에서 봤던 오래된, 낡아서 쇠가 다 녹슨 문이 보였다. 원래 색은 파란색이었던 것 같은데 녹 때문에 이제 거의 검은 문처럼 보였다.

"이건 뭐, 안 좋은 게 고이다 못해 썩어가네."

남자는 그렇게 말하고는 문고리에 손을 댔다. 역시나 문은 잠겨 있지 않았다. 이윽고 문이 열리면서 끼이이익, 하는 쇳소리가 울렸다.

내부는 전기가 들어오지 않아 어두컴컴했다. 손전등을 챙기는 걸 깜빡해서 핸드폰 플래시를 켜서 들었다. 대충 내부를 비추자 다 삭아서 이제는 실이 떨어질 것 같은 카펫이 보였다. 먼지 가득한 카펫을 밟고 거실 안쪽으로 들어서자, 거실과 이어진 공간이 나왔다. 싱크대와 식탁이 있는 것으로 보아 부엌인 듯했다. 남자는 부엌 역시 마찬가지로 눈으로 한 번 쓱 훑고는 지나쳤다. 정우는 그 뒤를 따라가며 말했다.

"영상에서는 여기서 2층으로 올라갔어."

부엌에서는 뭘 발견하지 못한 듯 유튜버는 곧 흥미를 잃고 2층을 향해 올라갔었다.

정우의 말에 남자는 고개를 끄덕였다.

"그래. 1층에는 그렇게까지 위험한 건 없어 보이네."

그렇게까지 위험한 건 없어 보인다는 건 무슨 뜻이지?

뭔가가 있기는 있다는 소리 아닌가?

그 말에 정우는 조금 전까지 탁자를 짚고 있던 손을 슬그머니 뗐다.

어디에 뭐가 있다는 말은 없었지만 조심해서 나쁠 건 없었다. 여진의 포스트잇을 쥔 손에 저절로 힘이 들어갔다. 일단 이걸 들고 있으면 괜찮을 거라고 했지만 남자의 말을 전적으로 신뢰할 수가 없었다.

남자가 계단을 오르기 시작하고, 정우 역시 그 뒤를 따랐다. 뭐가 나타날지 모르는 곳에 혼자 있는 것보단 함께 2층으로 올라가는 게 여러모로 나아 보였다. 계단을 올라갈 때마다 끼익, 끼익, 하는 불길한 소리가 복도를 울렸다. 2층까지 올라온 남자는 핸드폰 플래시 불빛을 복도에 비추었다. 복도 끄트머리에 방이 하나, 화장실이 하나. 그리고 다락으로 이어지는 계단이 하나 더 있었다.

그때 문득 생각나는 것이 하나 있었다.

"그러고 보니 저 복도 끝에 걸려 있는 그림, 말이야."

남자는 대답하지 않았다. 정우는 상관하지 않고 말을 이었다.

"이 흉가에 살던 화가가 그린 그림이라고 했는데. 유튜버가 그랬잖아. 새벽 3시에 그림 앞에서 소원을 빌면 소원이 이루어진다고."

남자는 여전히 말이 없었다. 어쩌면 말이 안 되는 헛소문이라고 생각하고 있을지도 모르고. 아예 듣고 있지 않을지도 모르고. 하지만 화가라는 말에서 무언가 기시감이 느껴졌다. 이 집에는 저 그림과 관련한 괴담이 존재한다. 새벽 3시에 와서 소원을 빌면 이루어진다는 것 외에도 이 집에 살던 화가가 끔찍하게 살해당해 그 원혼이 아직도 집 안을 떠돌고 있다는 것이었다. 정우는 말을 이었다.

"나도 말도 안 된다고는 생각했어. 그림이 소원을 들어준다니 그런 게 가능했으면 여기 왔다 간 사람들은 벌써 다 로또 빌어서 부자 됐겠다. 아무튼 문제는 그게 아니라 그 그림 좀 이상하던데."

"뭐가?"

정우는 그 그림에서 느꼈던 위화감을 떠올렸다. 그림 자체는 색감도 화사하고 밝아서 아무 문제도 없는 평범한 그림 같아 보였는데.

그림 속에는 한 여자가 그려져 있었다. 머리를 뒤로 틀어 올려 묶은, 보라색 원피스를 입은 여자. 여자의 모습

역시 평범했다. 얼굴의 이목구비가 뚜렷하지 않아 어떻게 생겼는지까지는 몰라도. 그 여자가 어떤 건물 앞에 서서 그 건물을 올려다보고 있는 구도였다. 여자가 비스듬히 서서 올려다보고 있는 건물은 한국에서라면 어디서나 볼 수 있는 연립 주택이었다.

정우는 뒤늦게 그림의 맨 오른쪽 위 끝자락에 있는 노란빛의 태양을 발견했다.

해가 떠 있는 거야 당연하다.

그런데 비스듬히 서 있는 여자 쪽에… 뭔가 위화감이 들었다. 햇빛이 있으면 당연히 생겨야 하는 것이 없었다.

정우는 이제야 생각났다는 듯 중얼거렸다.

"그림자가 없었어."

그 말에 남자가 아무렇지도 않게 물었다.

"그림자가 없는 게 뭐?"

"아니, 햇빛이 그렇게 비스듬히 비추는데 사람 그림자가 없는 게 이상하잖아."

"화가가 그리다 까먹었나 보지."

남자의 태도가 너무 자연스러워서 정우도 그 말을 듣고는 그런가? 싶어졌다.

그래, 화가가 뭔가 잘못 그렸겠지. 아니면 다 그리지 못한 미완성품이라거나.

그렇게 생각하자 또 별일도 아닌 걸로 호들갑을 떨었나 싶어 머쓱해졌다.

남자는 복도를 천천히 걸어가기 시작했다. 정우는 그 뒤에 바짝 붙어 서서 남자를 따라갔다. 조금이라도 틈이 생기면 그 사이로 무언가 끼어들기라도 할 것처럼.

이윽고 복도 끝에 걸린 그림이 보였다. 영상 속에서 보았던 그림이었다.

머리를 뒤로 틀어 올려 묶은, 보라색 원피스를 입은 여자. 그 여자가 비스듬히 서서 한 건물을 올려다보고 있다.

그런데 영상 속에서 본 것과 미묘하게 그림이 달랐다.

"어, 저게 왜⋯."

왜 저렇게 변했지?

기억 속의 그림은 분명 텅 비어 있는 연립 주택을 올려다보고 있는 여자의 모습이었다.

그런데 지금은⋯

연립 주택에 그려져 있는 창문마다 형체가 까만 사람들이 다닥다닥 달라붙어 있었다. 눈이나 코와 같은 형태는 없는, 그림자에 가까워 보이는 형체였다.

순간 소름이 뒷덜미까지 쫙 끼쳤다. 정우는 저도 모르게 그림에 한 발짝 가까이 다가섰다. 어쩐지 기분이 나쁜데 눈을 뗄 수가 없었다.

그때 남자가 정우의 뒷덜미를 잡아 뒤로 끌었다.

"원래 저런 그림은 아니었을 텐데."

"맞아. 분명히 저 그림자들은 없었는데."

정우의 말이 끝나기 무섭게 그림에서 무언가가 갑작이

는 듯한 소리가 들리기 시작했다. 남자는 메고 있던 가방에서 토치를 꺼내 들며 소리쳤다.

"뒤로 물러나!"

그 말에 정우는 주춤거리며 뒤로 한 발짝 더 물러났다. 남자는 정우가 뒤로 물러난 것을 확인하고는 망설임 없이 토치 손잡이를 당겼다. 불길이 화폭을 덮으며 공기를 찢는 듯한 비명이 울렸다.

꺄아아아아아악, 하던 비명은 남자와 정우를 비웃듯 곧 웃음소리로 변했다.

끼기긱, 끽끽, 하는 웃음소리가 고막을 찢을 것처럼 사방에서 계속되었다. 정우는 반사적으로 손으로 귀를 막았다. 그러나 남자의 얼굴은 태연하기만 했다.

"역시 이걸로는 그림을 태울 수가 없네."

예상한 듯한 말투였다. 이내 귀를 찢는 듯한 웃음소리가 사라졌다. 머리가 왱왱 울릴 정도로 정신이 하나도 없었다. 정우는 간신히 머리를 들고 물었다.

"그러면 이제 어떡해?"

"어떡하긴 뭘 어떡해. 될 때까지 방법을 찾아야지."

토치로도 안 되는데 어떻게 저 그림을 불태운단 말인가? 무모하기 짝이 없는 말에 정우는 남자의 능력에 의심이 들기 시작했다. 그러자 남자가 물었다.

"그럼 도망갈까? 이제 나도, 너도, 네 친구도 다 죽게 생겼는데? 저건 이미 물리력을 행사할 정도로 힘이 강해졌어. 우리가 지금 도망치더라도 죽을 때까지 쫓아다닐 걸. 저주에서 벗어날 방법은 없어."

물론 이대로 도망칠 수는 없었다. 이러지도 저러지도 못하는 상황에 정우가 어쩔 줄 모르고 서 있자 남자가 가방에서 무언가를 꺼내 건넸다. 받아 들고 보니 삼단봉이었다.

"이걸로 뭘 어쩌라고? 귀신 때려잡으라고?"

"아니. 적어도 죽지는 말라고."

남자가 그 말을 하자마자 복도 바닥이 꿈틀꿈틀 움직이더니 출렁거리기 시작했다. 정우는 삼단봉을 움켜쥔 채로 바닥에 넘어졌다. 보고도 믿을 수 없는 광경에 놀라고 있을 시간은 없었다. 그림이 있는 복도에서부터 서서히 밀려난 두 사람은 2층으로 이어지는 계단까지 그대로 죽 밀려 나왔다. 정우는 하마터면 계단 밑으로 떨어질 뻔했다. 계단 바닥에는 붙잡을 만한 것이 없어서 남자의 다리를 붙잡고 버텼다. 남자는 계단 기둥을 잡은 채 버티고 있었다. 놓으라는 말은 하지 않았지만, 뒤를 돌아보고는 정우를 향해 소리쳤다.

"저거 조심해!"

정우는 천천히 고개를 돌렸다. 계단 아래쪽에서 무언가가 올라오는 게 보였다. 얼핏 보이는 모습은 시커먼 형체뿐이었다. 저게 뭐야, 라고 생각하는 순간 그게 계단을 기어 올라오는 것을 보았다.

검은 그림자는 철벅거리며 형태를 잃었다가, 사람 형상을 갖추었다가 했다. 질이 나쁜 액체 괴물 같기도 했다. 그런데 계단을 한 칸 오를 때마다 그림자 속에서 손으로 보이는 형상이 튀어나와 계단을 짚었다. 그런데 손이 두 개가 아니었다. 그림자 속에서 수십 개의 손바닥이 나왔다가 사라졌다. 검붉은 핏물에 절은 손바닥에서는 지독한 악취가 났다.

그림자가 어떻게 눈에 보이지?

아니, 저게 어떻게 걸어 다니는 거지?

생각할 틈도 없었다. 그것이 붉은 눈을 번뜩이며 계단을 올라오고 있었다. 이윽고 정우와 눈이 마주쳤다. 입으로 추정되는 부분에서 손바닥이 튀어나왔다. 시체가 썩는 듯한 악취에 정우는 헛구역질할 뻔했다. 물론 시체 냄새를 맡아본 적은 없었으나 이렇게 지독한 악취는 생전 처음이었다.

정우는 소리를 지르며 계단을 올라가려고 했다. 그러나 아직도 출렁대고 있는 복도 때문에 한 발짝도 앞으로 나아갈 수 없었다.

그림자가 점점 가까워지고 있었다.

한 칸, 그리고 다시 한 칸.

정우가 매달려 있는 계단까지 두세 칸 정도 남았을 때 정우는 손에 쥐고 있던 삼단봉을 휘둘렀다.

"저리 가! 저리 가라고!"

그것에 물리력을 행사할 수 있을 거라는 생각은 미처 하지 못했는데, 뭔가를 가격했을 때의 느낌이 손으로 전해져왔다. 둔탁한 소리가 나기도 했다.

저게 그럼 그림자가 아니란 말인가? 귀신도 아니고?

상식적으로 귀신을 때릴 수는 없지 않나?

그런 생각에 몸이 둔해졌을 때, 날카로운 통증이 다리를 덮쳤다. 무언가가 피부를 가르고 지나갔다. 그림자의 입에서 튀어나온 손이 정우의 다리를 붙잡고 있었다. 통증이 있는 부위를 보니 시커먼 손톱이 피부에 박혀 있는 것이 보였다. 피가 흐른다거나 하지는 않았지만, 시각적으로는 이보다 무서울 수가 없었다. 손톱이 청바지를 뚫고 들어오다니.

너무 놀라서 비명도 나오지 않았다. 정우는 허우적거리며 남자의 바짓가랑이를 붙들었다.

"저것, 저것 좀 어떻게 좀 해봐! 저게 대체 뭐야?"

남자는 뒤를 흘긋 쳐다보더니 태연한 얼굴로 무언가를 건넸다.

"그거 던져."

남자가 건넨 것은 노란색 한지에 붉은색 글씨로 쓴 종이 뭉치였다. 부적인가? 역시 진짜 퇴마사는 다르구나. 여진이 쓰는 포스트잇이랑은 차원이 달라 보였다. 정우는 삼단봉을 마구잡이로 휘두르며 다른 손으로는 남자가 건넨 부적을 던졌다.

"저리 가! 가라고!"

몇 개는 빗나갔고, 몇 개는 그림자에 명중했다. 성가시다는 듯 그림자는 날아온 부적을 움켜쥐었다. 그리고 순간 무언가에 놀란 듯 몸집을 크게 부풀렸다가, 몸의 힘을 탁 풀더니 검은 형체로 돌아갔다.

시커먼 손톱이 박혔던 종아리가 욱신욱신 아팠다. 절뚝거리며 일어난 정우는 계단에 걸터앉아 청바지를 걷었다. 손톱이 박혔던 자리는 흔적도 없었다. 정우의 상처를 확인한 남자가 말했다.

"정신 차려. 기절하면 원기가 몸에 침입해. 네 친구 다리처럼 된다고. 그러면 앞으로 몇 년 동안은 쭉 재수가 없어지니까 이 악물고 버텨."

그 말에 정우는 차라리 제발 기절하고 싶다는 생각을 버렸다. 절대 기절하지 말아야지. 입술을 깨물고 버텼다.

"내 꿈에 나타나는 그림자가 저거야?"

"글쎄. 꼭 그렇지만도 않아. 이 흉가는 지금 거의 귀신의 집이나 다름없어서. 원귀가 떼거리로 나타나도 이상하지 않거든."

조금 전 정우를 공격했던 그림자는 검은 기운으로만 보일 정도로 흩어졌다가 다시 모이기를 반복했다. 이제는 검은 연기나 매연 정도로 보였다.

정우는 그림자를 보다가 문득 자기 목덜미를 내려다보았다.

목을 칭칭 감고 있는 무언가의 꼬리가 보였다. 검은 비늘이 달린 피부에서는 윤기가 흘렀다. 놀라지는 않았다. 이게 여진이 이야기한 그 검은 뱀이구나, 하는 생각만 들었을 뿐. 이 뱀은 지서현의 목을 졸라 죽이고, 저주받은 영상을 본 사람들을 죽이고, 이제는 자신과 여진의 목숨마저 노리고 있었다.

정우는 천천히 입술을 달싹였다. 목소리는 간신히 떨리지 않고 나왔다.

"어떻게 해야 하는 건데?"

"저주의 매개체만 태워서 없애버리면 끝나는 저주는 아닌 모양이야. 그러니 본체를 찾아야지."

"본체?"

"그림에 깃든 원혼 말이야."

"그걸 어떻게 찾을 수 있는데?"

"그건 내가 해야 하는 일이고. 너는 이대로 1층으로 내려가. 그리고 뒤도 돌아보지 말고 현관문으로 달려. 1층의 잡귀들은 2층의 이놈에게 붙들려 있어서 딱히 신경 쓸 거 없고 이놈은 내가 붙잡고 있을 테니까 당장 쫓아가지는 않을 거야."

그 말에 정우는 고개를 저었다. 남자는 혀를 차며 중얼거렸다.

"너 말 참 더럽게 안 듣는다."

"그렇다는 얘기 많이 들어."

"네 맘대로 해라."

남자는 그렇게 말하고는 아래쪽 계단을 흘긋 쳐다보았다. 그리고 무슨 생각인지 복도 쪽으로 향하는 대신 그대로 계단 아래로 내려갔다.

정우 역시 남자의 뒤를 따라가려고 했다. 그런데 그 순간 무언가에 붙들렸다. 붙들렸다는 건 말 그대로의 의미였다. 정우는 손가락 하나 까딱할 수 없었다. 무언가가 온몸을 촘촘한 밧줄로 묶은 것 같았다. 눈동자를 움직이는 것조차 쉽지 않아서 남자의 움직임을 눈으로 좇는 것조차 힘겨웠다. 목구멍에서 목소리도 나오지 않아 남자를 부를 수도 없었다. 남자는 정우에게 생긴 이변을 눈치채지 못한 듯, 계단 아래로 사라졌다.

복도가 순식간에 어둠 속에 잠겼다. 불빛이라고는 정우가 손에 든 핸드폰에서 나오는 것뿐이었는데 그것도 복도 바닥을 향하고 있으니 별 소용이 없었다.

고개를 돌리지도 못하고 정면만 응시하고 있는데, 그림이 걸려 있는 쪽에서 우우우, 하는 소리가 들리기 시작했다. 정우는 순식간에 그림 앞까지 끌려갔다. 사방이 어두워서 무엇도 보이지 않았지만, 그 그림이라는 것은 알 수 있었다. 정우는 저도 모르게 그림에 손을 뻗었다. 그림이 정우의 손에 닿자 무언가가 천천히 미끄러지듯 정우의 몸으로 들어왔다.

하늘과 땅이 빙빙 돌고, 머리가 깨질 듯이 아프기 시작했다. 동시에 드디어 밧줄에서 풀려난 듯 몸이 가벼워졌다. 정우는 비로소 눈을 감았다 떴다.

그런데 눈앞에 칠흑 같은 어둠이 아니라 햇빛이 보였다. 햇볕이 내리쬐는 듯이 뜨거운 것을 보아하니 한낮인 것 같았다. 정우는 낡은 돗자리 위에 무릎을 꿇고 앉아 있었다.

여기가 어디지? 조금 전까지 분명 그 흉가에 있었는데?

그러나 생각을 이어갈 틈이 없었다. 생전 처음 듣는 악기 소리가 고막을 찢을 듯이 울리고 있었다. 그중에 가장 시끄러운 건 방울 소리였다. 멀리서 울리는 것처럼 희미했던 무령(巫鈴) 소리가 귓가에 대고 흔들어대는 것처럼 점점 가까워지고 있었다. 정신이 조금씩 돌아오며 주변을 두리번거리자, 정우의 앞에 있던 누군가가 벼락처럼 "눈을 감으래도!"하고 소리쳤다.

그 목소리에 반사적으로 눈을 감았다 떴다. 그러자 허여멀건 얼굴을 한 여자와 눈이 마주쳤다. 여자는 원래 얼굴을 알아볼 수 없을 정도로 짙은 화장에, 알록달록한 색의 한복을 입고 있었다. 무당인 것은 어렵지 않게 알아볼 수 있었다. 무당은 방울을 흔들며 제자리에서 몇 번 더 뛰더니 홱 돌아 정우의 앞으로 다가왔다. 그러더니 정우의 입을 억지로 벌리고 무언가를 집어넣었다.

반사적으로 캑캑거리며 그것을 뱉어내려 했으나 몸뚱이가 말을 듣지 않았다.

마치 자기 몸이 아닌 것처럼.

정우는 그제야 자기 몸을 내려다보았다. 손의 크기가 작고 손가락이 지나치게 가늘고 가냘팠다. 여자의 손 같았다. 분명 원래의 자기 손은 아니었다. 이상한 것은 자신의 손이 아닌데도 촉각이나 무언가를 만졌을 때의 감각만은 분명하게 느껴진다는 것이었다. 꿈이라기에는 지나치게 생생했다. 이 몸뚱이의 주인이 느끼는 공포와 두려움까지 전염될 정도로.

무당은 정우의, 아니 정우가 자신이라고 생각했던 누군가의 입속에 다시 무언가를 집어넣었다. 입안에 까끌까끌하게 돌아다니는 감촉으로 보아 쌀인 듯했다. 무당은 이어서 긴 명주 천으로 정우의 입을 막고 칭칭 감았다.

입에 남아 있던 쌀은 강제로 목구멍으로 넘어갔다.

그러고 나서 무당은 뒤를 돌아 누군가에게 다가갔다. 그쪽에 작고 왜소한 노인이 한 명 앉아 있었다. 얼굴에 병색이 완연하고 핏기라고는 조금도 없어서 창백해 보일 정도였다. 곧 죽을 노인 같았다. 그리고 그 옆에는 아는 얼굴이 보였다. 남자가 데리고 간 집에서 보았던 장호철 작가의 부인이었다. 노부인은 손수건으로 연신 눈가를 훔치며 무어라 중얼거리고 있었다. 정우는 그 사람을 향해 이 몸뚱이의 주인이 무어라 외치는 소리를 들었다.

할머니.

분명 할머니라고 불렀다.

그 순간 벼락에 맞은 듯한 깨달음이 내려왔다. 정우는 노부인의 옆에 앉아 있는 병색이 완연한 노인이 장호철이라는 걸 알았다. 죽을병으로 투병 중이라던 시기의 장호철 작가인 듯했다. 굿이니 뭐니, 하는 소리를 들었을 때도 그저 무병장수를 기원하는 의례겠거니 했다. 그러나 이 상황과 분위기는 어디로 보나 정상적이지 않았다.

분노와 원망으로 몸이 덜덜 떨렸다.

이 몸의 주인이 그 순간 가장 강렬하게 느끼는 감정은 배신감이었다.

시선을 조금 아래로 떨구자, 보라색 원피스가 보였다. 보라색 원피스, 그리고 머리를 하나로 올려 묶었던 집게 핀이 보였다. 꽃무늬 집게 핀은 바닥에 떨어져 더러워진 지 오래였다.

무당은 정우의 옷 속에 붉은 글씨로 쓴 천을 집어넣었다. 그리고 조금 전과 같이 긴 명주 천으로 감아 둘렀다.

그리고 정우의 머리채를 잡고 질질 끌어 어딘가로 향했다.

눈앞에 작두가 보였다.

미친 듯이 소리를 지르고 몸부림쳐도 목에서는 소리가 나오지 않고 손가락 하나 까딱할 수 없었다. 미친 거 아냐. 저걸로 도대체 뭘 하려고? 정우가 그렇게 생각한 순간 단단한 무언가가 뒤통수를 후려쳤다.

곧 시야가 새까맣게 물들었다.

그러나 정우의 정신은 이 여자의 몸뚱이에서 빠져나오지 못했다. 정신을 잃은 것은 이 여자지, 정우가 아니었기 때문이다.

시간이 얼마나 흘렀을까.

시간의 흐름을 몸으로 느낄 수도 없었기에 정우는 하염없이 기다릴 수밖에 없었다. 기다리는 동안 여자의 감정이 전이되었는지, 분노와 적개심이 온몸을 강렬하게 뒤흔들었다.

이대로 혼자만 죽지는 않겠다.

다 죽여버릴 거다.

물론 이것은 정우의 생각이 아니었다. 그러나 아무것도 없는 어둠 속에 갇힌 채 시간이 계속 흐르자, 정우의 감정 역시 계속해서 들리는 목소리에 동화되었다. 어쩌면 이대로 계속 빠져나오지 못하는 게 아닐까? 이런 어딘지도 모르는 곳에 갇혀 죽을 수도 있다는 생각이 뒷덜미를 오싹하게 했다.

그 순간 정우는 멀리서 자기를 부르는 소리를 들었다. 어디선가 들어본 적이 있는 목소리였다. 그 목소리가 정우의 이름을 한 번, 두 번, 그리고 세 번 불렀다.

내 이름을 어떻게 알지?

그 생각과 동시에 정우는 순식간에 어둠 속에서 빠져나왔다. 아니, 빠져나왔다기보다는 끌어올려졌다는 표현이 정확했다. 정우는 물속에서 막 끌어올려진 사람처럼

캑캑거렸다. 오래 숨을 참았던 것처럼 숨이 잘 쉬어지지
않았다. 호흡이 안정되자 곧 공포가 온몸을 지배했다. 요
란한 방울 소리와 위아래로 펄쩍펄쩍 뛰어오르던 무당,
그리고 마지막으로 본 작두까지. 정우는 덜덜 떨며 자신
의 이름을 부른 이를 붙잡았다.

남자는 허물어지는 정우의 몸을 붙잡고는 잠시 그대
로 가만히 있어 주었다.

그리고 얼마간의 시간이 지난 후, 정우는 머쓱한 기분
으로 겨우 일어나 섰다.

왜 그렇게까지 무섭다고 생각했던 거지?

이해할 수 없었다. 그동안 정우는 공포 영화를 수십,
수백 편 보았고 평소에 그 굿 장면보다 잔인한 것을 보기
도 했다. 고어에 가까운 영화도 눈 하나 깜짝하지 않고 보
는 편임에도 불구하고 조금 전에는 무섭다는 생각으로
돌아버리는 줄 알았다. 내 것이 아닌 감정을 마치 내 것처
럼 느낀 탓에 솔직히 지금도 쉽사리 진정되지 않았다. 내
가 본 게 다 무어란 말인가. 왜 내가 다른 사람의 몸에 들
어가 그 사람이 보는 것을 본단 말인가. 정우는 이걸 무엇
이라고 불러야 할지조차 알 수 없었다. 임사체험? 어쨌든
죽다 살아난 것 같으니 임사체험이란 말이 어울릴지도
모르겠다. 그런데 그때 남자가 말했다.

"너… 영력이라고는 쥐뿔도 없는 줄 알았는데 그게
아니었나 보네."

그 말에 간신히 정신이 들었다. 정우는 멍한 얼굴로 되물었다.

"영력이 뭐?"

"네 친구가 말 안 해주든?"

"뭘?"

"영력이 상당히 강해서 뭐든 틈타기 쉬운 몸이야. 쉽게 말하자면 열린 문이라고 할까. 이랬으면 어릴 때부터 귀신이 보이고 들리고 했을 텐데. 어떻게 여태 멀쩡하게 살았지?"

남자는 혼잣말을 중얼거리더니 곧 혼자 알아서 결론을 내렸다.

"아, 네 친구 때문인가? 걔는 영력이 아주 강하지는 않은데 특이 체질인 것 같더라고. 그런 애가 옆에 붙어 있으면 웬만한 건 주변에 얼씬도 못 하지."

이 새끼가 도대체 무슨 소리를 하는 거지? 정우는 제대로 돌아가지 않는 머리로 생각했다. 영력이고 뭐고 나좀 인제 그만 누워서 쉬고 싶다. 그러나 쉴 틈 따위는 없었다. 정우는 남자에게 질질 끌리다시피 아래층으로 내려왔다. 간신히 한쪽 다리를 짚고 서자 남자가 말했다.

"아무튼 잘 됐어. 네가 빙의 상태에서 그 원귀를 붙잡아준 덕분에 일이 조금 쉬워졌어."

그게 무슨 소리냐고 묻기도 전에 남자는 정우의 손에 아까 전의 그 토치를 쥐여주었다. 흔들어보니 부탄가스 통에는 아직 가스가 많이 남아 있었다. 남자가 물었다.

"그거 쏠 줄 알아?"

"할 줄은 아는데… 이걸 왜 나한테 줘?"

"네가 해야 하니까."

"내가? 왜?"

"네가 저것의 감정에 공명했으니까. 너밖에 할 수 없어. 저게 너한테 뭔가 보여줬지?"

보여주기야 했다. 의미 모를 굿 장면을. 아니, 의미를 모른다고 하기에는 어폐가 있었다. 그 노부인과 장호철 작가의 얼굴을 봤으니까. 그리고 보라색 원피스를 입은 여자. 그 여자는 아마도 저 위층에 걸려 있는 그림의 주인공일 터였다. 그렇다면 어렵지 않게 추론할 수 있다. 그 여자가 장호철 작가의 손녀라는 것을. 그리고 그건 죽기 직전의 기억이었을 것이다. 그 손녀가 죽을 때 느낀 가장 강렬한 감정을 정우는 마치 자신의 것인 양 느꼈다.

정우가 고개를 끄덕이자 남자가 말했다.

"네게 보여주고자 했기에 보인 거야. 나는 아무리 해도 안 되더라고."

"굳이 왜 나한테?"

"그거야 나도 모르지. 귀신이 하는 일이 이해되면 내가 귀신이지, 산 사람이야?"

그렇게 말하니 또 할 말이 없었다. 정우는 입을 다문 채 남자가 건넨 부탄가스 통을 꽉 쥐었다.

"내 말 잘 들어. 아까 봤듯이 그림을 태우는 건 아마 효과가 없을 거야. 2층으로 올라가면 가장 먼저 그림과 제일 가까운 방으로 가. 그리고 그 방 안에서 뭔가 수상한 것이 없나 찾아."

"수상하다는 게 뭔데?"

"보면 알아. 그냥 누가 봐도 수상해 보이는 거."

그렇게 말해도 감이 오지 않았다. 수상해 보이는 걸로 치면 남자와 남자가 건네준 부탄가스 통이 가장 수상했다. 이런 걸 들고 다니면 방화범으로 오해받을 것이다.

"정 안 되면 이 집을 통째로 태워버리는 방법도 있어. 하지만 그건 별로 추천하고 싶지 않아. 잘못하면 잡혀갈 수도 있고… 재수 없으면 죽을 수도 있으니까."

남자는 아무렇지도 않은 얼굴로 무서운 소리를 지껄였다. 죽을 수도 있다는 말에서 잠시 표정이 어두워진 것 같았지만, 이내 그런 기색은 씻은 듯이 사라졌다.

"무슨 그런 무서운 소리를 해? 너 말하는 게 양여진이랑 똑같다."

"정 방법이 없으면 그렇게 할 수도 있다는 소리야. 너나, 양여진이나 시간이 얼마 남지 않았어. 오늘 새벽을 넘기기 힘들 수도 있어."

"시간?"

"너 〈링〉 안 봤어? 저주의 비디오테이프를 보고 나서 일주일이면 죽잖아."

"그건 영화니까 가능한 일이잖아!"

"너 진짜 그게 영화라 가능한 일이라고 생각해? 네 목에 감긴 거 안 보이냐?"

정우는 그제야 시선을 조금 내렸다. 쉭쉭 거리는 소리를 내는 뱀 머리가 보였다. 금방이라도 머리를 쳐들고 이빨을 드러낼 것 같았다. 게다가 이제는 저 뱀이 내는 소리까지도 들린다. 기겁하곤 도로 시선을 돌리자, 남자가 말했다.

"이제 올라가. 내가 셋을 셀 테니까 하나, 둘, 하면 뒤도 돌아보지 말고 뛰어."

"가, 같이 안 가?"

"못 가는 거지. 내가 어느 정도는 잡고 있어야 복도가 그 지랄이 안 날 거 아냐."

정우는 조금 전 2층 복도가 어땠는지 기억하고 있었다. 미친놈처럼 위아래로 출렁댔었지. 그 복도를 건너갈 방법을 남자는 알고 있는 모양이었다. 그리고 그러려면 정우 혼자 2층으로 올라가야 했다.

"아, 이것도 가지고 가."

남자는 품속에서 부적 뭉치를 다시 꺼냈다. 붉은 글씨로 적혀 있던 노란 부적. 그런데 이번에 꺼낸 종이에는 글씨가 적혀 있지 않았다.

정우가 의아한 심정으로 쳐다보고 있을 때, 남자는 손가락을 이로 물어뜯었다. 살점이 떨어져 나갈 정도로 강하게 물어뜯은 탓에 피가 바닥에 뚝뚝 떨어지기 시작했다. 보는 사람이 다 아플 정도였건만 남자는 눈썹 하나 까딱하지 않고 부적 안에 글씨를 새겨넣었다.

붉은색 염료가 아니라 피로 쓴 글자였구나.

정우는 멍하니 남자가 쓰는 글씨를 쳐다보았다. 분명 뭔가 멋들어진 한자를 멋진 필체로 써주리라. 두근거리는 심정으로 쳐다보고 있는데, 이윽고 남자가 쓴 것은 정우도 알아볼 수 있는 단어였다.

"이게 뭐야. 죽어라, 뒤져라?"

"뭘 기대했어?"

"아니, 악귀 멸살 뭐 이런 거 아니고? 그냥 죽어라, 뒤져라가 끝이야?"

"효과만 있으면 됐지, 뭘 따져? 너 영화나 애니메이션을 너무 많이 본 거 아니야?"

남자는 혀를 차고는 정우의 손에 억지로 그 노란 종이를 쥐여주었다.

정우는 한 손에는 부탄가스 통을 쥐고, 다른 한 손에는 남자가 준 노란 종이를 쥔 채 심호흡을 했다. 2층으로 올라가는 계단 쪽은 어두워 새까맣게 보일 정도였다. 정말로 나 혼자 올라가도 되는 거 맞아? 뒤늦게 남자에게 물으려고 했으나 남자는 이미 정우를 내버려두고 1층 어딘가로 사라져 보이지 않았다. 이 어둡고 텅 빈 복도에 오롯이 혼자였다.

그때 멀리서 남자가 외치는 소리가 들렸다.

하나.

그리고 조금 쉬었다가 다시 한번 더.

둘.

그 소리가 들리자마자 정우는 계단을 뛰어오르기 시작했다. 그런데 몇 호흡이면 도착해야 했을 2층 복도가 보이지 않았다. 아무리 달려도 계단이 다시 나타났다. 끝이 없는 에스컬레이터를 달리는 기분이었다.

도대체 이 새끼는 뭘 하는 거야?

복도가 움직이는 걸 막아준다던 남자는 하나, 둘, 하는 소리를 외친 이후로 감감무소식이었다. 무슨 짓을 하는 건지, 그것도 아니면 원귀에게 당한 건지 알 수 없었다. 어쨌거나 계단을 계속 오르는 수밖에 없었다. 정우는 계속해서 계단을 올랐다. 처음에는 뛰다가, 종내에는 기다시피 겨우겨우 걸었다. 무거운 추를 달아놓기라도 한 듯 다리가 천근만근이었다. 정우가 평소 다니는 헬스장에 천국의 계단이라는 운동 기구가 하나 있는데, 그때 그 운동 기구에 오르면서 했던 생각을 되풀이했다. 천국의 계단은 무슨, 이게 지옥의 계단이지. 개뿔 이런 게 무슨 천국이야? 정우는 이윽고 아래층을 향해 소리를 지르기 시작했다. 그러나 그렇게 기어가는 동안에도 남자 쪽에서는 아무런 응답이 없었다.

지금 이게 걷고 있는 건지, 기고 있는 건지.

정우는 몇 번째인지 모를 계단을 올랐다. 이쯤 되자 아무런 생각도 들지 않았다. 조금 전 환영 속에서 보았던 굿 장면도, 무서웠던 무당의 얼굴도, 입안을 까끌까끌하게 돌아다니던 쌀알의 감촉도. 이제는 먼일처럼 느껴졌다.

정우는 천천히 제자리에 멈춰 섰다. 그러나 계단이 에스컬레이터처럼 움직이지는 않았다. 계단참에 잠시 걸터앉은 채 숨을 몰아쉬자, 정우의 숨소리가 어두컴컴한 복도를 가득 채웠다. 며칠째 제대로 잠도 자지 못하고 밥도 먹지 못한 탓에 머릿속이 뒤죽박죽이었다.

문득 어젯밤 잠시 눈을 감았을 때 꾸었던 꿈이 떠올랐다.

정우의 꿈에 나타나는 그림자는 이제 정우의 바로 위, 그러니까 머리맡까지 와 있었다.

그리고 기억났다. 지난밤 꿈에서 무엇을 봤었는지.

보자마자 기절할 정도로 끔찍한 얼굴의 귀신을 본 것도, 시체의 악취에 기절할 만큼 놀란 것도 아니었다.

눈을 떴을 때 정우가 본 것은 창문 건너편 간판에 반사된 창백한 푸른 빛으로 희미하게 빛나던 자신의 얼굴이었다.

창백한 얼굴 바로 밑.

목에 칭칭 감겨 있는 검은 뱀이 보였다.

그리고 정우는 곧 깨달았다. 자기 얼굴이라고 생각했던 그 얼굴은 실은 자기 얼굴이 아니라는 것을. 그건, 자신과 함께 컸다면 그 정도 나이가 되었을 형제의 얼굴이었다. 어떻게 단번에 내 얼굴이 아니라는 것을 눈치채지 못했나? 그야 너무 오래된 기억이기 때문이었다.

원래 정우에게는 다섯 살 터울이 나는 형이 하나 있었다. 지금 와서 기억나는 건 몸에 안 맞는 헐렁한 병원복을 입은 형 모습뿐이었다. 그걸 보며 무슨 생각을 했더라? 형제는 유독 얼굴이 쌍둥이처럼 닮았었고, 나와 소름 끼치도록 닮은 얼굴을 한 형의 모습이 어쩌면 내가 될 수도 있었던 미래를 보는 것 같다고, 나는 그저 운이 좋았을 뿐이라는 생각을 했었던 것 같다. 물론 정우는 그런 생각을 입 밖으로 내뱉어서 부모님의 속을 뒤집어 놓는 멍청한 짓은 하지 않았다.

장례식은 조용히 치러졌다. 형이 죽고 얼마 지나지 않아 정우는 그 당시 살던 아파트 현관 옆 반지하 기계실에서 형을 보았다.

그 기계실 입구는 항상 잠겨 있었는데, 입구 옆에 조그만 창문이 하나 있었다. 어른이 지나다니기에는 너무 작고, 어린애 머리 하나 정도가 간신히 들어갈 만한 좁은 창문이었다. 그런데 어느 날 그 창문이 열려 있는 틈에 축구공이 그 안으로 굴러 들어가고 말았다. 그 축구공으로 말하자면 정우가 일곱 번째 생일 선물로 받은 새것이었고, 정우는 축구공 없이 주말을 보내기 싫었다. 창문으로 머리를 들이민 것은 그래서였다. 머리가 들어가기만 하면 어떻게든 들어갈 수 있다는 이야기를 어디선가 들었던 것 같은데, 당연하게도 몸통이 중간에 끼는 바람에 오도 가도 못하는 신세가 되고 말았다. 몸이 앞으로 나아가지도 못하고, 뒤로 나오지도 못한다는 사실을 깨달았을 때 정우는 엄청난 공포에 사로잡혔다. 이대로 평생 여기 낀 채로 살아야 하는 건 아니겠지? 아무도 나를 구하러 오지 않으리라는 비이성적인 공포가 이성을 마비시켰다. 정우는 몸부림을 치며 울고 소리쳤다. 그러나 하필이면 그 시각에 아파트를 지나는 주민이 하나도 없는 듯했다. 어린 애가 우는 소리가 들리면 누구 하나라도 들여다볼 법한데 말이다.

반지하의 칠흑 같은 어둠 속에서는 이름 모를 기계들과 파이프들이 윙윙거리는 소리를 내며 돌아가고 있었고, 어느 순간 정우는 그 소음에 넋을 놓았다.

정우가 형의 모습을 발견한 것은 그때였다.

반지하 속 어둠에서 몸을 웅크리고 있던 무언가가 허리를 펴고 일어나 정우가 매달려 있는 창문까지 천천히 걸어왔다. 코앞에까지 와서야 정우는 그것이 형이 늘 입고 있던 병원 환자복이라는 것을 알아보았다. 소매가 늘어진 환자복이 정우의 눈앞에서 팔락였다.

말도 안 돼. 형이 여기에 있을 리가 없어.

왜냐하면… 형은 죽었으니까.

몽롱한 와중에도 그런 생각이 먼저 들었다. 형이 죽은

것은 다 나 때문이기에. 정우는 부모님이 떠들어대는 소리를 몰래 엿들었다. 조직 적합 이식 유전자가 맞는 사람을… 정우가 정민이한테 주면… 원래 그러려고 낳은 거잖아… 조금만 희생하면 형을 살릴 수가 있는데… 너는 무슨 애 아빠라는 사람이 그런 소리를… 대부분의 이야기는 알아들을 수 없었지만, 정우가 조금만 희생하고 참으면 형을 살릴 수 있다는 말만은 알아들었다. 이야기가 오고 간 지 며칠 후, 정우는 무슨 검사라는 명목으로 주사를 맞고 피를 뽑아야 했다. 그러나 결과는 불일치였다. 그로부터 얼마 지나지 않아 결국 형은 세상을 떠났다.

죽을 때와 똑같은 모습으로 나타난 형이 말했다.

"여기서 뭐 해?"

뭘 하냐니… 반지하 창문에 몸이 끼어서 빼도 박도 못하는 신세인 걸 보고도 모르는 건가. 죽은 형이 건넨 말이 너무도 일상적인 질문이라 정우는 순간 형이 죽은 건 다 내 착각이고, 사실은 그게 다 꿈이었을지도 모른다고 생각했을 정도였다. 어쩐지 죽은 형이 갑자기 홀연히 나타났다는 사실이 무섭게 느껴지지 않았다.

"보면 몰라? 나 좀 도와줘."

조금은 퉁명스럽게 나온 말에 형은 웃었다.

"너 꼭 마리오 같다. 파이프에 낀 마리오. 아니다, 넌 말랐으니까 루이지에 가까운가?"

형은 병원에서의 시간 대부분을 닌텐도를 하며 지냈다.

"형은 지금 그런 소리가 나와?"

"안 나올 건 또 뭐야."

"그러면 형이 마리오야?"

마리오라기에는 지나치게 비쩍 말랐지만, 일부러 그렇게 말했다. 정우는 형을 다시 볼 수 있다면 무슨 말을 할지 생각해본 적이 있었다. 그러나 막상 눈앞에 형이 나타나니 무슨 말을 해야 좋을지 알 수 없었다. 실없는 소리만 자꾸만 입 밖으로 튀어나오는데 이상하게 눈물이 날 것 같았다. 형이 말했다.

"아니, 아니. 나는 따지자면 키노피오지."

"피치 공주가 아니고?"

"'혹시 세계에서 가장 존재감 없고 믿음직스럽지도 않은 루이지 님?'"

그 말에 정우 역시 웃고 말았다. 형이 이어서 말했다. 키노피오를 흉내 내듯 우스꽝스러운 말투였다.

"'우리 예전에 만난 적이 있나요? 완전히 잊어버렸어요. 역시 존재감이 없군요.'"

귀신에게 존재감이 없다는 소리를 듣다니 그것도 웃기는 노릇이었다. 정우는 배가 아플 정도로 웃었다. 반지하 창문에 낀 채로 이렇게 웃을 수 있다는 것도 이상한 일이었다. 하지만 그 당시엔 이상하다는 생각도 하지 못했다. 형은 정우가 배가 아파 더 이상 못 웃겠다고, 웃지 말라고 호소하고 나서야 우스갯소리를 멈췄다. 그리고 정우의 앞에 쪼그려 앉아 정우의 이마에 손가락을 얹었다.

"인제 그만 가."

"가고 싶어도 못 간다니까. 나 여기 낀 거 안 보여?"

"네 힘으로 빠져나올 수 있어. 네가 못 나간다고 생각하니까 못 가는 거지."

형은 그렇게 말하고는 정우의 이마를 검지로 꾹 눌렀다. 그러자 신기하게도 몸이 창문에서 서서히 빠져나오기 시작했다. 조금만 힘을 주자 곧 몸이 완전히 뒤로 빠져나왔다.

기뻐서 소리를 왁, 지르고는 형에게 이야기하려고 고개를 다시 반지하 창문 쪽으로 돌리자, 그곳엔 아무도 없었다. 그 자리에는 처음부터 아무것도 없었던 것처럼 칠흑 같은 어둠과 기계 소리만 가득했다. 정우는 식은땀으로 흠뻑 젖은 티셔츠로 얼굴을 훔쳤다. 얼굴이 눈물범벅이었다. 그때 마침 지나가던 여진이 정우를 발견해 집에 데려다놓지 않았다면 한참을 그러고 있었을 것이다. 시간이 한참 흐른 뒤에 여진은 그때를 회상하며 이렇게 말했다.

"너 혼자 말하고 혼자 울고 난 네가 미친 줄 알았어."

차라리 미친 게 나았을지도.

그 일은 오랫동안 아무에게도 이야기하지 못했다. 그런데 왜 하필이면 지금 그 일이 떠오른 걸까? 형의 얼굴을 본 게 너무 오랜만이라 그런지도 몰랐다. 아니, 형이 어른이 되었다면 그렇게 성장했을 것 같다고 상상했던 얼굴이니 엄밀히 말하자면 형의 진짜 얼굴은 아니지만.

정우는 다시 일어나서 계단을 오르기 시작했다. 이마에서 흐른 땀이 눈가를 지나 볼을 타고 아래로 뚝뚝 떨어졌다. 정우는 입속으로 형의 말을 되뇌었다. 네 힘으로 빠져나올 수 있어. 네가 못 나간다고 생각하니까 못 가는 거지. 그때야 겨우 창문이었으니까 빠져나올 수 있었던 거지, 이 끝도 없이 이어지는 계단을 어떻게 빠져나갈 수 있단 말인가? 정우는 어쩌면 그때 만났던 형이 제가 만들어낸 환상이었을지도 모른다고 생각했다. 어렸던 그때 가장 듣고 싶었던 말이 그거였나 보지. 아무도 나에게 그렇게 말해주지 않았으니까. 그렇다면 내가 나에게 그렇게 말해줄 수밖에 없다. 네 힘으로 빠져나올 수 있다고.

네가 지금 빠져 있는 진창이 무엇이든.

그 순간 계단이 끝났다. 위로 올라가는 계단을 밟았는데 허공을 밟은 발이 바닥으로 쑥 내려왔다. 그리고 2층 복도가 보였다. 정우는 가까스로 발을 끌어 2층 복도로 들어왔다. 복도는 아까처럼 출렁거리지도, 스스로 움직이지도 않았다. 끝없는 어둠 속에 잠긴 채 고요하게 누군가를 기다리고 있었다.

정우는 발을 앞으로 디뎠다. 남자는 분명 그림과 가장 가까운 방이라고 했다. 그 방 안에서 수상한 물건을 찾으라고. 정우는 서두르지 않고 걸었다. 사실 다리에 쥐가 날 것 같아서 빨리 달릴 수가 없었다. 이윽고 문 앞에 다다라 문고리를 잡아당기자, 문은 아무런 저항 없이 스르륵 열렸다.

문 안으로 들어선 정우는 일단 내부를 살폈다. 침대와 책상, 장롱이 하나씩 있는 평범한 방이었다. 이상한 점은 다른 방은 전부 짐이 빠져 휑한데 이 방만 아직도 짐이 가득하다는 점이었다. 마치 아직도 사람이 사는 방처럼. 물론 사람이 살았던 흔적만 있을 뿐, 정리가 되지 않아 더러운 건 똑같았다. 들추는 자리마다 먼지가 풀썩거렸다.

제일 먼저 책상 서랍을 차례차례 열었다. 첫 번째 칸과 두 번째 칸에는 아무것도 없었고, 세 번째 칸에는 오래된 만년필과 잉크, 노트가 한 권 들어 있었다. 아마도 일기인 것 같았다. 표지는 손때가 잔뜩 타 있었는데 내부는 텅 빈 백지상태였다. 딱히 수상한 점은 없는 듯해서 서랍을 닫았다. 장롱 역시 마찬가지였다. 문을 열자 오래된 나프탈렌 냄새가 코를 찔렀다. 오래되어 관리가 되지 않은 옷들이 일렬로 걸려 있을 뿐, 별다른 수상한 점은 찾을 수 없었다. 이 방의 주인은 여자였던 건지 장롱에 걸린 건 죄 여자 옷들뿐이었다.

도대체 그 남자 기준에서 수상하다는 건 뭘 말하는 거지?

딱 봐도 수상하다는 건 무슨 의미지?

머리를 굴려 봐도 알 수 없었다. 정우의 기준에서 이

방은 지나치게 평범했다.

장롱문을 닫고 돌아서자, 그 순간 방문이 쾅, 소리를 내며 닫혔다. 정우는 달려가 문고리를 쥐었다. 그러나 분명 아까 전 열렸던 문은 꿈쩍도 하지 않았다. 두드리고 문고리를 마구 흔들고 소리쳐도 마찬가지였다.

그 순간 귀를 찢는 듯한 웃음소리가 방 안을 가득 채웠다.

여자인지, 남자인지, 그것도 아니면 어린아이인지, 노인인지 가늠이 안 되는 목소리였다. 정우는 귀를 막고 문 앞에 주저앉았다. 웃음소리는 귀를 막아도 계속되었다.

결국 문을 여는 것은 포기했다. 문을 여는 것보다 남자가 말한 수상한 물건을 찾는 게 빠를 것 같았다. 시선을 다시 방 안으로 돌렸다. 조금 전 뒤졌던 책상 서랍을 다시 열었다. 비어 있는 두 칸, 그리고 마지막 세 번째 칸. 일기장을 꺼내 펼치자 페이지가 스스로 넘어가기 시작했다. 그러자 방 안을 채우고 있던 웃음소리가 뚝 멎었다. 기괴한 목소리는 이제 같은 말을 반복하기 시작했다.

— 이대로 혼자만 죽을 줄 알고?

— 다 죽여버릴 거다.

반복되는 목소리에 속이 다 메슥거렸다. 정우는 토치를 쥔 손을 올렸다. 이 일기장인 것 같았다. 이걸 태워야 한다. 수상한 물건이 어째서 아무것도 쓰여 있지 않은 일기장인가, 알 수 없었지만 이걸 태워야 한다는 것만은 확실했다.

　그러나 토치 손잡이를 당기기 전, 어깨에 갑자기 무언가가 내려앉은 것처럼 묵직해졌다. 목덜미에 매달린 뱀의 무게보다 훨씬 묵직한 질량이었다. 정우는 고개를 돌리고 싶지 않았다. 그러나 이놈의 호기심이 죄지, 정우는 결국 고개를 돌렸다. 그리고 자기 어깨 위에 올라탄 무언가의 발을 보았다. 신발도 신지 못한 맨발이었다. 새카맣게 물든 맨발은 마치 불에 탄 것처럼 보였다. 이윽고 그 발의 주인이 정우의 어깨 위에서 뛰기 시작했다. 한 번 뛸 때마다 몸이 푹 앞으로 고꾸라질 것처럼 휘청거렸다. 손에 쥔 토치를 놓칠 것만 같았다. 정신을 잃을 것 같은 공포 속에서 정우는 필사적으로 버텼다. 이 토치가 그의 생명줄이라는 것은 자명했다. 사실 저항할 수 있는 무기라고는 이것뿐이었다.

　정우는 토치를 쥔 손을 마구 휘둘렀다. 그러나 어깨 위에서 뛰고 있는 무언가의 털끝 하나 건드릴 수 없었다. 저쪽에서는 이렇게 물리력을 행사할 수 있는데, 자신 쪽에서는 그럴 수도 없다니 불공평했다. 그러나 불공평하거나 말거나 귀신은 미친 듯이 뛰어대고 있었다. 정우는 거의 주저앉은 채로 주머니에서 남자가 만든 엉터리 부적을 꺼내 들었다. 그리고 그대로 펼쳐 공중에 뿌렸다. 공기 저항으로 힘없이 떨어지던 엉터리 부적은 곧 영가(靈駕)에 이끌려 그쪽으로 날아갔다. 그리고 그것의 다리와 발목에 달라붙었다. 그러자 미친 듯이 뛰어대던 그것이 뚝 멈춰섰다. 그사이 정우는 반대쪽 손에 있던 토치 손잡이를 쥐었다. 정신없는 통에 일기장이 바닥에 떨어져 있었다. 일기장을 향해 토치 손잡이를 당기자, 불길이 뿜어져 나왔다.

불길에 휩싸인 일기장에서 공기를 찢는 듯한 비명이 울렸다. 분명 종이가 타는 냄새가 나야 할 텐데 그 냄새가 아니라, 머리카락을 태울 때 나는 냄새 같은 게 났다.

비명을 지르던 목소리가 이내 킬킬 웃으며 말했다.

— 희생 제물이었던 아이야.

정우는 대꾸하지 않았다. 그러나 목소리는 정우가 대답하건 말건 상관없이 말을 이었다.

— 너는 네 형의 제물이었지.

— 우리는 같아.

— 복수하고 싶지 않아?

— 희생의 대가를 치르라고 해.

말이 이어지면서 수많은 목소리가 하나의 목소리로 합쳐졌다. 그림 속으로 끌려 들어갔을 때 들었던, 보라색 원피스를 입은 여자의 목소리였다.

— 원망해봐, 저주해봐. 네 부모를 죽이고 싶지?

손을 들어 귀를 틀어막고 싶었지만 토치를 쥔 손을 손잡이에서 뗄 수가 없었다. 어떻게 된 일인지 한 번 불이 붙었던 일기장에서 불이 꺼졌다 붙었다, 반복하는 통에 몇 번이나 토치 손잡이를 다시 당겨야 했다.

다시 한번 불을 붙이며 정우는 고개를 저었다.

"나는 형의 제물 같은 게 아니야."

적어도 형은 그렇게 생각한 적이 없었다. 정우는 비좁은 병실 침대에 나란히 붙어 앉아 형과 닌텐도를 할 때를 기억했다. 나는 마리오 할 테니까, 너는 루이지 해. 그렇게 말할 법도 했는데 형은 굳이 마리오를 고집하지 않았다. 정우가 마리오 캐릭터를 잡는 날이 더 많았다. 형은 본래 그런 사람이었다. 그 반지하 기계실에서도 형은 자신이 마리오보다는 키노피오에 가깝다고 하지 않았던가. 그건 정말로 형이 할 법한 말이었다. 그렇기에 정우는 한 점의 의심 없이 말할 수 있었다.

"형은 날 제물로 삼지 않았어. 그러니까 원망하지 않아."

그 말과 동시에 일기장에서 불길이 치솟았다. 정우는 한 발짝 뒤로 물러나며 소매로 입과 코를 가렸다.

여자의 목소리는 다시 수많은 목소리로 흩어졌다.

— *왜 너만?*

— *우리는 같은데 어째서?*

— *어째서, 어째서, 어째서, 어째서, 어째서, 어째서, 어째서, 어째서, 어째서, 어째서, 어째서, 어째서, 어째서, 어째서, 어째서, 어째서, 어째서?*

정우는 그제야 이 원귀가 왜 자신에게 기억을 보여주었는지 알았다. 우리가 같다고 생각했기 때문이었다. 그러니 아무런 저항 없이 정우의 몸을 차지할 수 있으리라고 생각했기 때문이었다. 아마도 어린 시절 그 반지하 기계실에서 형의 환상과 만나지 못했더라면 이 귀신의 말에 고개를 끄덕였을지도 모른다. 그러나 그 반지하 기계실에서 형의 환상을 본 날부터 정우는 자신이 대용품이라는 생각을 버렸다. 아니, 사실은 대용품이래도 상관없었다.

그때 문이 요란한 소리를 내며 넘어갔다. 바깥쪽에서 누군가 문을 발로 찬 것 같았다. 쿵, 소리와 함께 쓰러진 문 너머에서 남자가 나타났다.

"여기서 뭐 해? 야, 괜찮아?"

어쩐지 그 얼굴이 형의 얼굴과 겹쳐 보였다. 둘은 전혀 닮지 않았는데도.

느리긴 했지만, 일기장이 불에 타며 그것이 발끝에서부터 서서히 재가 되어 사라지기 시작했다. 정우는 아까부터 맡았던 연기 때문에 콜록콜록, 하고 기침하기 시작했다. 이제 다 끝났다. 겨우 안도한 정우는 잿더미로 변한 일기장에서 토치 손잡이를 떼어냈다. 비명은 계속해서 이어지다가 사그라들었다.

남자는 저벅저벅 걸어들어와 잿더미가 된 일기장 앞에 섰다. 그런데 그 표지를 확인한 남자의 얼굴이 창백해졌다. 또 무언가가 잘못됐나? 정우는 손으로 목덜미를 한번 쓸어내렸다. 그러나 내내 짐처럼 매달려 있던 뱀은 흔적도 없이 사라진 상태였다. 어깨는 언제 무거웠냐는 듯 가볕기만 했다. 저주가 사라진 것은 분명해 보였다.

남자는 잿더미 앞에 무릎을 꿇고 앉았다. 까맣게 변한 일기장에 손을 대자 그 재가 날렸다. 정우가 물었다.

"왜 그래? 뭐가 잘못됐어?"

"아니, 그냥. 이거 말이야. 예전에 어디서 봤던 것 같아서."

"저런 무시무시한 일기장을 어디서 또 봐? 귀신 들린 일기장 같은 게 또 있어?"

"있어, 그런 게."

남자는 묘한 얼굴로 자리에서 일어났다. 그리고 엉거주춤 주저앉아 있다시피 한 정우에게 손을 내밀었다. 정우는 그 손을 잡고 일어났다.

"이제 다 끝난 거 맞지?"

왠지 불안해져서 그렇게 묻자, 남자는 고개를 끄덕였다.

"일단은 그런 거 같네."

"일단은? 그게 무슨 소리야?"

"집은 안 불태워도 되겠다는 소리야."

그러고 보니 이 남자는 일이 잘 안되면 집을 통째로 불태우겠다느니 하는 무서운 소리를 아무렇지도 않게 했었다. 그나마 집은 안 태워도 된다니 다행이었다. 정우가 안도의 한숨을 내쉬자 남자는 흘깃 고개를 돌렸다. 창밖으로 보이는 하늘이 새벽 기운으로 파르라니 물들어 있었다. 어느새 새벽이 지나고 해가 떠오르려는 모양이었다. 정우는 천근처럼 느껴지는 다리를 질질 끌며 걸었다. 그러자 의외로 남자가 정우를 부축해주었다.

2층 계단을 내려오는 동안 정우는 이 계단이 끝도 없이 이어지는 환상을 봤다며 농담을 던졌다.

"진짜로 천국으로 가는 계단인 줄 알았다니까."

집을 나올 때쯤엔 다리가 다 후들거릴 지경이었다. 이대로 집까지는 도대체 어떻게 가지? 그러다 퍼뜩 여진이 생각이 났고, 남자에게 전화기를 빌려 여진이 무사한 것까지 확인하고 나서야 조수석에 간신히 쓰러져 누웠다.

영윤의 말로는 여진에게 생겼던 검은 멍이 사라졌다고 했다.

정말로 다 끝난 모양이었다.

극도로 긴장했던 탓인지, 집으로 가는 동안 몸은 저 바닥으로 가라앉는데 정신은 점점 또렷해지기만 했다. 정우는 망설이다가 남자에게 고맙다는 말을 뱉었다. 어쨌든 여진이 무사하고, 정우 역시 무사히 그 집에서 나올 수 있었던 것은 남자가 함께 있었던 덕분이었다.

"이름이 뭐야? 나이는 몇 살인데? 왜 이런 일을 해?"
정우가 물을 때마다 남자는 "지금 그게 중요해?" 되물었다.

결국 정우의 집 앞에 도착할 때까지 남자는 아무런 대답도 주지 않았다.

그리고 정우가 내릴 때가 되어서야 남자는 입을 열었다.

"옛날에 말이야. 내 목에도 뱀이 붙은 적이 있거든."

정우는 남자가 더 이야기하기를 기다렸다. 그러나 남자는 그 말만 던져놓고 아무 말도 하지 않았다. 아니, 할 생각도 없는 것 같았다. 결국 정우가 다음 이야기를 재촉했다.

"그래서?"

"그때 어떤 목사님이 나를 구해줬어. 덕분에 뱀은 떨어져 나갔는데… 목사님이 그때 그랬거든. 이제 할 수 있는 한 평범하게, 보이지 않는 척, 들리지 않는 척 살라고. 그런데 내가 아직도 귀신이나 잡고 이러고 다니는 걸 보면 나는 결국 뱀의 저주에서 못 벗어난 거지. 그런 시시한 얘기야."

남자는 차를 세우며 말했다.

"이제 가. 다시는 보지 말자."

그 말에 정나미가 다 떨어져 정우는 차 문을 열고 나섰다. 뒤도 돌아보지 말고 가야지. 저런 놈은 이대로 그냥 잊어버리고. 그런데 성큼성큼 걸어가는 정우의 뒤에 대고 남자가 소리쳤다.

"내 말 꼭 기억해. 이번 일은 그냥, 걸어가다가 똥 같은 걸 밟은 걸로 쳐. 내가 왜 똥을 밟았나, 여기에는 왜 똥이 떨어져 있었나 같은 걸 생각할 필요 없어."

더럽게 똥똥거리네. 정우는 뒤도 돌아보지 않은 채로 가운뎃손가락을 날렸다. 그 모습에 남자는 크게 웃었다. 그리고 그대로 액셀을 밟으며 소리쳤다.

"내 이름은 임승서야. 하지만 기억할 필요 없어."

요란한 엔진 소리에 섞여 남자의 말은 드문드문 들렸다. 기억할 필요 없다고 했지만, 정우는 자신이 그 이름을 오래도록 기억할 것을 알고 있었다.

그날 멀어져 가는 붉은색 스포츠카의 뒤꽁무니를 쳐다보며 오랫동안 서 있었던 것처럼.

〈끝〉

작가의 말

어릴 때부터 무서워서 벌벌 떨면서도 공포 소설을 즐겨 보고는 했다. 매년 여름, 밤이 되면 오싹한 이야기나 인터넷에 떠돌아다니는 괴담을 찾아 읽었다. 그러고 나서 밤에 악몽에 시달리다 깬 적도 많다. 사실 그 정도로 무서워하면 무서운 이야기 같은 건 굳이 찾아보지 않아도 되는데, 호기심은 늘 공포를 이겨 먹었다.

그래서 생각했다. 어쩌면 공포나 호러라는 장르를 무서워하는 사람들이 이 장르를 좋아할 수도 있지 않을까?

정말로 무섭지 않다면 그건 보는 이에게 아무런 감흥도 주지 못할 것이다. 그러니 사실은 아주 조금은, 이런 걸 무서워하는 사람들이 찾아서 보는 거라고. 오싹하고 소름 돋는 그 느낌을 말이다.

그렇다면 그 오싹하고 소름 돋는 느낌의 정체는 뭘까? 이 연작 소설집에 실린 소설들을 쓰면서 이 질문을 자주 생각했다. 무서운 이야기를 쓰려면 무엇이 나를 무섭게 하는지 알아야 했으니까.

무서운 이야기에는 대체로 '이해할 수 없는 악의'를 품은 존재들이 등장한다. 이유도 없이 나를 쫓아오는 살인마, 귀신 혹은 저주받은 인형. 그리고 이 '알 수 없음'이나 '이해할 수 없음'이 읽는 사람을 불안하게 만든다. 무언가 문제가 있다는 건 암시하지만 그게 무엇인지 우리는 정확히 알 수 없다.

혹은 완전히 반대의 경우도 가능하다. 내게 익숙한 것들이 어느 날 갑자기 돌변할 수도 있다는 공포 혹은 상황의 급격한 변화에서 기인한 공포 역시 존재한다. 미지에서 오는 공포보다는 좀 더 현실적인 공포라고 할 수 있고 '아직도 내가 네 엄마로 보이니' 같은 종류의 괴담이 여기에 속한다고 볼 수 있다.

한마디로 정리하자면 우리는 대체로 그게 무엇인지 잘 알지 못하는 것(그렇기에 위험하다고 판단되는 것) 혹은 익숙한 것에서 느껴지는 낯섦을 두려워하는 것 같다. 그리고 공포는 그 낯섦에 대한 혐오를 구체화하면서 드러난다. 귀신의 얼굴이 더 기괴할수록, 살인범의 행동이 더 끔찍할수록 한층 더 무섭고, 오싹하게 느껴지는 법이니까. 그렇다 보니 호러라는 장르는 태생적으로 차별과 혐오를 품고 있다고 여겨지기도 한다. 귀신이나 저주 인형처럼 평범한 사람의 이해를 뛰어넘은 미지의 존재를 '인간을 위협하는 존재'로 그려내는 것은 어쨌거나 일종의 혐오다. 만만한 상대를 끌어와 우리와 다르다고, 문제점을 들춰내 과장하거나 왜곡해서 낙인을 찍는 것이기 때문이다.

처음 〈뱀과 사다리 게임〉을 썼을 때는 장르적 특성에 대해 구체적으로 고민하지 않았고, 이후 〈뱀과 일기〉를 거쳐 〈뱀과 그림자 괴담〉을 쓸 때는 이 사실을 잊지 않으려고 노력하며 소설을 썼다.

하지만 어쨌거나 호러 장르에서 형성되는 공포감은 결국 즐거움과 맞닿아 있기에 가능한 한 재미있게, 술술 읽힐 수 있도록 하는 것을 최우선 목표로 이야기를 만들었다. 부디 이 연작 소설 속의 이야기가 읽는 분들의 마음에 조금이라도 무서움과 즐거움을 가져다주었기를 바란다.

2023년 겨울
윤이안

괴담: 검은 뱀의 저주

초판 1쇄 발행 2023년 12월 10일

지은이 윤이안
펴낸이 나성채
디자인 김선예, 이수정
마케팅 박동준

발행처 오러 orror
등록 2023년 4월 26일 (제2023-000003호)
주소 32134 충청남도 태안군
　　　　태안읍 원이로 302, 204동 205호
전화 02.324.3945-6 **팩스** 02.324.3947
이메일 orrorpub@gmail.com

ISBN 979.11.983254.4.0 04810
　　　　979.11.983254.0.2 04810 (세트)

© 윤이안, 2023